スピリット・マイグレーション

Spirit Migration 4

ヘロー天気

Hero Tennki

主な登場人物

Main Characters

アルシア
バラッセの街の冒険者訓練学校に通う少女剣士。
コウ
精神のみとなって異世界のフラキウル大陸にやってきた、本編の主人公。他者に憑依する能力を活かし、冒険者として活動中。
都《つ》築《づき》朔《さく》耶《や》
オルドリア大陸からやってきた“異界の魔術士”。驚異的な力を持つ。
京《きょう》矢《や》
コウの本体。互いに別人格として独立し、今はナッハトーム帝国に身を寄せている。

トゥラサリーニ
古代の魔術装置を研究する
エイオア国の呪術士。
マズロット
バッフェムト独立
解放軍の参謀役。
フロウ
バッフェムト独立解放軍の
長を勤める娘。
田神悠介《たがみゆうすけ》
“災厄の邪神”を名乗る
黒尽くめの青年。
ウルハ
バッフェムト独立解放軍
少年部の女の子。
祈祷士《きとうし》の才能を持つ。

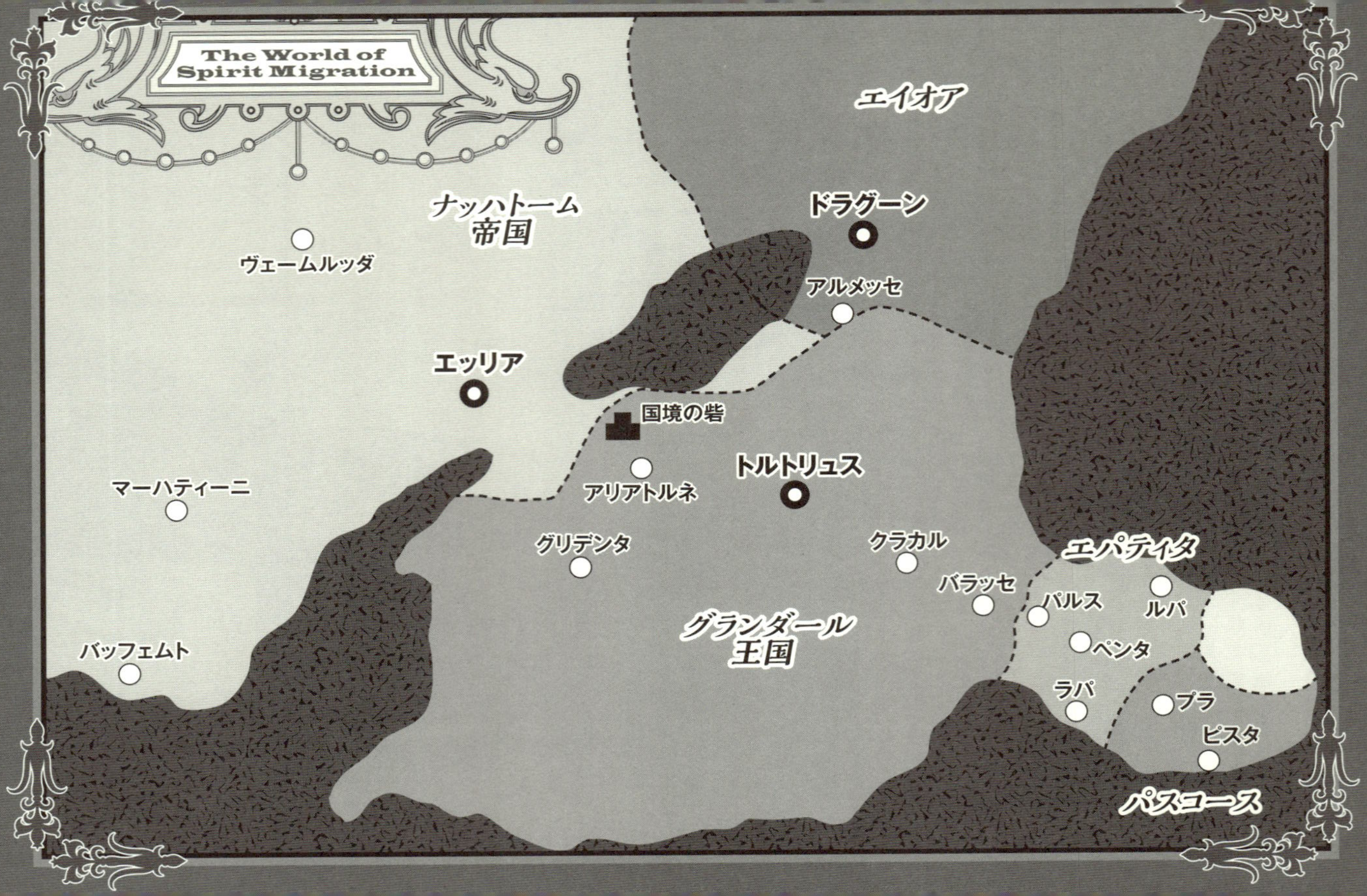
The World of Spirit Migration
エイオア
ナッハトーム帝国
ドラグーン
ヴェームルッダ
アルメッセ
エッリア
国境の砦
トルトリュス
マーハティーニ
アリアトルネ
グリデンタ
クラカル
エパティタ
バラッセ
パルス
ルパ
グランダール王国
ペンタ
バッフェムト
ラパ
プラ
ピスタ
パスコース

1

エッリア領内にある魔導技術研究施設を訪問していた京矢《きょうや》と、マーハティーニのメルエシード王女。そこを反乱軍の武装組織に襲撃された二人は、命からがら脱出に成功した。

スィルアッカ率いるエッリア軍精鋭団の戦車隊に保護されて安堵したメルエシードは、緊張が解けて疲労が押し寄せた為か、車両内の座席で眠りについている。一方、応急手当を受けた京矢は、精鋭団を指揮するスィルアッカの活動に協力していた。施設内の様子をコウから京矢に、京矢からスィルアッカに伝えるという方法で、外から内部の正確な情報を得るのだ。

「えっ、それマジかよ！」

「どうした？」

施設を睨む戦車の上で唐突に驚いた京矢を訝《いぶか》しむ事もなく、スィルアッカは冷静に問い掛ける。

京矢がコウから何か驚くような情報を得たのだろうと推察しているのだ。

彼女は既にコウと京矢を介した交信技を使いこなしていた。

反乱兵達の思考を読んだコウによると、彼等は元々施設の警備をしていたエッリアの兵士ではなく、数日前に施設を襲撃して入れ替わっていたらしい。

正規兵の遺体が埋めてある場所も伝えられ、スィルアッカはそちらに兵を向かわせた。

今回の緊急事態には、公務の会議を中断して側近のターナに後の処理を任せ、大急ぎで救出にやって来た為、いつもターナが控えているはずのところには京矢が居た。

「ふむ……どうにも反乱軍の動きがおかしいな」

特に京矢に意見を求めるでもなく、スィルアッカは反乱軍の行動の不審を呟いた。すると京矢から、彼等が自分の事を知っているようだったと意外な言葉が返ってくる。

「それも妙だな」

京矢に関しては公式発表したとはいえ、宮殿上層の人間の中でもまだまだ謎に満ちた人物というイメージが先行している。これが他国ともなれば『ゴーレムのような巨漢の男』だとか、『小人のような老人』だとか、『日の光を浴びると皮膚が溶けてしまう為、常に闇色のローブを纏っている』などという無茶苦茶な人物像が氾濫している。

一部はワザと偽情報を流して混乱させているのだが、分かり易い身体的特徴があるとはいえ京矢の容姿を正確に知っていたとなると、誰かが反乱軍に情報を漏らしていた可能性も考えられるのだ。

特に今回メルエシードが狙われた事から、マーハティーニ辺りに反乱軍のスパイが潜り込んでいるのではないか、とスィルアッカは推測する。

――ってスィルアッカが言ってるんだけど、兵士達から何か拾えるか？――

『うーん、今は〝こっち来たー〟とか〝早く逃げないとー〟とかの意識が強くて、細かい事までは考えられないみたい』

京矢が交信でコウに問い掛けると、コウは今現在の兵士達の内面を読み取って伝える。

施設の緊急避難路から撤退を始めた反乱軍兵を追い掛け回しているコウは、反乱軍に潜り込めばてっとり早く色々分かるのではないだろうかと考える。

――潜り込むってどうやって……ああ、なるほどその手があったか――

『うん、さっき壁を叩いた時に落ちてきたのがくっついてるから』

反乱軍兵を追い掛けながら施設内を移動中、適当に荒ぶっている振りをして壁を叩いた際、天井に張り付いていた小さな虫がパラパラと降ってきて複合体に付着している。この虫に憑依して、兵士達にくっついて行くというアイデアだ。

「――って事なんだけど、どうかな？」

京矢から提案を聞いたスィルアッカは、確かにコウが潜入すれば常に反乱軍の動きを把握し、居場所を特定する事も出来ると考える。今回の件を含め、反乱軍の行動については裏も押さえておきたい。

「暫くは宮殿でコウが活動する機会も無い事だしな、許可すると伝えてくれ」

スィルアッカから『反乱軍潜入案』の許可を貰ったコウは、複合体を異次元倉庫に片付けて虫に憑依。追跡者《ゴーレム》が突然消え失せた事で『召喚の時間切れか？』と仲間の脱出の為コウの誘導役を務めていた反乱軍兵士が足を止める。

その内の一人にくっついた小虫なコウは、カサコソと甲冑の隙間に潜り込んだ。

「よし、兵士の一人に取り付いたみたいだ」

「そうか、ならば追跡の手を緩めてやらねばな」

反乱軍兵への深追いを禁じ、施設内の制圧と生存者の捜索を優先するようスィルアッカが指示を出す。それと入れ替わりにやって来た伝令から、施設の近くに埋められていた警備兵の遺体を発見したという報告が届けられた。

「そうか……よし、これであの反乱兵共は施設の警備兵と入れ替わっていた反乱軍兵士だった事が証明された」

一つ憂《うれ》いが晴れたような表情を浮かべたスィルアッカに、京矢が怪訝な顔を向ける。コウが傍に居れば彼女が何を思い、考えているのかすぐに把握出来るのだが、あいにくと今は不在だ。

そんな京矢の疑問を感じ取ったスィルアッカは、少し憂いを帯びた表情を浮かべると、厄介な問題の一つが解消された事に安堵したのだと話す。

「とりあえず、ここで殺された使節団一行が属する国からの抗議や賠償請求を躱《かわ》せる」

今回の事件は全て反乱軍が行った暴挙であり、エッリアは被害国側の立場であると表明出来るのだ。犠牲者の追悼云々より先に、そんなところでホッとしなくてはならないのも政務者《今の自分》の在り方だとスィルアッカは自嘲する——自分の手は今も血塗《ちまみ》れなのだと。

「軽蔑《けいべつ》するか？」

あくまで軽い調子ながら内面の緊張を感じさせるその問いに、京矢は『んなこたぁ無い』と答えた。自分も、生き延びる為に同行していた他の研究者達を見殺しにしているし――

「スィルアッカ達の仕事場が、人の命さえ取引に使われるような大変な世界だって事は理解してる」

「……そうか」

京矢の淀み無い理解の言葉に、スィルアッカは少しだけ救われた気分になった。それから暫くして、施設の制圧を完了した精鋭団の伝令から、追撃を逃れた反乱軍部隊が南西方面へ逃走したとの報告が届けられたのだった。


起伏の激しい砂漠地帯では、足場の悪さからどうしても戦車隊の機動力は砂馬《すなうま》に及ばなくなる。

エッリア軍精鋭団の追跡を、反乱軍部隊は施設の厩舎から調達した砂馬の足で振り切った。日が沈む頃、砂峰の影でキャンプを張りつつ、今後の事を話し合う。

「我々は現在この位置にいる。本隊はマーハティーニ軍に北側を抑えられている為、陽動の攻撃部隊が廃鉱を通って――」

隊長兵士は、本隊と合流すべく自分達『特務別働隊』の、これからの行動について語る。

既にナッハトーム正規軍の装備は解除され、全員がバッフェムト独立解放軍特務別働隊の基本装備を纏っている。

『この人は〝対《つい》の遠声《とおごえ》〟を持ってるのか～、何か他の人とはちょっと違うような？』

彼等の会話などから色々情報を吸い上げて記憶しておけば、京矢を通じてスィルアッカ達に伝えられる。あまり近付き過ぎて羽音ではたき落とされないよう、兵士達の頭上をゆったり漂う小虫のコウは、やがて隊長兵士のローブにぺたりと張り付いた。

――まったく、こんな簡単な任務を失敗するとは『精鋭』が聞いて呆れる……所詮こいつ等の実力なぞこの程度か――

隊長兵士が胸の内で毒付く心の声。その思考から拾い上げられた情報が、現在はエッリアの離宮まで引き上げている京矢へと送られた。


「こりゃまた、随分と重要な情報だな……」

離宮の奥部屋でコウからの情報に意識を傾けていた京矢は、隣の部屋でターナと今回の事件に関する各方面への概要発表について話し合っているスィルアッカに伝えた。

コウが探り出した重要な情報。それは施設を襲った反乱軍兵士の隊長は、反乱軍で同志として活動をしているが、本当の所属は別である事だった。どうやらヴェームルッダ国から派遣された雇われ兵らしいが、反乱軍兵士達もその事は知らないようだ。

「まだあんまり詳しいところまでは探れてないみたいだけど、なんかその隊長兵士は別の誰かに雇われて反乱軍に居る、みたいな？」

「ふむ……色々と複雑な事情が絡んでいそうだな」

スィルアッカにとっては心に負った傷を思い出すのであまり聞き心地のよくない国名だ。しかしその精強な兵力を以《もっ》てエッリアの後ろ盾を担って来たかつての軍事強国であるヴェームルッダは、誇りや名誉を重んじる国柄であり、国王の方針も変わっていなかった筈。

裏で反乱軍に手を貸しているとはちょっと考えられない。スィルアッカはそう考える。

「グランダールとの一戦で帝国内の安定は図れたと思ったが、そう思い通りにはいかないものだ」

これはもう一波乱、何か大事が起きそうだと、スィルアッカは気を引き締めた。


ナッハトーム帝国内の勢力図はここ数年でかなり変動していた。機械化兵器の開発成功によってエッリアがヴェームルッダからあまり兵を借りなくなった一方、反乱軍征伐などでマーハティーニが多く借りている。

エッリアのガスクラッテ帝はヴェームルッダのこれまでの貢献を称えて関係は大事にしている。だが、年々エッリアに貸与する兵が減り、唯一の強みであった武力で差を付けられた事がヴェームルッダの不安と嫉妬を煽《あお》り、疑心を呼び起こしてもいる。

スィルアッカの推測とは裏腹に、ヴェームルッダは暫定的ながらマーハティーニの策謀に手を貸していた。

ヴェームルッダ側としては、エッリアの帝都としての格を保つ為に散々後ろ盾の役割を果たして来たのに、強い兵器《ちから》を手に入れた途端お払い箱扱いかという意識があった。そこをマーハティーニのレイバドリエード王が巧みに突いた形だ。

「エッリアの施設で反乱だと？」

「ハッ、まだ詳しい情報は不明ですが、メルエシード様の同行する視察団一行が巻き込まれ、壊滅したという話も……」

「な……っ！」

妹姫メルエシードの顔が脳裏を過ぎり、一瞬言葉を失うマーハティーニのディードルバード王子に、伝令から戦況が伝えられた。

反乱軍の攻撃部隊が征代軍の左方向から奇襲を仕掛けて来たという報告。どうにか対応しようとするディード王子だったが、すぐには意識を切り替えられない。

「迎撃の準備を――いや、包囲網を固めて敵本隊の動きに注意しろ！」

「反乱軍本隊より突撃部隊が接近！」

征伐軍の動きが鈍る。その隙を突いて攻勢に出た反乱軍の本隊が、崩れた包囲網を突破した。

「敵攻撃部隊、退いて行きます！」

「反乱軍本隊は散開しながら撤退中」

「ええいっ、またこの戦法か！」

反乱軍の撤退はいつも素早く、まるで壊走しているかのように散り散りになりながら退いて行くのだが、どういう指揮なのかちゃんと統制がとれていて非常に鮮やか。逃げる事にかけては高い錬度を誇っていた。

今回もまた逃げられてしまったと呻《うめ》くディード王子はしかし、ここまで追い詰めて逃げられた反乱軍の事よりも、エッリアの施設で起きたという反乱の事が気に掛かっていた。追跡隊を組織した後、一旦本国まで引き上げる事を検討する。

「エッリアの反乱について親父殿から何か連絡は入っているか？」

「いえ、特には。本国でもまだエッリアに問い合わせを行っている最中なのではないかと」

部下の答えに『そうか』と呟いたディード王子は、反乱軍が撤退して行った方角を一瞥《いちべつ》すると、征伐軍の撤収に取り掛かるのだった。

バッフェムト独立解放軍という組織が生まれたのはおよそ四年前。元々の発端は、ガスクラッテ帝が支分国への食料援助でエッリアの価値を上げる為に、バッフェムトから大型漁船を接収して漁業の縮小などを突きつけた事に対する反発だといわれている。

当時、バッフェムトの港街を中心に周辺の村や集落を治めていた一族の長が、首謀者となって組織を立ち上げたのが始まりだ。

「現在、本隊は南の廃鉱から渓谷を移動中との事だ。我々は平野を迂回して山間部からのルートを行く」

本隊が無事、征伐軍の包囲を抜けて集合地点へ移動を始めたとの連絡を受けた『特務別働隊』は、速やかに合流を果たすべくマーハティーニ領内を横断していたのだが、一つ問題が発生していた。

エッリアの魔導技術研究施設からは本来もっと余裕を持って撤収する予定だった為、施設の物資を確保しておく段取りが崩れて、手持ちの水や食料が心許《こころもと》ない状態になっているのだ。

「補給が必要だな」

「確か、この先の近くに村があった筈です」

岩山と渓谷ばかりが連なるマーハティーニの領内。エッリアのある東方向に進むほど地形は山間から荒野へと変わり、やがて砂漠が広がり始める。特務別働隊は砂漠と荒野が交わる、山間の寂《さび》れた村へ補給に立ち寄った。

「我々はバッフェムト独立解放軍の部隊である！　活動物資が不足している為、この村に立ち寄った次第だ！」

村の代表者を求める隊長の声に、何人か村人が姿を現す。いずれも老人ばかりで、若者の姿は見当たらない。隊長が村の代表者達と話している間、隊の兵士達は見張りの兵士を残して三人一組で村の中を練り歩く。

「年寄りばかりだな、ここは」

「へえ、若い衆はみーんな都の鉱山まで出稼ぎに出ておりますじゃ」

隊長のローブにくっついていたコウは、兵士と村人、双方の思考からそれぞれの思惑を読み取った。

村人達は女子供を含む若い衆が見つかると、解放軍の新たな構成員として連れて行かれてしまうので隠しているようだ。

兵士達は使える人材が居ないか探している。特に、年端《としは》の行かない子供は解放軍兵士として教育し易いので、成長した若者よりも重宝される傾向にあった。

『なるほどー、こうやって仲間を増やしてるのかー』

人員補給で村や集落を訪れた場合は、家捜しまでして使えそうな者を連れて行くところだが、今回は物資の補給に立ち寄ったので、僅かばかりの水と食料の提供を受けると、特務別働隊は出発準備に取り掛かる。

ホッとしている様子が窺える村人達の思考から、子供達を隠している場所を割り出していたコウは、隊長のローブからふよふよと飛び立った。

「？」

「どうしました？」

「いや、気のせいか」

首を傾げつつかぶりを振った隊長は、何でもないと言って出発準備を整え始める。

彼は一昨日辺りからやけに近い場所、自分のすぐ傍に誰かの気配を感じて不気味に思っていた。

急にその気配が遠ざかった気がして疑問を浮かべたものの、兵士稼業などやっていればよくある事だ、と流したのだった。


石と土を固めて造られた村の建物上空を浮遊するコウは、岩壁の角部分に立つ家の屋根に降り立つ。煙突らしき隙間から屋内に入り込み、更に床に敷かれた薄い絨毯の上を旋回。この下に自然の小さな洞穴があって、そこが隠し部屋になっているのだ。

『うーん、小虫くんの身体じゃ入れないなぁ』

暫く部屋の中を漂っていたコウは、壁際にクローゼットらしき家具を見つけたのでそちらへと飛ぶ。扉に張り付いて精神体の頭を突っ込んでみると、何点かの衣服が吊られていた。

『これをもらっていこう』

少年型の体格に合いそうな村服を拝借し、代わりに十分なお金を置いていく。

あちこち修繕された跡の残る少々傷んだ服だが、この方が自然だと満足げに異次元倉庫へと仕舞うと、コウは煙突から建物の外に出て、そのまま村の出口に向かって飛んだ。そうして村の外れまで移動したコウは、小虫から抜け出す。

『小虫くん、ここまでありがとね』

コウの語り掛けに何か答えるような雰囲気を残して、小虫はどこかへと飛び去った。

周囲に人影が無い事を確認し、複合体を出して憑依したコウは、とりあえず魔導輪でその場を離れる。村人達から得た情報を基に、近くの果実採集場所へと向かった。

目的の場所に着くと、身体を少年型に乗り換えて作業開始。山間にできた僅かな平地に群生する植物から幾つか実を採り、以前ダンジョンで拾った古いかばんに詰めて擬装用の小物が完成した。次に少年型の外装を、いつもの街服から全裸に切り替える。

「そういえば、こうして服を着るのって初めてかも」

拝借してきた村服に袖を通し、村の子供に変装したコウは、ごろごろごろごろーっと地面を転がって適当に身体を汚し、偽装完了。特務別働隊が通る道に先回りしていかにも『村の外へ食料の実を採りに行って来た子供』を装いながら道を行く。

やがて、移動を始めた部隊と鉢合わせした。

「む？　小僧、そこの村の者か？」

「うん、そうだよー」

一言二言、言葉を交わしながらじろじろじろと値踏むようにコウを見定める隊長。

少し舌足らずに感じるが、こんな辺境の田舎村に住む子供など大体こんなモノだろう。泥で汚れた顔もよくよく観察してみれば、かなりの器量――

両親は既にいないという村の少年《コウ》に、隊長は『上玉』の判定を下した。

「お前、我々と一緒に来い。同志として迎えてやろう」

バッフェムト独立解放軍に来ればもっとマシな服を着られるし、飯も腹いっぱい食える。同年代の友人もできるぞと、コウはほぼ強引に部隊の小間使いに編入される。

戸惑い（の演技）を見せながら彼等について行く事を了承したコウは、最後尾を行く兵士に引き上げられて砂馬に跨った。

『というわけで、ばっふぇむと解放軍に潜入するよー』

――独立解放軍な。とりあえず宮殿《こっち》も今はバタバタしてるけど、その内そっちの動きにも呼応できると思うから、無理せず頑張ってくれ――

京矢と意識の奥で交信したコウは『りょーかい』と返して、特務別働隊の隊列が進む山道に視線を向ける。徐々に険しさを増す周囲の山々。低く流れる千切れ雲が岩肌に影を落としては去っていく。

『良い人がいればいいなぁ』

渓谷から吹き上げる風に髪を撫でられながら、コウはバッフェムト独立解放軍の人達との出会いに期待するのだった。

2

渓谷を越え、廃鉱と繋がる入り組んだ洞窟を抜けると、そこだけ切り取られたかのように開けた空間が広がる。

険しい岩山の連なる山脈の中にできた平地。この辺りの岩山には同じような場所が幾つか点在しており、ここはバッフェムト独立解放軍が隠れ家に使っている内の一つだ。

先日、マーハティーニの征伐軍の包囲からどうにか逃げおおせた解放軍本隊は、新たな本拠地を構えるに当たって損害の出た各部隊の編成を見直すなど、組織の立て直しを図っていた。

「別働隊が帰還したぞー！」

洞窟前の見張り役が叫ぶ。出入り口を塞ぐ格子状のバリケードが開かれ、帰還した特務別働隊を本隊の同志達が出迎える。

「おお、砂馬じゃないか！　調達してきたのか？」

「エッリアの施設からかっぱらって来たんだ、残念ながら任務は失敗してしまったが」

「そうか……いや、しかしお互い無事で何よりだ」

「本隊もかなり危なかったそうだな」

わらわらと集まって来た若者や年配の同志達が互いを労い、無事を称え合う。そんなちょっとした盛り上がりの中、後方から人垣が割れて、若い男性を従えた少女が特務別働隊の前に現れた。

ゆるくカールした金髪混じりの斑《まだら》な茶髪を後ろで纏め、橙色の瞳で真っ直ぐ別働隊の隊長を見上げる少女。年の頃は十六、七歳くらい。別働隊の隊長がさっと姿勢を正して敬礼すると、部隊の兵士達もそれに倣《なら》う。

「申し訳ありません、フロウ様。どうにか帰還は果たせましたが、任務は完遂出来ませんでした」

「いいえ、無事に戻ってくれて何よりです。危険な任務、ご苦労様でした」

少女は、頭を垂れて任務失敗を詫びる隊長を優しく労う。彼女こそバッフェムト独立解放軍の指導者として崇《あが》められる、かつて組織を立ち上げた『プック一族』の長の娘フロウ・プックであった。

『この人がリーダーなのかな？』

厩舎に運ばれて行く砂馬から降りたコウは、集まった人々から敬意を払われている少女を観察する。解放軍を統《す》べる指導者としては随分歳若く、スィルアッカのような支配者らしい毅然《きぜん》とした覇気も感じられない。ごく普通の少女に見える。

「あら？　その子は？」

特務別働隊の隊員達に交じって様子を窺っている少年を認めたフロウが訊ねる。隊長は少年《コウ》を、道中の村で拾った孤児だと説明した。身寄りも無く、寂れた村に独りで暮らしているようだったので同志に誘ったのだと。

「まあ、そうでしたか……あなた、お名前は？」

「ボクは、コウ」

偽名を使おうかとも思ったコウだったが、この地域の自然な名前が思い浮かばなかったので、そのまま名乗る。その名を聞いた特務別働隊の隊長は、一瞬『ん？』という表情と共に冒険者ゴーレムのイメージを思い浮かべるも、『関係ないか……』とすぐに忘れたのだった。

冒険者協会の影響が低いナッハトームでは『冒険者コウ』の名もさほど知れ渡っていない。

グランダールから遠く、ナッハトーム帝国内でも反乱軍という立場にあるここの人達が、エッリアの上層部の人間でさえ見抜けなかった冒険者ゴーレムのコウと少年コウの関係に気付ける由も無い。

「ようこそ、コウくん。私達はあなたを仲間として歓迎するわ」

「よろしくー」

大勢の知らない大人達に囲まれてきっと緊張しているだろうと思い、気分を解《ほぐ》してあげようと声を掛けたフロウは、妙にあっけらかんとしたコウの返答に少し驚き、思わず笑みをこぼした。

「うふふ。ではマズロ、コウくんに同志の服を用意してあげて？　所属は少年部になるのかしら」

「畏まりました、お嬢様」

フロウに付き従っている男性が丁寧に答える。彼は先代であるフロウの父に参謀役として仕えていた解放軍でも古参のメンバーだった。今は参謀総長としてフロウの補佐をしながら、組織のまとめ役を引き受けている。実質、独立解放軍を動かしているのはこの男であった。

「初めましてコウ君、私はマズロッドという」

「コウです」

灰色の髪に長身で面長、冷静沈着な光を携えた碧眼がコウに向けられる。子供の扱いも心得ている雰囲気で、優しく微笑みかけるマズロッド。だがコウは、彼に対してバッフェムト独立解放軍の中では最も注意しなくてはいけない相手であるという判断を下した。

「じゃあ行こうかコウ君、少年部のテントに案内しよう」

「はーい」

バッフェムト独立解放軍の参謀総長マズロッド。彼の思考から読み取れた個人情報の中で、まず明らかになったのは、幼児趣味の性癖を持ち、特に小さな男の子を好んでいる事などだった。が、その辺りはコウにとっては些細な事情でしかない。

マズロッドの注意しなくてはならない部分、それは、彼がマーハティーニと通じている事であった。


コウが配属された『少年部』は、一般訓練生や攻撃隊候補生になるには年齢が若過ぎる子供が主に所属している。配膳や清掃、裁縫、武具磨き、組織内の支給品配達などの雑用を担う『予備隊』の部署だ。

予備隊の中でも少年部を卒業する年齢になれば『青年部』へと上がり、そこで組織の一般構成員として訓練生になるか、素質があれば攻撃隊の候補生として各種訓練を受ける事になる。

解放軍構成員少年部の制服に着替えたコウは早速、少年部に所属する他の子供達に紹介された。

「今日から我々の仲間になるコウ君だ。皆、仲良くするように」

参謀総長《マズロッド》の紹介に、子供達から素直な返答が上がる。満足げに頷いたマズロッドは後の事を少年

部の纏め役に託すと、コウの頭をひと撫でして自分の仕事場へと帰っていく。

着替え中、身体を彼方此方《あちこち》触れられても嫌がらないし怖がらない上に、異国人特有のエキゾチックな容姿で相当に器量の良いコウの事を、マズロッドはかなり気に入ったのだった。

ちなみに、意識の奥でリアルタイム交信中だった京矢からは『そいつ、バールのようなモノでぶん殴りてぇー』という感想が届いていた。

「コウくん、コウくん、あなたはどこから来たの？」

「その……コウくんの黒髪って、め、珍しいよね……ぼくも、ちょっと黒っぽいんだ」

「〝あまね〟たべるー？」

集まってきた少年部の子供達が口々に話し掛ける。見た目が珍しい事もあってか、みんな興味津々といった様子で瞳を輝かせている。そこへ、いかにもワンパク小僧な雰囲気を纏った男の子が他の子達を押しのけて来て、コウの前に立つ。

「おい新入りっ、オレがここのボスのバゼムだ、きょうからはお前もオレの子ぶ――っ」

スパーンと後頭部を叩かれて言葉を詰まらせるバゼム。見れば、コウに最初に話し掛けてきた活発そうな女の子が、平らな板切れを重ねて棒状にした物体を片手にふんぞり返って、バゼムを睨みつけている。

「――ってーなミア！　なにしやがるっ」

「なにしやがるじゃないでしょっ、来たばっかりの子にウソ吹き込むんじゃないわよ！」

「ねーねー、〝あまね〟たべるー？」

ミアと呼ばれた女の子とバゼルが言い合いを始める中、子供達の中では一番幼い印象の女の子が、食べられる木の根で作られる白っぽいお菓子を手に、マイペースでコウに話し掛ける。とりあえず、コウはこの一番小さな子の相手から始める事にした。

「今はいいよ、ありがとう」

「んー」

甘根《あまね》をもぐもぐと噛みながらニコーと笑う女の子。名は〝ラッカ〟というらしい。

その後、なんだか地味で目立たないトウロという男の子と挨拶を交わし、黒髪が本物である事などを話す。そうしていると、自分達を差し置いて自己紹介が進んでいるのに気付いたミアとバゼムが、慌てて話に参加した。

「あたしミア、よろしくね！」

「オレはバゼムだっ、少年部でボスを――」

再び、スパーンと小気味良い音が響いた。


ひと通り顔合わせが終わると、コウに最初に任された仕事は武具磨きだった。

武具磨き、衣類の修繕といった内職的な仕事で解放軍の生活環境に慣れ、清掃業務や配膳係に就く期間で各部隊の関係者や部署を覚える。そうして組織内で同志の皆と顔馴染みになる頃には、支給品の配達なども任せられるようになる。

主力攻撃隊や一般兵士の使う支給品である武具は、金属を使った装甲部分が少なく、革鎧を少し補強した程度の軽装備になっている。これは別に、身軽さを強調する為ではない。解放軍の正式装備として武具の仕様を統一するにあたり、生産力の問題で殆どが戦利品など、手に入れた既存の武具を弄って外観を合わせるという方法で対処しているからだ。

ぶっちゃけ、ガワだけ似せて中身はバラバラなので、当たり外れが激しいのであった。

十歳前後の子供達に交じって、作業場に積み上げられた武具をキュッキュッと磨きながら、コウは解放軍内のシステムやら懐事情など確認出来る範囲で情報を集めて記憶していた。そこでふと、作業場の奥から自分の方を窺う小さな影に気付いた。

武具の山から顔を覗かせてじぃ〜っとコウを観察している女の子。顔合わせの時は見なかった子だ。

コウが視線を向けると、ビクッと肩を震わせて武具の山に隠れてしまった。しかし、女の子から向けられる気配は、まだハッキリと感じられる。その『視線』というよりも『思念』といった方がしっくり来る感覚は、祈祷士《きとうし》リンドーラを思い起こさせた。

試しにコウは、女の子の気配に向かって話し掛ける。

『……君、ボクのことが分かるの？』

——っ！　……あなた、にんげんじゃない……——

なんと思念による答えが返って来た。この子には祈祷士系の才能があるらしい。

『うん、この身体は召喚獣だけど、ボクはちゃんと人間だよ』

――……ウルハには、こわい影がいっぱいみえる……――

〝ウルハ〟と名乗った少女は、コウの周囲に沢山のモンスターの影が見えて怖いと怯える。心の中に直接話し掛けられたのも初めてだったので、その事にも恐怖しているようだ。

このウルハという少女、まだ能力が形をなしていないようだが、人の心をある程度見通す才があり、その人に関連する〝命の残《のこ》り香《が》〟を視覚的に感じ取れるらしい。

そしてこの能力故に人を怖がり、いつもどこかに隠れてはこっそり観察するという、引っ込み思案な子になってしまった。

――ネズミとかコウモリとか、おっきいトカゲとか、こわい顔の黒い犬とか――

他にも巨大な蛇や、犬の頭に捩れた角を持つ白いモサモサの巨大な魔物といったモンスターが視えるらしい。それらは皆、今までコウが憑依した動物やモンスター達であった。

――……マモノ達、呼び寄せられて……いっぱい来る――

『それはみんな身体を借りたり、一緒に旅したりした動物やモンスター達だね。凶暴なのもいるけど、ここには来ないから怖くないよ』

ウルハはふるふると首を振る。そしてハッと顔を上げると、いつの間にか目の前まで迫っていたコウに驚いて逃げようとした。が、武具の山からはみ出していた篭手《こて》を踏んづけてしまい、足を滑らせてペタリと尻餅をつく。

「は、はわわわう」

「こわくない、こわくない」

なでなでなで――首を竦《すく》めてはわはわ言っているウルハの頭を優しく撫でつけ、少し癖っ毛の髪を軽く梳《す》く。暫くすると、ウルハの表情が恍惚《こうこつ》でポヤーとし始めた。

ちなみに、頭を撫でつける絶妙な手つきや、髪を梳く繊細な指使いなどはコウの意志によるモノではなく、例によって『身体の性能』が発揮された結果である。

警戒心を蕩《とろ》けさせられてポーっと見上げるウルハに、コウは自分の正体を『内緒にしておいてね』とお願いする。

こくりと小さく頷くウルハ。『コウは怖くない』と知って落ち着きを取り戻した彼女は、以後、解放軍の中でも自分の能力で話が出来る唯一の相手として、コウに懐いていくのだった。


夕刻を過ぎる頃、仕事を終えた者は食堂テントに向かったり、身体の汚れを取る為に洗い場へ赴いたりと、思い思いの行動で一日の終わりを過ごす。

少年部も支給品配達や清掃業務、配膳係などの仕事以外は早めに切り上げるので、コウの所属する武具磨き組の子供達はこれから自由時間に入る。

「今日は湯浴《ゆあ》みの日だから、男の子達は水汲みに行ってあげてねー」

青年部から纏め役として来ているお姉さんの呼び掛けに、『はーい』という複数の返事が上がる。この辺りで湯浴みと言えば、ほぼ密閉状態の室内で焼けた石に水を掛けて水蒸気を発生させるサウナが一般的であった。

解放軍キャンプでは何重にも布を重ねたテントが、サウナ小屋として使われる。基本的に子供から大人まで男女の区別は無く、一つのテントに大人なら四人、子供なら六人程が入って皆で汗を流す。

ミアがバゼムをしばくのに使っている平板の棒は、実はこのサウナで温まった身体を叩いて血行を良くする為の道具だ。

「わあー、コウくんって肌がきれーい」

同じテントで汗を流しているミアが、感心したようにコウの腕や背中を眺めている。

この年代の子供達ならば、健康である限り誰もがすべすべとした瑞々《みずみず》しい肌を持っているが、コウの身体は奉仕用に作られた召喚獣の中でも最高級のモノだけに、美しさも群を抜いていた。

「女みてぇだな、ぜんぜん肉ついてねぇ」

「あんただって貧相でしょうが」

「なにぃ、オレはちゃんと筋肉ついてるぞ！」

『見ろっ』と力コブを作るバゼムの少し日焼けした身体には、無数の小さな傷跡がある。少年部の仕事や遊びでできた、いずれも成長の途中で消えてしまうであろう傷跡だが、彼がいかに活発な少年であるかを表していた。

「あ、ウルハ？　のぼせそうならいったん出なきゃだめよ？」

「ん……」

ぽけーっとして見えるウルハにミアが声を掛けると、ウルハは大丈夫と小さく答える。子供ながら姉さん女房的な貫禄を持ちつつあるミアは、小さい子供達の面倒をよく見ていた。巻いて捻った布で垢すりもして身体を洗った子供達は、スッキリしてサウナを後にする。

心地よい夜風を浴びながら並んで歩く少年部の子供達は、皆まだ幼く、組織と共に行動し、組織の為に働いてはいるが、解放軍の事を正しく理解していない者も多い。

「バゼムやミアは青年部にあがったらどうするの？」

「あたし？　あたしは一般の訓練生に入るかなー。衛生の仕事につきたいの」

「オレは攻撃隊候補生狙いだぜ！　〝炎と剣〟のマークを付けて活躍するのさっ」

解放軍の構成員としてスローガンを刷り込む本格的な教育が始まるのは青年部からで、少年部の彼等は普通の村や街にいる子供達と思想も大差ない。ただ組織の指導者を敬い、組織を支える為に働く事を良い事だと教えられている程度であった。

「コウくんはどうするの？」

「ボクは決めてない」

「即答かよ」

「あははっ、まだ来たばっかりだもんね」

コウの答えにバゼムが突っ込み、ミアがフォローを入れる。三人のすぐ後ろをウルハがちょこちょこと付いて歩く。就寝の刻までを過ごす中央広場の焚き火の前にて、和やかに語らっている青年部の若者達を横目に、コウ達が少年部のテントへ戻ろうとしたその時——

「調達部隊が帰還したぞーっ、皆を集めてくれー！」

洞窟前の見張り役より、バッフェムト独立解放軍の生命線でもある第四軍、〝水と船〟のマークを付けた『調達部隊』の帰還を知らせる声が、夜の帳《とばり》に包まれた解放軍キャンプに響き渡った。

3

食料や日用品を仕入れてくる調達部隊の帰還によって、俄かに騒がしくなる中央広場。ある意味、祖国の地を離れて流浪する集団であるバッフェムト独立解放軍にとって、なくてはならない存在、それが調達部隊だ。

だが彼等の存在こそが、近隣国から『解放軍は訓練されたごろつきの集団』と揶揄《やゆ》される原因でもあった。

広場には部隊が調達してきた軍資金と、換金せずそのまま使う日用品が並べられている。衣類や少々使い込まれた食器類の他、嗜好品も幾つかあり、これらはいわゆる『戦利品』であった。品物の中には、僅かに血痕の付着している物も見受けられる。

暫くすると人垣が割れ、解放軍指導者フロウと彼女に付き従う参謀総長マズロッドが、調達部隊の帰還を出迎えに現れた。

「おお、これはフロウ様、マズロ殿」

「我ら第六調達部隊、ただいま帰還いたしましたっ」

「みなさん、いつもご苦労様です。ところで、今回は随分と品物が多いですね？」

やけに生活用品が目立つ、と入手経路を尋ねるフロウ。第六調達部隊の部隊長は、マーハティーニ軍の輸送部隊を発見したので襲撃してこれを撃破、後は帰還途中に遭遇した盗賊団を征伐してその馬車と積荷を手に入れたのだと答えた。

凄い功績じゃないかと、広場に集まっている同志達が武勇伝に沸く。調達部隊の帰還に居合わせ、出迎えに参加していた少年部の子供達も同様で、バゼムが『水と船のマークでもいいかな……』などと呟いている。

そんな中、ここに集まっている人々の思考を読んでいたコウは、この調達部隊が実は一般の商隊を襲って荷物を奪っていた事を見抜いた。

隣村までの引越しで商隊に同行していた一家が、略奪行為の隠蔽目的で皆殺しにされていた。日用品が多いのは、彼等の家財道具を戦利品として取得したからだ。

足の付きそうな物は破棄し、組織内で再利用出来そうな物を戦利品に加えたらしい。

ちらりとフロウの思考を読んでみると、調達部隊の一部が略奪行為を働いている事に関して、彼女も薄々感づいてはいるようだ。が、何も知らない振りをしている。

自身はただ、組織を象徴する指導者たらんとし、部下達の行動は組織の為と目を瞑《つむ》り、その働きを労う。良心の呵責《かしゃく》と不安に押しつぶされそうな心を封印して指導者を演じている――コウはフロウの在り方をそんな風に感じた。

「ん？　こんなものまであるぞ」

「あ……ああ、そいつは盗賊団の積荷にあったものだな。多分、どこかの集落を襲撃した帰りだったんだろう」

戦利品の中には、手作りらしい布製のお人形が混じっていた。どうやら処分しそびれた物らしい。持ち主への所業を思い出した部隊長が若干の動揺を浮かべるが、それに気付く者はいない。その内心を見通しているコウ以外は。

少年部の小さな女の子にでもあげようかと人形を手に取った同志の一人が、誰か欲しい子は居るか？　と集まっている子供達を呼ぶ。いかにもお人形を抱いた姿が似合いそうなウルハは、人形の正面に立つ事を嫌がってコウの背中に隠れた。

〝命の残り香〟を知覚する彼女には、人形の持ち主であった女の子の姿が視えているのだ。

〝命の残り香〟はそれ自体が現象界に何らかの干渉を及ぼす事はないので、基本的に無害な幻影と同じである。視えていても気にしなければ問題なく、視えていなければ尚更《なおさら》問題ない。

「あっちっ、あっちがほしぃー！」

「お、欲しいのか？　ならチビちゃんにやろう」

「わーい」

その人形は、ラッカに与えられる事になった。


夜も更《ふ》けてきたという事で、少年部の子供は休むよう言い渡され、テントに帰って来たコウ達はベッドに入った。

ベッドといってもマットレスが敷かれた上等なモノではない。干草を包んだシーツを置いて横になり、その上から毛布を被るといった簡単な作りで、皆が一箇所に寄り添って眠るのだ。干草が無い場合は大量のボロ布などで代用している。

「あれ？　ウルハ、今日はコウくんと寝るの？」

「うん……」

コウの隣に自分の干草ベッドを置いて、もぞもぞと毛布に包まるウルハ。いつものようにベッド群の真ん中に転がるラッカは、貰ったお人形をしっかと握って既に寝息を立てている。

普段なら就寝前のひと暴れでバゼムチームとミアチームによる毛布を丸めての叩き合いなど始まるところだが、今日は調達部隊の帰還で遅くなっていた為、皆すぐ横になった。

寝静まった少年部の共同生活テント。広場の方からは時折、大人達の笑い声が響いてくる。酒盛りでもしているようだ。

睡眠をとる必要が無いコウは、夜から明け方にかけて寝床で諜報活動を続ける。今日の出来事を纏めて、エッリアの離宮にいる京矢と意識の奥で話し合う。元々日本でも夜型の生活をしていた京矢は、この世界でもほぼ夜型生活に入っているので、静かな夜間は交信をして過ごすのに最適だ。

京矢はコウから受けた情報をスィルアッカへ、スィルアッカからの指示をコウへと、実にスムーズに情報の橋渡しをおこなっていく。

――調達部隊なぁ……実質『略奪部隊』なわけか――

『うん、フロウはそういう事させたくないみたい。諜報部隊が略奪してる事をしらない構成員も多いみたいだね』

――で、例のペド参謀はその辺り全部知ってるのな――

『まだ本格的に探ってないからはっきりとは分からないけど、あの人《マズロッド》を調べたら色々分かるかも』

マズロッドを本格的に調べるのなら、少し接触の機会を増やすだけで自然に接近出来るだろう。なにしろコウは彼が目をつけているお気に入り少年リストの中でも、一番の注目株なのだ。

――それはちょっとな……絶対お前の身体求めてくるぞ、アレは――

『ボクは平気だよ？』

――俺　が　い　や　だ――

『あはは』

そんなやり取りをしていると、公務を終えたスィルアッカが離宮に顔を出した。京矢から相談を持ち掛けてみると、暫くは現状を維持しながら反乱軍指導者の支えになってやれというアドバイスが返ってきた。

「実権は参謀総長《マズロッド》が握っているとして、反乱軍構成員の支持を一身に受けているのがその指導者《フロウ》なら、権威は指導者にある」

もし指導者が自身の意見を強く主張出来るようになれば、組織の在り方にも反映される筈だ。ただし、実権を握っている参謀総長次第で、思い通りにならない傀儡には謀殺を計る危険性もある。

「マーハティーニと通じてるんだったな、そういえば」

「まだ策略家の狸親父《レイバドリエード王》と直接関係しているのかまでは分からないがな、コウにはその辺りも調べて貰いたい」

参謀総長とマーハティーニの繋がりがどういう性質のモノなのか、フロウが目指す組織の最終目的や理念はどこにあるのか。まずは敵の事情をよく知る事だ。

「『敵を知り、己を知れば百戦危うからず』ってとこか……」

「ほう？　良い言葉だな。キョウヤの国の軍訓か？」

「んにゃ、ずーっと昔にお隣の国で兵法書とか作った偉い人の名言、かな？」

スィルアッカの『反乱軍の手助けはほどほどにな』という忠告に、京矢は『略奪とかする必要が減るような助け方ならいいかもな』と意見を付け加えてコウに伝えた。

『分かった。何か考えてみるよ』

――おー無理せず頑張れー。あと、くれぐれも簡単に身体許すなよー――

リアルタイムで擬似体験とかイヤ過ぎるぞ、と釘を刺す京矢なのであった。


翌日。まだ少年部の皆が寝静まっている内から起き出したコウは、水汲み用の桶を持って廃鉱と繋がる洞窟に向かった。

隠れ家の一つであるこの平地では、洞窟の中に湧き出している地下水を生活用水として使っている。薄暗い解放軍キャンプの中央広場を通り抜けて洞窟の入り口にやってくると、バリケードの格子を背に居眠りをしている見張り役の姿があった。

「おじさーん」

「んをっ！　なんだなんだっ」

「おはよー、水汲みにいくからあけてー」

「なんだ坊主、随分と早起きだな」

あくび交じりに首と肩をコキコキ鳴らし、見張り役のおじさん同志は格子状のバリケードを開く。

明かりのランプを受け取ると、コウは洞窟の中へと入っていった。湧き水の場所まで入り組んだ洞窟内で迷わないよう、壁に目印が付けられている。

目印に沿って進んでいたコウは、入り口が見えない位置まで来たところで適当な横道に入って明かりを消すと、憑依出来そうな虫が居ないか探索する。地元の虫ならこの辺りの事に詳しいかもしれない。どこに餌場があるとか、どこに近付いてはいけないといった本能的な意識を感じ取るだけでも、付近の様子を把握する事が出来る。

解放軍構成員達の思考を読んだ限り、普段は緊急時に使われる隠れ家の一つでしかないこの平地周辺は、通り道となる廃鉱と洞窟も浅い所までしか探索が行われていないようだ。

奥まで探索すれば何か見つかるかもしれないし、何も見つからなくとも異次元倉庫から適当なお宝を見繕い、『迷子になってたら見つけた』と差し出せば、軍資金を少しばかり増やしてあげられる――というのがコウのアイデアだった。

魔力の篭もった石の欠片を目印代わりに置きながら、洞窟の奥へと進んで行く。目印の石は普通の人の目にはただの石ころにしか見えないが、魔力を視認出来るコウにはぼんやりと発光しているように見えるので、見失う事も無い。

しばらく探索していると、洞穴生物らしき小さな虫を見つけたので憑依。人や動物では通れない岩の隙間情報など拾いつつ、近くに餌場がある事を感じ取る。かなり大規模な餌場らしい。

『あっちの方向か……この虫君なら岩の隙間を這って行けるけど、人が通れなきゃ何か見つけても意味ないからなぁ』

場合によっては複合体で壁に穴を開けて道を作るという手もあるが、あまり派手な事をして崩落でも起こしては大変だ。大まかな方向を覚えて少年型に戻ったコウは、再び洞窟の探索を始めた。

少し高めの段差を降り、大きな水溜まりができている開けた空間に出ると、微かに空気の流れが感じられた。その風に乗って漂う悪臭。これは近くにコウモリのような生物が居る事を示している。

風と悪臭を追って右側に見える穴へと足を進める。相当に曲がりくねった通路を進むにつれて徐々に湿気が増していき、周囲の温度も上がり始めた。そして反響するキィキィという特徴的な鳴き声。壁や床で蠢《うごめ》く虫の数も急激に増えていく。

『虫君の餌場はここかぁ』

床一面を埋め尽くすコウモリの糞《ふん》と、それを覆って蠢く虫の大群。天井には、黒い小柄な体躯のコウモリが群れをなしてぶら下がっていた。足元の虫達がワーッと放射状に逃げ出して行く中、コウは緩やかなカーブの続く通路の先へと歩を進める。

やがてコウモリの糞地帯を抜けると、岩壁の先に青い水面と光の柱が現れる。

「あ、外だ」

ぐるりと弧を描いた通路の先には広々とした地底湖が広がり、ぽっかりと開いた天井から外の光が射し込んでいた。そこから大きな蔦《つた》のような植物らしきモノが大木の如く連《つら》なり、地底湖まで垂れ下がっている。よく見ると表面が白っぽいそれは、木の根っこのようだ。

中々に美しい幻想的な光景。青く澄んだ地底湖の水はやけにしょっぱく、塩分が高いように思われる。

「そろそろ戻ろうかな」

少年部の子供達も目を覚ましている頃だろう。あまり収穫は無かったが、昨日の今日で居なくなってしまっては皆に心配を掛けてしまう。コウは今日の探索を切り上げて、解放軍キャンプまで戻る事にした。

とりあえず、天井から降ってくる虫やら糞やらで汚れてしまった服を洗い、素っ裸で糞地帯を抜けると、少年型の召喚を解除。もう一度召喚し直して綺麗な身体に戻り、異次元倉庫から少年部の制服を取り出して着替える。服の乾燥には付与系の魔術を使って、水分を弾き飛ばした。

水汲み場までの順路を外れた辺りまで戻ると、コウの名を呼ぶ複数の声が聞こえた。ミアやバゼムの声も混じっている。どうやら手の空いている者で捜索隊が組織されたらしい。水汲み用の桶とランプを取り出したコウは、『ここだよー』と声を上げてみた。

「コウ君！」

「やっと戻ってこられたよー」

『虫を追いかけてたら迷子になった』というコウの答えに、脱力半分呆れ半分の反応を見せる捜索隊の面々。脱走ではなかったと分かって一同ホッとしている。

洞窟のずっと奥にコウモリが居た事を話すと、捜索隊に加わっていた大人組の一人が興味を示した。部隊の出撃や帰還ルートの幅が増え、本隊を安全に移動させる際にも利用出来るので、新しい出入り口が見つかったのならば調べておきたいのだ。

「それに、コウモリの糞が石になったやつは農作物の肥料として高く売れるからな」

「へー、そうなんだー？」

今日の探索の収穫はイマイチかとコウは思っていたが、意外と有意義だったのかもしれない。大体の方向や途中の段差など道の特徴を伝えると、急遽組まれた探索隊が奥へと赴く。

コウは自分の仕事である武具磨きをしに、少年部の作業場へと向かった。


「なあなあ、洞窟の奥って魔物とか出なかったのか？」

「魔物はいなかったなぁ」

清掃の仕事をサボって武具磨きの作業場に顔を出したバゼムが、興味津々に訊ねてくる。

冒険者に憧れているような雰囲気が感じられるバゼムだが、彼自身は冒険者という存在について詳しい知識を持っていない。物心付く頃から組織と共に行動し、組織の中で育って来たバゼムは、外の世界の事を殆ど知らないのだ。

「こーらっ、なにサボってるのよ！」

「げっ、うるさいのが来た」

平棒を振りかざすミアを捕捉したバゼムは、そそくさと作業場を後にした。騒がしく走り去る二人を見送ったコウの傍にウルハがやって来て、隣で武具磨きを始める。そうしてやおら念話を使って話し掛けて来た。

――……お仕事、してたの……？――

『うーん、半分はそうかな』

コウがエッリアから来た諜報員であると認識しているウルハは、朝方コウが姿を消したのはそちらの仕事関係だと思ったようだ。

――もし……脱走するなら、一緒につれていってほしい――

『ウルハは、ここに居たくないの？』

ふるふると首を振るウルハ。ここの皆の事は嫌いではないのだが、コウと居る時の方が安心出来るという。それは取り繕いや見得といった虚勢で心を誤魔化さないコウならではの安定感と信頼感である。他者の心に触れられる祈祷士の才を持つウルハにとって、表と裏の温度差が少ないコウは、一緒にいてとても安らぐのだ。

『そっかー。ボクもずっとここに居られる訳じゃないから、エッリアに帰るときはキョウヤにも相談してみるよ』

――エッリア……キョウヤという人……兄弟……？　お兄さん？――

『キョウヤはもう一人のボクだよ』

――？　？　？――

一応は同一の存在でもあるコウと京矢の関係について、コウの心に触れられるウルハにもよく理解出来なかったらしい。コウと並んで箒手を磨きながら、小首を傾げるウルハなのであった。

昼前頃には探索隊が戻り、採取して来たコウモリの糞石《ふんせき》や、地底湖に垂れ下がっていた巨大根の表面から取れた塩の結晶などが広場に並べられた。

組織の活動資金として大いに使えると、解放軍指導者のフロウや参謀総長マズロッドも交えて話し合っている。

「やあ、コウ君。お手柄だったね、君のおかげで素晴らしい資源が見つかったよ」

ウルハと食堂テントまで移動中だったコウは、広場を通り掛かったところでマズロッドに声を掛けられた。ウルハはマズロッドに『捕食者』の気配を感じるらしく、苦手としていた。コウの服の裾を掴んで、その背中に隠れてしまう。

そんなウルハの様子を気にした様子もなく、マズロッドはコウモリの糞石と塩の結晶でかなりの活動資金が得られると語った。

「マズロ、子供達にそんな話をしても、きっと難しくてよく分からないと思うわ」

「おおっと、これは失礼。少々舞い上がってしまいましたよ」

フロウに窘《たしな》められて頭を掻く参謀総長の姿に、周囲から和やかな笑いが零れる。この時、コウは『活動資金』というキーワードから、マズロッドの思考より重要な情報を読み取っていた。

――最近は新しい事業とやらで資金の減少が著しかったからな、これで何とか凌《しの》げるだろう――

マーハティーニから供給されていた組織の活動資金がここ最近減少気味だったせいで、調達部隊の稼ぎ程度では活動体制を維持出来ないと悩んでいたのだ。マーハティーニのどの辺りから資金が出ているのかまでは把握していないようだが、恐らくはレイバドリエード王による指示と推測しているようだ。その目的についても、マズロッドはおよそ見当をつけている。

『ディードルバード王子の名声を上げる為の策かぁ』

バッフェムト独立解放軍がディード王子の功名稼ぎに利用されている事に関しては、スィルアッカをはじめ各国の王達も暗黙のうちに理解していた。だが、まさか活動資金の提供まで行っていたとは誰も思っていなかった。

指導者であるフロウは、参謀総長《マズロッド》がマーハティーニと通じている事も、調達部隊の実態も、特務別働隊隊長の正体がマーハティーニに雇われたヴェームルッダの上級戦士長である事も知らない。

――完全な傀儡だなそりゃ――

『あ、おはよーキョウヤ』

――おはよう。とりあえずその情報、スィルアッカに伝えてくるよ――

『うん、よろしくー――あっ、それとねー』

解放軍の重要な裏事情を探り出したコウは、特に何を思うでもなく、いつもと変わりない調子で自身が帰還する時の事を相談し始める。マーハティーニの策略によって演出されていた、数年に及ぶ反乱軍と征伐軍のイタチごっこは、コウの暗躍により大きな変化を迎えようとしていた。

4

元々は漁師達が集まって結成された、小規模な抗議集団でしかなかったバッフェムト独立解放軍。

それを影で操り、糸を引いていたのは、最も征伐に熱心だったマーハティーニのレイバドリエード王であった。

レイバドリエード王が反乱軍に求めた役割は、反皇帝を唱える集団組織の表立った活動によって、現皇帝ガスクラッテや帝都エッリアの牽引力を弱め、反乱軍を鎮圧するディード王子の支持を高める事である。

つまりエッリアを宗主国の座から追い落とす為の道具として、圧政に苦しむ弱小国や地方部族から人材を集め、現在のような中堅国の一軍にも匹敵する武装組織を結成させたのだ。

長きにわたり隠蔽されてきたこれらの事実は、イレギュラーな存在によって明るみにされつつあった。


宮殿の資料室にて、スィルアッカはバッフェムト独立解放軍に関連する反乱軍資料を読み漁っていた。そしてコウからの決定的な情報を基に現状のおよその構造を推測、把握するに至った。

「組織の創始者が掲げていたのは自由な漁業。大型漁船の接収と漁の規制に対する抗議か」

彼等がバッフェムト独立を謳《うた》い始めた時期は、組織の首謀者だった一族の長《おさ》が戦死して娘が後を引き継いだ頃からのようだ。この娘は恐らく現在の指導者フロウの事であろう。

バッフェムト独立解放軍の活動による被害報告が増え始めたのは、それの少し後からである。

「しかし……コウからの情報を聞く限り、組織を拡大したり過激化させたりするような人物ではない——」

——となれば、やはりマーハティーニと通じる参謀総長《マズロッド》が、指導者フロウを旗印に組織の結束を図りつつ、規模の拡大と武装集団化を進めていったと考えられる。

活動が行き当たりばったりなのは戦略性が無いのではなく、明確な意図が分からないように動く事で、本来の目的である『ディード王子の名声を高める餌として存在している事実』から人々の目を欺いているのであろう。

実際、目的がハッキリしないせいでどこに現れて何を行い、またどこへ行くのか予測が立てられず、他国の征伐隊が領内の巡回や待ち伏せで反乱軍と遭遇した事例も殆ど無い。

ちまちまとした被害報告は上がるものの、街を占領されたり帝国内の要所を押さえられたりといった大きな被害も無い。征伐隊が向かえばすぐに逃げてしまう事からも、当初はあまり脅威と見《み》做《な》されていなかった。

近年、反乱軍の兵力が『所詮は烏合《うごう》の衆』と看過出来ない規模にまで膨れ上がった事で危機感を覚え始めた近隣国は、マーハティーニに征伐隊の派遣を依頼してくるようになっていた。丁度、エッリアではグランダールとの戦に備えて戦力の再編をしていた頃だ。

「宗主国の座を狙った長期的な戦略、と見るべきか……」

約一年前、京矢を保護した事を切っ掛けに発展した機械化技術の優位性が無ければ、今頃はエッリアの凋落とマーハティーニの台頭がハッキリと現れていたかもしれない。

「スィル様、少し休憩なさってはいかがですか？」

机に向かって唸るスィルアッカの傍にやって来たターナが、お茶を勧める。うむとひと口啜《すす》り、椅子の背もたれに身を預けるスィルアッカ。机の上に広げられた資料の隣には『マーハティーニと反乱軍についての考察とその対策』と綴られている。

「難しい状況ですか？」

「ああ……正直、芳《かんば》しくない」

マーハティーニの策略は予想以上に深いところまで進んでおり、近隣国への発言力、影響力がその資金と共に浸透しているようだ。

スィルアッカはグランダールとの休戦協定が結ばれる以前、コウが味方判定を下した支分国の王達の中にも、自国の重鎮がマーハティーニ寄りである事に憂いを持つ者がいた事を思い出す。

「マーハティーニの勢力は近隣国の王よりも、王家を支える有力家との結びつきが強い。要は足元からの切り崩し工作だった訳だ」

反乱軍の被害が多い地域では、征伐隊の派遣と街の復興によく投資や援助をしてくれるマーハティーニへの友好度が高い。各街の領主が自国の王室《うえ》を通さず、直接マーハティーニと交渉を重ねて援助を受けるケースも増えている。

特に不正がある訳でもなく、資金援助に無茶な見返りを求められる訳でもない。それらの国々の王達は、マーハティーニとの今後の関係を考えると、領主達にそういった資金の受け入れを禁止する訳にもいかない。

近隣国とマーハティーニの繋がりはもはや、簡単には断ち切れないところまで来ているのだ。

「反乱軍との繋がりを暴露して糾弾する訳にはいかないのですか？」

「明確な証拠が無いし、あの狸親父がそうそうボロを出すとも思えん」

コウの情報は正確なモノだが、相手の思考を読んで取得した機密であるだけに、それが間違いなく正しい情報であると第三者に証明出来ない。

証拠になりそうな物や人はすぐ隠滅を図られ、その上で白《しら》を切り通されてしまえばそこで手詰まりだ。逆に証拠もなく反乱軍との繋がりを指摘した事に対して切り返しを受ける危険性もある。

「内容が内容だけに、相談出来る相手も居ないのが痛いところだ」

「キョウヤは……こういう事に詳しい訳でもありませんでしたね」

「こういう話にもしれっと参加して来るから忘れがちになるが、アレは一応、素人だからな」

「そうでした」

そんな事を話している二人の前に、へっくしょいと呟きながら、京矢がぶらりとやって来た。別に悪口を言っていた訳ではないのだが、噂の本人がいきなり現れて少し動揺するターナとスィルアッカ。

「素人からの提案いかがっすかー」

「な、なんだ？」

謎のテンションに気圧されながら京矢の『提案』とやらに二人が耳を傾けると、京矢はコウの記憶と自分の知識、双方を交えた発想から至った結論を披露する。

「適材適所、目には目を、狸親父には狸親父を――って事で、コウと俺からのお勧め」

策略や陰謀に通じていそうな人物。カウンターアタックを任せられそうな海千山千の手腕を持つ人材に相談する事を勧める京矢。その人物とは――

「ルッカブルク卿、か……」

――京矢達の会話より少し前。解放軍キャンプの昼下がり。

本来食事の摂取は必要ない為、少量の配給スープで早々に食事を済ませたコウは、諜報活動に勤しむ。食後の自由時間に、キャンプの敷地内でもまだ立ち入った事が無い区画を見て回っていた。

攻撃部隊に所属する同志達の共同生活テントが並んだ一角から更に奥まった所に見える、ひときわ大きな指導者のテント。その背後に聳《そび》える高い崖には木枠で組まれた階段が設けられており、崖の途中にぽっかり開いた洞穴へと繋がっている。

『あそこはなんだろう？』

コウが洞穴に注目していると、指導者のテントからフロウが姿を現した。どこか気だるげな足取りでテントの裏に回ると、階段を上って洞穴へと姿を消す。

何があるのかと興味が湧いたコウは、崖の洞穴を探索してみる事にした。

普段なら指導者のテントに向かう小道には見張り役が立っている。だが、今日はコウが見つけた地底湖周辺のお宝資源集めに人手が駆り出されていた事、昼食時であった事が重なって警備に空白ができていて、コウの侵入を見咎める者は居ない。

真っ当な軍組織ではありえない失態だが、バッフェムト独立解放軍は『真っ当な軍組織』ではないのだ。

指導者のテント前まで来た時、中から誰かが出て来る気配がしたので、コウは素早く物陰に隠れた。指導者の付き人《フロウ》くらい居てもおかしくはない。そんな事を考えていたコウの視線の先、テントの出入り口から現れたのは参謀総長《マズロッド》だった。

『あれ、この人が来てたのかー』

マズロッドは服の裾や襟を軽く整えながら一度振り返り、テントの裏手に見える崖の洞穴を見上げると、そのまま踵《きびす》を返して攻撃部隊の共同テントが並ぶ一帯へと下りて行った。去っていく参謀総長の後ろ姿を、コウは物陰から静かに見送る。

やがて物陰から出たコウは、木枠で組まれた階段を上って洞穴に踏み入った。くぐもった水音が反響している洞穴内は、少し奥まで入った辺りで厚そうな布に遮られている。

サウナ用テントのように何枚も重ねられた布をカーテンにしているらしく、閉じた隙間から僅かに白い蒸気が立ち昇っていた。

『もしかしてフロウ専用のサウナなのかな？』

コウが布壁に触れてみると、以外にもあっさりとした手応えで簡単に隙間が開き、外気の流入と蒸気の流出で発生した風がコウの頬を撫でて行く。そんな空気の流れに反応したフロウが、ぼんやりした表情で振り返った。

「マズロ……？　ごめんなさい、私……今日はもう――」

真っ白な肌に刻まれたばかりの赤い痣《あざ》と情事の痕跡を、暖めた湯で汗と共に洗い流しながら、また今度にして欲しいと懇願するフロウ。しかし、視線を向けた先に少年の姿を認めて驚愕を露《あらわ》にする。

「えっ！　あ、あなた、何故ここにっ」

「何があるのかなと思って、勝手に上ってきちゃった。ごめんなさい」

ペコリと頭を下げるコウ。身体も露にしていた事を思い出したフロウは、汗を拭き取るサウナ用の薄いタオルを身体に巻きながら自身の動揺を抑えつつ、努めて冷静に話し掛けた。

「そ、そうだったの……あ、あの、下で誰かに会わなかった？」

「マズローさんがテントから出て行ったよ?」

「そう……えーと、彼が訪ねて来てたのは、あなたが見つけた資源の事で大事な秘密のお話があったからなの」

だから他の人達には内緒にしておいてね、とお願いするフロウ。何かを必死に誤魔化そうとしている様子がありありな彼女の思考から読み取れた情報に、リアルタイム交信中の京矢が反応した。

——コウ——

『どうしたの? キョウヤ』

——あのレイパーペド参謀、やっちまおう——

『え~まだダメだよ~』

お飾りの指導者は、先代より受け継いだ組織を護る為、ここまで大きくなったバッフェムト独立解放軍を維持していく事が可能な手腕を持つ者に、見返りとしてその身を捧げていた。

ありがちな話ではあったが、自らその判断を下したのではなく、当時まだ年端も行かなかった少女が組織の解散か継続かという選択を突きつけられ、なし崩し的に奉仕を迫られての結果。そんな裏事情に京矢の倫理観が火を噴いた。

——殴りたい、ああ殴りたい、殴りたい——

『ごーしちごーだねっ』

——まあそれはともかく。解放軍もマーハティーニの傀儡組織だって事は間違い無い訳だ——

『そうだね、それを知ってるのは参謀の人と、この前の部隊長の人くらいみたいだけど』

それならば、解放軍をどうこうするよりも大元であるマーハティーニをどうにかしてしまう事で、色々な問題が一気に解決するのではないか――そんな風に考えた京矢に意見を求められたコウは、自分がこれまでに見たり関わったりして来た問題を思い出す。

クラカルの街でディレトス家の世話になっていた頃に関わった、行政院の幹部貴族による不正事件。グランダールの王都トルトリュスで起きた、沙耶華《さやか》の拉致誘拐にも絡む一連の陰謀。ナッハトームとの戦争でバラッセの防衛の支援に参加した折、総指揮を担っていた老紳士が語ってくれた昔話とその顛末。

それらを踏まえて、全て潰してしまうよりも、悪い部分を切除するなり、良い流れに向かうよう処置した方がいいとコウは答えた。

『マーハティーニが何もかも悪いわけじゃないと思うんだ』

――外科手術的なやり方か……――

策略に策略で対抗する静かな戦い。スィルアッカにそれを推すならば、コウにはマーハティーニに潜入してレイバドリエード王に張り付いていて貰いたいところだと考える京矢に、コウは疑問を呈する。

たとえ相手が何を企んでいるか全て筒抜けに出来たとしても、必ずしもそれで相手の策略全てに対抗出来る訳ではない。

大勢の思惑が絡む国家間の策略合戦では、一つの企みからそれに絡む様々な要素が派生する。それらを全て把握するのは勿論、予測するのも困難だ。

むしろ一人の企みに意識を集中し過ぎるあまり、他の動きに対する警戒が薄れ、派生した別の要素を経由して迫る脅威を見落とす危険もある。

相手の策略内容を知ってから対策を講じるような「受け」の対処法ではなく、相手の目的や方針を理解した上でそれらを織り込みながら仕掛ける「攻め」の戦略が必要だとコウは考えた。

――うーむ……なんか自分の分身とは思えない思慮深さだな――

『キョウヤだって覚えてる記憶とか全部使えたら、すぐに思いつくと思うよ？』

何かを考えるにも覚えるにも、また思い出すにも脳を使う普通の人間に比べると、記憶情報にほぼ直結している精神体のコウは、自然と頭の回転も速い状態に在る。本体が目覚めた事で魂が活性化してからは特にその傾向が顕著だった。

――しかし、難しい問題だな――

スィルアッカも頭は良いのであろうが、彼女自身が「策略家の狸親父」と呼んで警戒している相手を、やり込められるだけの策略手腕を果たして発揮出来るのか否か。

『それは大丈夫。味方になってくれそうな人に、そういうの得意な人がいるから』

――それって誰……ああっ、なるほどな、確かにあの人なら対抗出来そうだよな――

コウの意識から該当する人物を読み取って納得した京矢《きょうや》は、早速スィルアッカ達に勧めようと奥部屋を後にする。「確か宮殿の資料室に居る筈だ」という京矢の思考を拾ったコウは、宮殿内の詳しい道順を思い出す事で京矢の移動を補佐した。

と、その時——

「あの……コウくん？」

先程から黙り込んだままボーっとつっ立っているコウに対して、参謀総長《マズロッド》が自分のテントを訪れていた理由をあれこれ説明していたフロウが訝しむように覗き込む。

「ごめん、フロウに見とれてたんだ」

「なっ！　こ、コウくんったら……もう、大人をからかうものじゃないわよ？」

ぽっと頬を染めたフロウは少年コウを回れ右させせると、サウナ部屋から追い出した。優しく退室させられたコウは、そろそろ武具磨きの仕事場に戻ろうかと洞穴を後にするのだった。

——つくづく、俺の分身だとは思えない……——

意識の奥で、京矢がぽつりと呟いた。

5

帝都エッリアではスィルアッカ皇女を支持する者は多い。宮殿上層を占める半数以上の有力家からは、次期皇帝として帝位継承を望まれている。

だが女帝を戴く事に慎重な一派も少なからず存在し、とりわけルッカブルク卿はその筆頭として知られている。

「ふむ。私に内密な相談という事ですが、例の従者は連れておられないようですな？」

「コウには別の仕事を任せていますので」

重要な会議や支分国大使達との会談でも特に議論で良い流れを作ったり、有益な結果に結びつけたりした時はいつも「例の従者」が傍にいた事を言外に指摘するルッカブルク卿。

のっけから、あの従者には「珍しい冒険者ゴーレム」という以外にも何か秘密がある事に気付いているようなニュアンスを含ませて牽制するルッカブルク卿に、スィルアッカは苦笑を返した。そして言葉遊びに乗らず、ストレートに切り出す。

「マーハティーニに仕掛けたい。貴方の力を貸して欲しい」

「――それは……」

「勿論、謀略の類だ。国力はそのままに、帝国内での影響力を削ぎたい」

「……私に策略の知恵を貸せと仰る訳ですか」

対立的な立場を明確にしている自分のところへ直々に協力を求めて来た真意を推し測ろうとするルッカブルク卿に、スィルアッカは表に出せないマーハティーニ絡みの事件やその真相を語った。

先日の魔導技術研究施設が反乱軍に襲撃された事件の真相、バッフェムト独立解放軍の実態とその裏に隠されたマーハティーニの暗躍など、帝国内の暗部にかなり踏み込んだ危険な内容だ。

「そのお話、陛下には？」

「父上の耳には入れていないし、事が済むまで知らせるつもりはない」

横槍を入れられたくないというスィルアッカの判断は、現皇帝の与《あずか》り知らぬところで全ての処置を行う事を示している。それは将来自身が次期皇帝として君臨し、帝国を治めていく心積もりである事を表明するモノだった。

スィルアッカの帝位継承に対して慎重な立場であると公言する重鎮を相手に、これほど重要な情報《ネタ》を持って秘密裏に協力を要請する行為。正面から「我が軍門に降れ」と誘っているようなものである。

「……殿下は、随分と私を買い被っておられるようだ」

「正直なところ、私は貴方が苦手だった」

唐突な告白に、それは確かに正直な意見ですなと肩を竦めるルッカブルク卿。その一方で彼は、スィルアッカが自身と対立する一派を掌握する為に何を語り、いかなる説得にて自分を味方に引き入れるつもりなのか興味を持った。

「コウは人の本質を見抜く力を持っている。そのコウが、貴方は敵ではないと言った」

「ほう、祈祷士のような能力ですかな？　しかし、従者の進言を根拠に味方を選定するというのは、いささか……」

「勿論、それを信じるか否かは私の判断だ。そしてコウを起用したのは正しかったと明言出来る」

「ふむ。まあ確かに、ここのところはトラブルの対処を含め色々と上手く運んでおるようですな」

スィルアッカはコウの素性や能力について伏せた部分を残しながら、ルッカブルク卿に歩み寄る事を決めた理由の一つに、政治的な戦略手腕を持つ有能な参謀役が必要である事を挙げた。

「はて、最近殿下の携わって来た交渉事を悉《ことごと》く良い方向に導いて来た彼は、貴女《あなた》の直属ではありませんでしたかな?」

「コウの役割はあくまでも判断材料を提供する為の補佐だ。コウが正確な情報を上げ、それを私が判断する」

今自分が欲しいのは、敵勢力をこちらの望む形に弱体化させた上で理想的な関係に持ち込めるような、効果的な政治戦略を組み立てられる人材なのだとスィルアッカは語る。

「なるほど、殿下の仰りたい事はよく分かりました。では……私めが殿下の側につくとして、その見返りには何を?」

皇帝の臣下という立場にある者が、皇女殿下の要請に応えるに当たって見返りを求めるなど、本来なら不敬の誹《そし》りを受けかねない言動である。だが己が主君はあくまで皇帝陛下であるとするルッカブルク卿は、この問い掛けでスィルアッカを試した。

交渉する相手の事をどこまで把握し、理解出来ているか。問いに対して何と言ってどう対処するのか。その答え如何によっては、スィルアッカ皇女に対する見方や自身の立場を変えていかなくてはならない。

ルッカブルク卿の最後の試しに対して、スィルアッカは淀みなくこう答えた。

「帝国の発展と民の憂い無き平和な世界を約束しよう」

スィルアッカは既にコウを通して得た情報によって、ルッカブルク卿が普段から何を求めているのか把握していた。最初にコウからそれを教えられた時、意外過ぎて聞き直したほどだ。その為、卿の願う「民の憂い無き平和な世界」という願いをしっかり覚えていた。

「……これは驚いた――いや、感服致しました。これまでの数々の非礼、お許しください」

「非礼だったとは思っていない。それに、貴方の願いを知っていたのはコウの功績だ」

大きく改められた態度に少々面食らったスィルアッカはそう言って卑下するが、優秀な人材を部下に招けるのも、部下の功績を活かせるのも、上に立つ者として優秀である証だと諫《いさ》められる。

「この上は微力ながら姫様の為に、策謀の知恵を尽くしましょう」

「そうか、よろしく頼む」

若干表情を緩めたスィルアッカとルッカブルク卿は、しっかりと握手を交わした。

その後、ルッカブルク卿の私室にターナも呼び寄せたスィルアッカは、対マーハティーニの策を練るに当たって話し合いに入り、その際ルッカブルク卿から心構えを確認された。

「差しあたり、マーハティーニに仕掛けたいという事でしたが……お手を汚す覚悟はお有りですか？」

「うん？　私の手はとうに血塗れだが」

「貴女個人の闘争によるものではありません。貴女の働き掛けにより、他者の手を血で汚す覚悟を問うております」

「既に通った道だ」

宮殿庭園で姉の護衛戦士を屠った時から、スィルアッカ自身もこれまでに大なり小なり策略の類は仕掛けたり仕掛けられたりを重ねて来ているのだ。流石に国家戦略規模の謀《はかりごと》はまだ経験に乏しく、グランダールに仕掛ける時は暗部同盟に任せきりだったが。

割とあっけらかんと答えた皇女殿下《スィルアッカ》に、これは自分も掴みきれていないところで相当数の問題と向き合って来た経験があるのだなと悟ったルッカブルク卿。ならばこそ、個人的な感情に惑わされる事なく、支配者として非情な決断も下せるであろうと期待する。

実際のところ、ルッカブルク卿の心配は、およそ彼の認識不足による杞憂の類であった。

ルッカブルク卿が懸念していた要素。それはスィルアッカと「非常に親しい」マーハティーニの王族兄妹、ディードルバード王子とメルエシード王女に対して感傷が働き、計画の詰めに甘さが出るのではないかというものだったのだ。

逆に言うなれば、ルッカブルク卿の眼をもってしても、メルエシードが演じていたスィルアッカとの親密さという演技は見抜けなかった事になる。ある意味、レイバドリエード王の持つ策略の才が娘メルエシード王女にも備わっていた、とも言えた。

「では、現在の状況と先の施設襲撃事件の真相を利用した策を一つ挙げたいと思います」

「ほう……さっき教えたばかりの情報をもう活用するのか」

ルッカブルク卿を味方につけたスィルアッカは、エッリアの安泰と帝国内の安定に向けて、対マーハティーニの策謀を練り上げていくのだった。


バッフェムト独立解放軍キャンプ、少年部のテントにて。今日も武具磨きの仕事を終えたコウは、就寝時間の静かなひと時を京矢との交信で過ごしていた。京矢からの知らせによれば、数日中に帝国内で大きな動きが見られる可能性があるという。

――俺も詳しい事までは聞いてないんだけど、そっちにも影響が出るかもしれないから備えておくようにってさ――

『んー、わかった』

――今のところは解放軍キャンプにも特に問題は無いみたいだな――

『うん、征伐隊もこないし、調達部隊はコウモリの糞《ふん》と塩の結晶を売りに行ってるみたい』

何か起きた時は、正体をバラしても良いので子供達は護ってやれよ？　と言う京矢に、コウもそのつもりでいると応える。また、ウルハを連れ帰る事に関しては許可が下りたと京矢が伝える。

――まあ、その子の能力を利用する事が前提みたいだけどな――

『それはウルハも分かってるみたいだよ、ちゃんとスィルの為に働くって言ってた』

祈祷士としての訓練も無しに才能だけで、熟練祈祷士であるリンドーラ並みの交感能力を発揮したウルハについては、話を聞いたスィルアッカが即日お持ち帰りＯＫを出した。実質、人材選定をこなせる者が一人増えるようなものである。

今後の方針を定めたコウは、スィルアッカ達の活動による大きな動きがあった際に組織内で動き易いよう、フロウからの信頼を得ておくべく接近して距離を詰める予定を立てた。

――……お前も大概策士だよなぁ――

『そーお？』

コウの内心予定を読み取った京矢が、溜め息交じりの思考を飛ばす。主に境遇に対する愚痴っぽい思考だ。

自分もイケメンマスクか可愛い顔を持っていれば、訳有り皇女様や訳有りまくり王女様、中身がアサシンな離宮の侍女さん達ではなく、普通の美人使用人かどこかの御令嬢と良い関係になれたかもしれないのに、という嘆き。

――不死身とか抜きにしても、ほんとに便利だよなー、その身体――

バラッセのニーナ、エルメール、クラカルのアリス、ガウィーク隊のカレンにレフ、トルトリュスの沙耶華とエルローゼに王宮群の使用人さん達、エイオアのリンドーラ、旅の途中で立ち寄った街の酒場にいる給仕のお姉さん方、そして解放軍少年部のウルハ――

――フロウには計画的に接近予定とか、お前あらゆるタイプから抱擁を受けてるだろ――

『ニーナにはハグされたけど、エルメールさんには頭撫でられた事しかないなぁ』

――正直、羨ましい――

『あはは』

立場上、こういった気楽な雑談を交わせる相手が周囲にいない京矢は、文字通り気心の知れ合ったコウと若者的な会話を楽しむ。だが、意識の奥で繋がっているが故に京矢が敢えて触れないようにしている事柄も知るコウが、遊び心と悪戯心を発揮する。

『でも、ボクとチューしたのはキョウヤだけだよ？』

――ぎゃーっ――

エッリアの離宮にある奥部屋から「忘れたい……」という願いと共にジタバタする思考が伝わってくる。夜の空いた時間に京矢を弄って遊ぶコウなのであった。


数日後、エッリア宮殿上層階の一角、帝都を訪れた支分国の王族や大使達が滞在する際に使われる部屋の一室にて。

急遽マーハティーニから妹姫メルエシードの安否の確認に、ディードルバード王子が訪れていた。彼は、いつもなら十数日ぶりに顔を合わせる時など飛びつく勢いで抱きついてキスの一つもくれていたメルエシードの、どこか余所余所しいような雰囲気とぎこちない態度を訝しむ。

「どうしたメル、怪我は無いと聞いていたんだが……どこか悪いのか？」

「兄さま……」

人払いのされた部屋。心配するディード王子にそっと歩み寄り、ぴとりと身体を預けたメルエシードは、戸惑いがちに訊ねる。

「お父様は、何か言ってなかった？」

「ああ……いや、親父殿は――反乱軍の征伐を優先しろと言っていたが、無理を言ってエッリア行きを許可して貰った」

多分、親父殿もメルエシードが狙われた事で腹に据えかねて、反乱軍の征伐を強調したのだろうと語るディード王子。その答えに半分気持ちを浮上させたメルエシードは、最愛の想いを寄せていた兄王子に確認しておきたかった事を告げる。

「ねぇ兄さま、兄さまは……あの日、わたしが施設の視察団に同行する事を知っていた？」

「いや？　公務だったという話を後で聞いた。俺はてっきりまたメルが気まぐれでついて行ったのかと思ったぞ」

「じゃあ、兄さまはお父様から何も聞いていなかったのね？」

「うん？　なんの事だ？」

ディードルバードは先程からの探るような問い掛けに、メルエシードが何を言わんとしているのか分からず疑問を呈す。その反応にホッとした表情を浮かべたメルエシードは、一度ぎゅっと抱きついてディードルバードの胸に顔を埋めると、ゆっくりと離れながらこう言った。

「わたし、お父様の言いつけに背いてしまったの。秘密の任務があったのに」

「それは仕方あるまい、警備兵になり済ましていた反乱軍に襲われたのだろう？　メルのせいではない」

「ううん、違うの。わたし、本当はその反乱軍の手に掛かって死ななくちゃいけなかったの」

「なにを……言っている……？」

メルエシードの言葉に眉をひそめて混乱するディードルバード。そこへ、ノックもそこそこに部屋を訪れたスィルアッカ皇女殿下が、側近の侍女ターナを扉の外に待機させて二人の前に立った。

示し合わせていたように小さく頷き合うスィルアッカとメルエシードに、ディードルバードはますます混乱を深める。

「スィル、これは一体……メルは何を言っているんだ？　君は何か知っているのか？」

「とりあえず、貴方が潔白である事をまず信じよう」

スィルアッカはそう言って部屋のテーブルに向かうと、戸惑うディードルバードを手招きして椅子に腰掛けるよう促した。

ターナとその部下が護りを固めた部屋にて行われた、スィルアッカ皇女とディードルバード王子の極秘会談。魔導技術研究施設襲撃事件の真相を聞かされたディードルバードは、俄かには信じ難いと呻く。

「それは――本当の事なのか……？」

「残念ながら、事実だ」

きっぱりと答えたスィルアッカに追随するように、メルエシードが頷く。更に、スィル将軍直属の諜報員によって明らかにされた「マーハティーニから反乱軍への資金提供」という反乱軍征伐の自作自演情報に言葉を失う。

ディードルバード自身、父王から推されるやたらと効率の悪いやり方に沿った反乱軍の征伐法には常々疑問を感じていたのだ。

「エッリアとしては、このままマーハティーニの不正と暴挙を放置しておく訳にはいかない」

その言葉にハッとなるディードルバード。確かに今は、ショックを受けたとて呆けている場合ではない。

宗主国の、実質政務まで取り仕切り始めている皇女殿下にここまで問題を把握されていては、もはや糾弾と制裁は免れない事態だ。最悪の場合、王室が解体されて領土はエッリアと周辺国に分割編入され、マーハティーニという国家は消える。

「俺に、この話を聞かせた目的はなんだ？」

祖国の将来を担う王族の長男として、何とかしなくてはならない。わざわざこうして会談の席を設けている事から、直ちにマーハティーニをどうこうするつもりは無いと見たディードルバードは、スィルアッカの目的を訊ねた。

スィルアッカは、今まであまりじっくり見る機会も無かったディードルバードの真剣な表情と向き合う。事前に話を通しておいたメルエシードは黙って俯《うつむ》いている。その沈痛も露な様子からは、完全に納得している訳ではないという気持ちが窺えるが、受け入れる事は出来ているようだ。後はディードルバード王子の選択と決意次第となる。

スィルアッカ皇女は既に引き返せないところまで進んでしまったマーハティーニに、糾弾と制裁を下さず、是正する為の処置を言い渡す。

「お膳立ては全てこちらで済ませる――レイバドリエード王を討て」

「っ……！」

街や村の農家では、そろそろ作物の収穫をする時期だ。

今日も今日とて朝から賑やかな解放軍キャンプの少年部テント周辺。トウロに雑用を押し付けようとしたバゼムがミアに平棒で叩かれたり、以前ラッカが貰ったお人形のほつれた部分をウルハが修繕してあげたりと、平和な時間が流れていた。

お人形からは前の持ち主の影である〝命の残り香〟は消えている。ラッカが大事に使っていく内に人形と重なっていた影は次第に薄くなり、やがて見えなくなったので、ウルハも触れる事が出来るようになったのだ。

「あれ？　そういえばコウくんは？」

ふと、コウの姿が見えない事に気付いたミアが誰に向けてでもなく口にすると、最近は以前よりもよく話すようになったウルハが、人形をラッカに返しながらボソボソと答える。

「彼なら、フロウさまの所に行ってるみたい」

「またぁ？」

「コウちゃーフロウさぁーとなかよし？」

「そ、そういえば……この頃よく一緒にいるところ、み、見かけるよね」

ミアのバゼムクラッシャーに巻き込まれたトウロが頭を擦りながら言うと、「確かに」と皆で頷く。

「さてはあいつ、フロウさまに売り込み掛けてやがるな！」

「なに言ってんのよ、アンタじゃあるまいし」

「彼、大人のむずかしいお話も出来るから、フロウさまの話し相手になってる」

若干、言葉に不満げなニュアンスを含ませながら、ウルハは指導者のテントがある崖の方角に視線を向ける。

つられて同じ方向を見た少年達は、崖の途中に開いている洞穴へと掛けられた階段の上で並び立つコウ少年と指導者フロウの姿を見つけて「なるほどー」と、誰かによく似た口調で声を揃えた。

先日、専用洞穴サウナに迷い込んで来て以降、コウ少年は毎日のように顔を出すようになっていた。フロウはあまり特定の相手と親しく振舞うのは組織にとって良くないと思いつつも、聞き上手でとても話し易いコウと過ごす時間を増やしていた。

以前コウが洞窟の新しい出入り口を見つけた時、一緒に見つかった資源の事でマズロッドが組織の資金繰りについて語った事があった。その際、フロウは子供にそんな話をしても分からないだろうと宥めた。だがコウはちゃんとそれらの仕組みを理解しており、驚くほど組織の全容を正しく把握、認識していた。

中でも、フロウが心に秘める誰にも相談出来ない組織の暗部についても、コウは正確に察してくれている。

「その人達ってもう、フロウのお父さんが作った組織とは関係なくなってるんじゃないかな」

「そうよね、私もそう思うの。だけど、彼等がいないと今の組織を維持出来ないってマズロは言うし……」

解放軍の中でも特に維持費が掛かっている第二軍独立部隊や別働隊の活動は、指導者の立場にあるフロウでさえ把握していない。マズロッドが色々と指示を出しているようだが、その詳細を伝えられる事はない。

「教えるとマズいって思ってるんだね」

「ええ、そうみたい――まあ、何をしているのかを知ったとして、私にどうこう出来るとも思えないけど……」

いつの間にか独立と解放を掲げて戦う武装集団と化してしまったこの組織も、元々はエッリアの都合で船を奪われた漁師達の抗議を纏めて訴える平和的な集団だったのだ。

「元の平和な抗議団体に戻ろうってみんなに話してみたら？」

「えぇー、今更そんな事……」

「もしかしたら、フロウと同じことを思ってる人とか沢山いるかもしれないよ？」

「……そうかしら」

先代の事を敬い、フロウを慕って組織の活動に身を投じている人達なら、フロウの言葉も十分届くのではないかと勧めるコウ。

実は諜報活動の一環で「同志達」の内面も読み取り済みであり、ちゃんと根拠がある。今の組織の在り方に疑問を懐《いだ》いている同志は結構多い。確信を持って語られるコウの言葉は、着実にフロウの気持ちを脱戦闘集団へと傾かせていくのだった。


その夜。参謀総長のテントで密談を交わしていたマズロッドは、焦燥を浮かべた様子で特務別働隊の隊長、ヴェームルッダから派遣されている上級戦士長カロムッソに詰め寄っていた。

「どういう事だ！　今更抜けるなどと、組織はどうなるっ。それにマーハティーニの連絡員は――」

「どうもこうもないさ、今言った通りだ。俺の雇い主はあんたじゃなくマーハティーニで、派遣の命令を下したのはうちのお上だ」

契約が切れた以上、この組織がどうなろうと自分の知った事ではない。無情に切り捨てるカロムッソは面倒くさそうにそう説明すると、マズロッドに背を向けてテントの出口に向かう。

「ま、待て！　ではせめてマーハティーニの連絡員と交渉させてくれっ、どこへ行けば会える？」

「ああ、そりゃ無理だ。こっちもその都度向こうが決めた場所に呼ばれて資金を受け取ってたんだからな。それに――」

もうマーハティーニの連絡員がこの組織と接触を持つ事はないだろう、と告げた彼は、一応長く過ごした組織に餞別《せんべつ》として自分の知る情報と忠告を与えていく。

「多分、数日中に偵察隊が情報を持ってくるだろうけどな、マーハティーニで王子が謀反を起こしたそうだ」

現在は国王派の残党と王子派による内乱状態にあり、混乱が収まればいずれまた征伐軍も活動を始めると思われるが、恐らく今までのように手を抜いてはくれない。確実に殲滅《せんめつ》を仕掛けてくる筈なので、命が惜しくば早い内に解散しておいた方がよい――と。

「何故だ、証拠隠滅の為か？　しかし謀反など起こしたと言うのなら、尚更ディード王子には名声が必要になるのではないのか？」

「さてね、そもそもあの王子は組織《ここ》がマーハティーニと繋がっている事も知らなかったようだぞ」

自分の所《ヴェームルッダ》の上から急いで引き上げろという命令が届いた事から考えて、もしかしたら裏工作に気付いたエッリアが何か仕掛けたのかもしれない。そんな推測を語ったカロムッソは「まあ、逃げるなら今の内だぞ」と言い残し、今度こそテントを出て行った。

残されたマズロッドは執務机の椅子にドスリと腰を下ろすと、腕組みをしながら考える。マーハティーニからの活動資金が無くなれば、組織を現状の体制で維持させるのは難しい。

「せっかくここまで築き上げた私の理想郷、むざむざ放棄などしてたまるか」

精強な兵士、組織内で確立した経済、可愛い子供達、自分の思い通りになる傀儡の象徴的存在。バッフェムト独立解放軍の在り方は、もはや一個の国とまで言える。その中で最高権力者として君臨している今の立場を、どうして棄《す》てられようか。

「くそ、ディードルバード王子め——今まで散々名声作りに貢献してやったというのに……」

愚痴れど罵れど現状が変わる筈もない。これからの展望も開けずどうするべきかと朝まで悩み続けたマズロッドは、思わぬところから自分の身の振り方を定める事になる。

思いのほか早く帰還した偵察隊より伝えられた、マーハティーニで王子の謀反による内乱発生という一報。組織内の好戦派からは、今がマーハティーニ領の街を襲撃するチャンスだという声が上がった。

彼等の主張に呼応する者がいる一方、マーハティーニ主導の征伐軍相手に幾度となく戦ってきたとはいえ、元々エッリアの横暴に抗議する目的で集まった自分達がマーハティーニを攻撃する事に意味はあるのかという慎重論も半数以上を占めた。

そんな中、指導者フロウがこれを機に組織の在り方を見直して方針転換を図る事を訴えるという行動に出たのだった。

「もっとも、転換というよりは原点回帰というところでしょうか」

「しかしフロウ様、我々は既にナッハトーム帝国全体から反乱軍として見られているんですよ？」

「今更ただの抗議団体に戻るといっても……」

慎重派の同志達は、穏便路線で行く事に関しては賛成するものの、周辺国から征伐隊を差し向けられるまでに至ってしまった自分達が「今後は平和的に活動する」と表明したところで受け入れられるものだろうかと疑問を呈する。そこへ――

「私に良い考えがあります」

――議論で紛糾する中央広場に遅れて現れたマズロッド参謀総長は、そう言ってフロウの隣に立った。


エッリア宮殿の最奥にある皇帝の自室にて、ガスクラッテ帝はアルメッセ産の嗜好品をゆったりと楽しんでいた。彼はマーハティーニで起きた突然の政変に対する処置と事後報告、これからの方針を聞き、それらを上手く纏めたスィルアッカの政治手腕に満足そうに頷いた。

「とりあえず、王子派と国王派残党による内乱が落ち着き次第、エッリアはディード王朝を容認する方向で進めます」

「先に真意を問う使者は送らなくて良いのか？　それに、国王派の有力家が王子の謀反を裁くよう訴えてきた場合はどうする」

「問題ありません。全て、話はついていますので……」

その含みを持たせた物言いに、怪しく眼を光らせたガスクラッテ帝は、これはスィルアッカの策略かとほくそ笑んだ。

近年のマーハティーニの勢いはエッリアにとって脅威であり、機械化兵器の優位性も資源を独占されている立場から危うい傾向にあった。それを、首だけ挿《す》げ替えて従順な支分国に仕立て上げるのだなと納得する。ルッカブルク卿とも協調したようで喜ばしい。

ガスクラッテ帝はこれでエッリアとナッハトーム帝国はますます安泰だと、スィルアッカの帝位継承の日を想い描くのだった。


エッリアが逸早くディード王朝を認めた事により、宗主国の決定に他の国々も追従を見せると、マーハティーニ国内でも皇帝が認めたのならばとディード王子の傘下に降る者が続出。内乱は早々に収束へと向かい始めた。マーハティーニの情勢が落ち着くまで、メルエシードは「人質」という形でエッリアに保護される事が決まっている。

報告を終えて離宮に戻る途中、スィルアッカはふと廊下の窓から宮殿庭園を見下ろした。そして、枯れ葉の目立ち始めた枝が広がる木陰で京矢の胸に顔を埋めて肩を震わせているメルエシードの姿を見つけた。

若干表情を翳《かげ》らせたスィルアッカだったが、すぐに「スィル将軍」の仮面を繕うと、凛《りん》と背筋を立てて離宮への廊下を歩いて行くのだった。

ちょっと胸を貸して欲しいと言って静かに泣いているメルエシードの肩をそっと抱きながら、京矢は自分の行動を省みる。こんな展開になる事をコウは予測していたのだろうかと考え、意識の奥から『そんなことないよー』と返されて複雑な想いを懐く。

そのコウの方はと言えば、バッフェムト独立解放軍の内部分裂に立ち会っているところだった。といっても、主義主張の対立による物別れではない。自ら性質の違う集団に分裂する事を選んだ彼等は、仮の解散と新たな出発の時を迎えていた。

組織が分裂した事にすればいいというマズロッドの提案により、「バッフェムト独立解放軍」の名は、第二軍と特務部隊で構成された戦闘集団を中心に、マズロッドを指導者として活動する事で引き継ぐ。

フロウは自由な漁を訴える会、「バッフェムト自由漁業組合」の組織名で、主に非戦闘員の同志達を引き連れて街へと帰る。一応、本隊の大部分がそのままフロウの配下となり、それなりに戦力を保持した集団なので、道中で盗賊団に襲われる心配も無いだろう。

組織の権力を棄てられないマズロッドは、マーハティーニの資金が無くとも武装集団としてならやっていけると考えた。

戦闘部隊さえ持っていれば、本隊のような集団はまた再構築出来る。この際、先代への忠義からフロウを慕う古参メンバーはここらで切り離してしまおうと目論《もくろ》んでの提案だった。

「それではフロウ様、道中お気を付けて」

「ええ、あなた達も。みんな元気でね」

臨時の本拠地としていた平地にはマズロッド達が引き続き滞在し、フロウ達はバッフェムトの港街に帰郷する。

もしバッフェムトに元反乱軍の征伐と称して軍が送り込まれた場合は、非戦闘員と子供達を街に潜ませつつ、本隊の戦闘部隊で対処してマズロッド率いる「解放軍」の救援を待つ事になる。

しかし、フロウ達には知る由もないが、コウがこの場に居る時点でそれらの心配は無いも同然であった。少なくとも「バッフェムト自由漁業組合」に征伐隊を向けられる事が無いのは確実だ。

「バッフェムト独立解放軍」の方は、今後の活動次第だが――

コウから京矢へ、京矢からスィルアッカへ、いつもの方法で情報が伝えられ、スィルアッカも彼女達「自由漁業組合」を征伐する気はないと、非公式ながら明言した。自分が皇帝になった暁には、バッフェムトの求めていた漁業拡大に寛大な処置を考えるつもりだ。

いずれは再び支分国として迎えるつもりである事も、フロウ達にはまだ内緒にしておくようにと前置きした上で、コウに伝えられた。

そういう方向で収めるよう動く事を伝えられたガスクラッテ帝も、あまり影響の無いバッフェムトの反乱の事はとうに捨て置いているらしく、スィルアッカの思うようにして良いと答えていた。
――まあそんな訳だから、そっちも戻るのはゆっくりでいいぞ。つーか、今帰って来られると
メルやスィルアッカ達の内心が読めて辛い――
『うん、わかった。バッフェムトの街で旅の準備が出来たら、ウルハを連れて帰るね』
バッフェムトの港街を目指して街道を南下するフロウ達一行と今しばらく行動を共にするコウは、
若干気持ちに迷いを生じさせている京矢を慰める。
『キョウヤは悪くないよ。スィルも間違ってないいんだと思う』
――……――
『これからもまた同じような事があるかもしれないけど、もしスィルが間違えそうになった時は一
緒に止めてあげればいいんだよ』
――ああ、そうだな……――
きっとこの選択は間違っていないのだろう。他にもっと良い方法はあったかもしれないが、そ
れを示せなかった自分がとやかく考える事ではない。自らの責任を以て非情な決定を下したスィル
アッカを労いこそすれ、彼女に疑問を懐くのは一時の感傷に過ぎないのだ――
京矢はそう思う事にした。
――ありがとな、コウ――
『どーいたしまして』

6

山岳地帯にある仮設本拠地から、一日かけてバッフェムトの港街に入ったフロウ達。

「バッフェムト自由漁業組合」は、昔使っていたプック家の屋敷を本拠地として利用すべく、荷物を運び込みながら建物や敷地の状態を調べていた。多少寂れてはいるものの、あまり傷んでいる所もなく、すぐに使えそうだ。

昔ここで働いていた元使用人達が、屋敷と庭の管理を続けてくれていたらしい。

「おやしきーっ、おやしきーっ」

「す、すごく大きいねぇ」

「こーらラッカ、危ないからあんまり走り回っちゃダメよ。トオロも通り道でぼーっとしない」

「おいっ、海見に行こうぜ、海！」

子供達はこれから街で大きな屋敷に住めるとあって、皆はしゃいでいる。プック家の敷地は結構広く、庭に何棟か宿舎を併設すれば全員を寝泊まりさせる事が出来るだろう。

マズロッドが率いる独立解放軍の方が多目だったが、組織の資金も二分され、暫くは凌げるだけの蓄えがある。古参の同志達は元漁師や農家出身者などが大半なので、皆で慎ましやかに生活していく分の糧なら問題なく得られる筈だ。

「コウくん」

「あ、フロウ」

どこかサッパリした表情を見せるフロウは「あなたの言った通りだったわね」と、コウがアドバイスをしてくれた事について感謝していると語る。

「あなたは山岳地帯の集落から来たのだったわね、これからどうする？　私はこのまま一緒に居てくれると嬉しいのだけれど」

大所帯だった「バッフェムト独立解放軍」は事実上、解散したようなものだ。将来向こうの戦闘《マズロッド》集団である「独立解放軍」に入るのでもなければ、生まれ故郷の集落に帰る選択もある。

実際、物資調達で部隊が立ち寄った村や集落で声を掛けられ、半ば強引に連れてこられていた若者が数人、組織を分ける際に抜けていった。

「もし集落に帰りたいなら、砂馬を手配するけれど……」

「んー、その事でだいじなお話がしたいから、後でフロウの部屋に行くね」

コウの言葉に小首を傾げたフロウは「分かったわ」と了承すると、大掃除が進められている屋敷へと入っていった。


その夜、フロウの自室を訪ねたコウは、自分が反乱軍の内部情報を探る為に潜入したエッツリアの諜報員である事を明かした。

始めは何の冗談かと戸惑いの表情を見せていたフロウだったが、組織結成時の裏事情やフロウ自身の隠し事など、当事者にしか分からない秘密をコウに次々と言い当てられて狼狽《ろうばい》する。

「じ、じゃあ……わたしに組織の方針転換を勧めたのも……」

「それはボクの判断だよ」

コウは全てエッリアからの指示で動いてた訳ではなく、自由に動き回った上で殆ど自分自身が感じ、思った事に従っての行動であったと告げる。

そして、フロウに背負わせるには少々重い問題になるかもしれないと前置きした上で、今後は「バッフェムト独立解放軍」とは疎遠になるようにしたほうが良いとアドバイスしておく。

「理由はまだ言えないけど、向こうと関わらなければフロウ達は安全に暮らせる筈だから」

「それは……っ、仲間を売れという意味なの？」

普段のほわほわした雰囲気に似合わず、キッと眉を上げて語気を強めるフロウ。言い方が不味かったかな？　と伝える情報を整理したコウは、マズロッドの考えていた事やマーハティーニとの繋がりを一部暴露した。

今回マーハティーニで政変が起きたのも、そこを探り当てた事による宗主国《エッリア》の処置であった事をちらっと匂わせる。流石に事が大き過ぎて思考がついて行けず、フロウは呆然とする。

調達部隊が略奪をして近隣の村や集落に迷惑を掛けていた、という薄々感づいていた組織の暗部どころか、参謀総長が端《はな》から仲間全てを騙していた真実に、あまりのショックで座り込んでしまう。

「フロウは良い人過ぎて、こういう組織の指導者には向いてないのかもしれないね」

「……コウくん」

先代の娘であるという理由だけで指導者を継ぐ事になったフロウは、実際、ごく普通の少女でしかなかった。そして、先代の部下だった者達が幹部として周りを固め、彼女を支える事で成り立っていた組織は、身内の裏切りには脆弱だった。

次々と不慮の事故や無念の戦死を遂げる幹部達。今のままでは組織が潰《つい》えてしまうと戦力の増強を図り、次第に戦闘集団へと変貌を遂げて行った組織は、やがて彼女の手に余る武装組織にまで発展した。

指導者が制御出来ない組織は暴走して内部崩壊を起こすのみ。マズロッドはそこに付け込む形で組織の全権を掌握したのだ。

実はマズロッドの策略は先代の謀殺から始まっているのだが、そこまで教えるのは今のフロウにとって酷だろうとコウは判断した。マズロッドが肥大化した独立解放軍と組織内での権力を維持する為に、マーハティーニと密約を結んで征伐軍との戦いを演出していた事実のみを説明する。

「エッリアのスィル将軍には全部バレてる事だよ。だから向こうの組織と関わらなければ、フロウ達は安全だと思う」

「……分かったわ」

どうにかそれだけ答えたフロウは、フラフラと立ち上がると、疲れた様子でベッドに腰掛けた。

それから大きな溜め息を一つ吐いて気持ちを切り替え、コウに礼を言う。

その場で気持ちを立て直す精神力の強さは、たとえお飾りでも伊達《だて》に数年間も指導者をやっていた訳ではない事を窺わせる。

「ありがとう、コウくん……色々気を使ってくれて」

「どーいたしまして」

コウは旅の準備を整え次第エッリアに戻る予定である事と、その際ウルハを連れて帰る事を話した。旅の準備が必要なのは、概ねウルハの為であった。

「そう……分かったわ、必要なモノがあれば何でも言ってちょうだいね」

「ありがとう」


コウがバッフェムトの港街でノンビリ旅の準備を進めていた頃。グランダールの研究家で星の配列による魔力への影響などを調べる為に天体観測をしていた魔術士達が、奇妙な星を発見した。

今まで何も存在していなかった場所に突然現れた二つの星。昼間でも見える白月のように浮かんだその星は、一般人には薄《うっす》らとした雲の欠片のようにしか見えないが、魔術を扱う者にはハッキリとした岩の塊に見えるのだ。

エイオアやナッハトームの研究者からも報告が上がっており、特にエイオアでは実力の高い呪術士や祈祷士達から「空に浮かぶ二つの島が見える」という不思議な報告が寄せられていた。

――俺にもぼんやり月の小さいのっぽく見えるけど、コウは島に見えるんだよな？――

『うん、なんかキョウヤの記憶にある古いゲームにあった、天空のなんとかみたいな感じに見えるよ』

――ふーむ、なんだろうな。こっちの人もこんな現象は初めてだって騒いでるみたいだし――

『悪いことが起きないと良いんだけどねー』

ある者は何かの凶兆ではないかと不安がり、ある者は吉兆に違いないと楽観し、星をシンボルにしている土着神の信仰者達が連日祈祷を捧げて回る。そんな風に世間では少しばかり騒がしい事になっていたが、いずれも大きな問題には至っていない。

そんな話をしていたところでふと、京矢はコウの記憶から、気になる情報を読み取った。

――ん？　なんか悪いイメージがあるみたいだな？――

『うん、ちょっとね。ウルハが言ってたんだけど――』

空に浮かぶ二つの島を見上げていたウルハは、初めてコウと接した時に呟いた『多くの魔物や魔獣が呼び集められて押し寄せる』というイメージが強まっている感じがする、と不安を口にしていた。

――それって確か、コウに「命の残り香」を見て云々てな話じゃなかったっけ――

『ボクもそう思ってたんだけど、なんかちょっと違ってたみたい』

――まさか、空の島から魔物の大群が降って来るとかそういう類の話か？――

『うーん、どうなんだろう？　ウルハ自身もよく分かってない感じだし』

もしかしたら予知的なモノかもしれないというコウに、京矢は昼間ルッカブルク卿のお抱え魔導技士ティルマークから聞いた話を思い出す。

冒険者協会で出回っている噂の中に、世界中の祈祷士や呪術士の中でも特に精霊との交感力が強い一部の者達が、予知のそれに近い感覚で凶兆を感じ取っているらしいという話だ。

――うーむ、ほんとに何か起きるのかもしれないな……今日出発だっけ、道中気ぃつけて帰って来いよ？――

『うん、大体五日くらいで帰れると思う』

京矢と交信を終えたコウは、ウルハの安全を考慮してなるべく早くエッリアに到着出来るよう、特殊な移動手段を考えていた。


「コウくん、ウルハも元気でね」

「たまには遊びに帰って来いよなっ」

「ふ、二人とも、気を付けてね。渡りの商人が来たら、手紙書くから」

「コウちゃーウルハねえちゃーまたねー」

少年部を代表して見送るミアに、海の男を目指す事にしたらしいバゼム、珍しく目立っているトオロ、よく分かっていないラッカ。コウとウルハは、組織の中でも特に親しく一緒に過ごした子供達と別れの挨拶を交わす。

まだ年端も行かない子供を二人だけで送り出すのはどうかという大人組からの心配する声もあった。しかしコウの正体を知るフロウが問題ないと許可した事で、二人は「自由漁業組合」の同志達に見送られて、プック家の屋敷を後にした。

港街を出て街道を進み、周囲に人影が見えなくなった辺りの岩陰で少年型の召喚を解いたコウは、複合体を出して憑依。祈祷士的な能力で予めコウのあらゆる姿を視ていたウルハは、少し驚きはしたものの、複合体のゴツイ姿にも怯える事はなかった。

「ヴォウウ〝それじゃあ、いこうか〟」

「うん」

旅の荷物を異次元倉庫に仕舞い、干草を包んだシーツベッドを膝上に敷いてウルハを乗せると、魔導輪を装着して街道を滑走していく。砂馬ほどではなくとも、大人が全力で走るくらいの速度だ。殆ど揺れもなく安定しているので、滑走中は複合体の膝上で食事や睡眠をとる事も出来る。実に快適な乗り心地であった。

エッリアへ向かう旅の途中、ウルハは度々空を見上げては、脳裏に浮かぶ光景と悪い予感を気にしていた。

――空に謎の双星が現れてから三日ほどが経過した頃。

力ある祈祷士達が、双星から微かな〝意思〟のようなモノを感じ取れると訴え始めた。吉凶どちらを暗示しているとも言えないが、何かが起きる前触れではないかというその声に応える形で、エイオア政府から冒険者協会や近隣国に向けて、注意が呼び掛けられた。

それから間も無く、二つの星に変化が見られた。双方の距離が徐々に近付き始めたのだ。そして、世界に異変が訪れる。

「ダメだ、まともに動かんぞ」

「こっちもだ、魔力の流れが乱れて安定しない」

双星の接近と同時に、世界中で魔導製品全般の異常動作が報告され、各地の古代遺跡で謎の発光現象が確認されるなど、ここ数十年の記録にも見られない不可思議な出来事が次々と起こり始めたのだ。

「凶兆の双星が世界に災いをもたらす」そんな噂が、人々の間に広がって行く。

魔導技術文明で栄えるグランダールの王都トルトリュスでは、住人の生活を支える街中のあらゆる魔導製品が誤作動や異常動作を起こし、多少の混乱に陥っていた。

研究者達が原因の究明と対策に乗り出すも、魔術研究棟施設の魔導製品が軒並み使用不能になっている。術者として能力の高い者を中心に、魔力の乱れる原因を探る。ほぼ手探り状態であった。

アンダギー博士の研究所も例外ではない。飾っておいた試作魔導兵が暴れ出したり、倉庫に眠るお蔵入り発明品が勝手に起動したりと、壁や床、天井など至るところに発明品を組み込んである研究所は建物自体が暴走状態に。

不幸中の幸いか、試作魔導兵は事故に備えて稼働時間を短く設定してあったのですぐに停止し、倉庫のお蔵入り発明品による被害は倉庫の中に止《とど》まった。

だが壁や床、天井に備え付けられている空調や照明は動作異常の末に破損。風と埃が吹き荒れ、明かりも全て落ちて真っ暗、火災対策の仕掛けで部屋も廊下も水浸し。研究所内部はもう、しっちゃかめっちゃかであった。

「あーあー、足の踏み場もないわ……サヤちゃん大丈夫？」

「はい、なんとか」

ほわっとした明かりを出す魔術の光源を手に廊下を進むサータと、その後ろに続く沙耶華。一度外に避難していた二人は、研究所内に残った博士の様子を確かめに足を踏み入れ、後片付けが大変だと話しながらアンダギー博士の安否を気遣う。

「博士ー、博士どこですかー？」

「おーう、ちょっと待っとれ」

廊下の奥の方からいつもと変わらない調子の声が返って来た事に、顔を見合わせてひと安心のサータと沙耶華。ちまたでは変態博士と呼ばれる高齢の爺さんだが、腕は超一流の魔導技師。

ちょっとやそっとの出来事には全く動じない古強者《ふるつわもの》なのだ。

「まったくヤレヤレじゃ、倉庫内の魔導器も半分以上が破損しておったわい」

これでは研究も実験も出来んではないかと愚痴る博士は、手に少し変わった形のランプを提げていた。火が灯っているので初めは油式かと思うも、微かに魔力を感じ取ったサータが訊ねる。

「そのランプ大丈夫なんですか？　魔力を使ってるなら、また暴走するかも」

「ああ、こいつは舶来品でな。確かに魔力を使った魔導製品の一種じゃが、随分と面白い構造をしておってなぁ」

何故か双星の影響を受けないこのランプの構造を参考に、従来の魔導器を弄るのだと博士は言う。

とりあえず、街や王宮群の混乱はそちらにいる魔導技士や魔術士達に任せ、博士は現状を打開する一時的な対策として魔導器の改良に着手する。

王都トルトリュスで普及している魔導製品の殆どに組み込まれており、心臓部となる魔導器。これを双星の影響を受けないモノと取り替えれば、王都の機能は半分以上が復旧出来る筈だ。

これが、まだ魔導製品が異常動作を起こす原因すら特定されていない時点で取れる、最大限効果的な対策であった。

舶来品ランプの構造を参考に改良を施された魔導器は、出力は低めに止《とど》まるも、双星の影響による魔力の乱れを抑えられる。これを臨時で組み込む事で、トルトリュス中の魔導製品はどうにか控えながら通常稼動に戻った。今は街中に魔導技術の明かりが灯っている。

高い出力が必要な兵器類や魔導船用の動力を稼動させるのは無理だったが、一先ず混乱を収める事に成功したのだった。

「さすがアンダギー博士」

「クワッカカカ！　もっと褒めても良いんじゃよっ」

大分片付けの進んだ研究所内の広間にて、サータのよいしょに一一〇度ほど踏ん反り返って笑っている博士。先程までレイオス王子が沙耶華の様子を見に訪れていたが、今は色々な処理に追われて王宮に戻っている。

何せ魔導船をはじめ軍の魔導兵器はその大半が使用不能。騎士団も魔術の補助効果を持つ装備品は軒並み全滅。

そんな一国の軍と比べても魔法の装備品の使用率が群を抜いている〝金色《こんじき》の剣竜隊《けんりゅうたい》〟などは、武器防具その他の殆どが使えなくなってしまっているので、活動にも支障が出ているのだ。

休戦協定が結ばれて間もないとはいえ、この現状ではナッハトームの動きにも目を光らせておかなければならないので、忙しくて仕方がないらしい。そんな状況でもしっかり会いに来るマメさは、沙耶華の気持ちを順調に絆《ほだ》していた。

「そういえばこのランプに付いてる模様って、漢字に似てますね。あ、漢字っていうのは私が居た世界の文字です」

「ほう、そうなのか。ああ、そういえばこの舶来品ランプの正式名称は、サヤ嬢の名前に似た響きを持っておったな」

博士はなんじゃったかのうと顎に手を当て、うむむと唸る。ここよりずっと東の方角にある大陸の発明家によって製作されたらしい、自然石を使った魔導製品なのだと答えた博士は、その名を思い出してポンと手を打つ。

「そうじゃ、確か〝サクヤ式ランプ〟じゃったかのう」

その大陸の名は、オルドリアというらしい。

7

グランダールの王都トルトリュスは魔導技術に特化した都市であったが故に、〝双星〟の接近が原因と思しき魔力の乱れによる影響を大きく受けた。それに対し、ナッハトームの帝都エッリアでは、機械化工場など一部の施設を停止させる程度に被害が抑えられていた。

魔導製品のような高価な品があまり一般に普及していなかった事も、大きな混乱が起きなかった理由である。

エッリア宮殿の庭園に並べられていた魔術式ランプは過剰放光であっという間に触媒を使い果たしてしまったが、発熱して焼きつく前に魔力切れとなったので、庭園を焦がす事はなかった。

異変が発生した瞬間、宮殿の周囲が一瞬ライトアップされたように光で溢れていたそうな。

「ありました、これです！」

ルッカブルク卿のお抱え魔導技士で考古学者でもあるティルマークは、以前ナッハトーム領内の地下遺跡から発見した古い文献らしき「石碑《せきひ》の写し」の写しを広げる。彼はわざわざ自分の研究室まで足を運んで今回の異変について意見を求めてきた皇女殿下に恐縮しきりだ。

〝空に現れし凶星《きょうせい》が魔力を乱す。各地で魔術装置を暴走させて混乱を招く。凶星は異形を生み、疫病を流行《はや》らせ、飢饉《ききん》を喚び寄せる〟

石碑には数千年前に凶星が現れた事が記されていたようだ。ただし、この写しの元である文献自体が古代のものなので、合わせて考えると一万年近く昔の伝承という事になる。

「ふむ……では過去にも同じような現象が起きた可能性はある訳か」

「そうなりますね、恐らく一万年以上前に今回のような異変が起きたのではないかと」

古代遺跡からは、現在の魔導技術でもまだ実現不可能な転移装置のような魔術装置が実際に見つかっていた。ティルマーク自身の推測では、古代魔導文明は現在では考えられないほど魔導技術の進んだ世界だったのではないか、という。

世界の端から端まで一瞬で移動出来る転移装置が当たり前のように設置され、一般人が普通に利用出来るような、超魔導文明都市が大地の果てまで続く世界。

そこまで高度な魔導技術で繁栄する世界に、今回のような異変が起きればどうなるか。強力な魔導製品ほど、暴走した時の被害は計り知れない。何から何まで魔導技術に頼った世界は、一瞬で崩壊してしまうのではないか――

「ふふ、中々興味深い話だが、その講義を受けるのはまた次の機会にしよう」

「は……っ、す、すみませんっ、つい熱くなってしまって」

古代文明について語る事に夢中になっていたティルマークは顔を赤らめ、慌てて頭を下げる。スィルアッカもこういった話は割と好きな方なのだが、今は異変によって引き起こされる影響を予測し、対策を講じる事を優先しなくてはならない。

大昔にも同じような出来事があったと記す文献があるのならば、そこから教訓となりそうな記述を拾って今後の対策に活かす。

「えーとそうですね、疫病や飢饉は魔法系植物に何らかの影響が出ていないか調べて、何もなければ無視して構わないかと」

異形を生む、という記述が魔物や変異体の発生を指すなら、魔力を溜め込む性質を持つ植物に悪影響が出る場合や、その植物を口にした動物が変異体となり、畑や人里を荒らす可能性が挙げられる。

「地脈草の類が変質して毒性を持つ、といったところでしょうか」

魔力を溜め込む植物は冒険者協会で多くの初心者に採取が依頼されるものなので、そちらから情報を貰った方が早いと、ティルマークはアドバイスを付け加えた。

ティルマークの意見を参考に対策を練る為、宮殿へと戻るスィルアッカは今回の出来事についての情報をターナと細かく話し合う。影響を受ける魔導製品の中には当然、召喚獣やゴーレムの類も入っており、バッフェムトからの帰途にあるコウの事が気に掛かる。

「無事に戻って来られると良いのだが……」

「キョウヤの話ですと一両日中にはエッリア領に入るという事でしたから、迎えを出しておくのも良いかと」

エッリア領に入ってしまえばすぐにでも迎えを送れる。だがマーハティーニ領を横断中の場合は、元国王派の残党が街道の国境付近をうろついているという情報がある為、下手にエッリアの兵を送ると却って危険を招く恐れがある。

ディード王子の謀反によるマーハティーニの内乱は、エッリアがあっさりとディード王朝を容認した事で収まっている。しかし、元国王派にしてみれば納得出来る話でなく、彼等は反ディード王朝を掲げ、エッリアに対する疑惑を持ちながら地下に潜ったという。

バッフェムト独立解放軍とはまた別の反乱予備軍が出来てしまったところであった。

「恨《うら》みの連鎖はなるべく早く断ち切らねばな」

「そうですね……」

ある程度は自然光を取り入れられる造りになってはいるものの、やはり普段よりは薄暗い正面入り口の広い廊下。臨時の処置として並べられている油式ランプは数がたりていない。

「お帰りなさいませ、スィルアッカ様」

「うむ」

宮殿に戻って来たスィルアッカ達を、昇降機前の老紳士がいつものように迎える。いつもと違っているのは、老紳士の隣に伝令役の宮殿兵が立っている事だ。

「スィル将軍がお乗りになるぞ！　昇降機、起動準備！」

〝対の遠声〟の模造品で〝対の大声〟などと揶揄される通信具を使い、昇降機の動力室に合図が送られる。機械化技術の動力部分はゴーレムの技術を利用しているので、エッツリアでも機械化戦車や昇降機などは使用不能状態にある。

しかし、機械化技術が魔導技術に頼っているのは基本的に動力部分だけであり、ものによっては手動で動かせる。宮殿の昇降機も人力で動かす事が出来るのだ。

ちなみに、昇降機の手動運転担当は一般兵士から選ばれ、特別手当の報酬があるので結構な人気職となりつつあった。

「よし、いくぞ！　息を合わせろ！　回転を乱すな！　ソイヤ！　ソイヤ！」

「ソイヤッ！　ソイヤッ！」

「……暑苦しくてかなわんな」

昇降機の中でげんなりしているスィルアッカに、ターナは同意の苦笑を見せるのだった。


エッリア領の国境に近いマーハティーニ領の街道脇にて、コウとウルハは迎えの応援が来るのを待っていた。岩陰に干草を包んだシーツを敷いて座っているウルハの傍で、コウは精神体になって浮いている。

少年型召喚獣も複合体も長時間出しておけるし、制御そのものにはさほど問題はなかったものの、動作に問題があった。

今朝方、複合体の膝にウルハを乗せて街道を滑走中だったコウは、突然魔導輪が浮力を失った事で地面にスライディング急停止した。複合体はちょっと尻を擦っただけで済んだが、下敷きになった魔導輪が一部破損。

魔導輪はトルトリュスまで持っていって博士に直して貰わなければと異次元倉庫に片付け、ウルハは肩にでも乗せて歩こうかと立ち上がり掛けたコウは、複合体《からだ》の調子がおかしい事に気付いた。力の調整が効き辛く、うまく動けない。大雑把にならば動けるが、ゆっくりとした精巧な動作が難しい。今までこんな状態になった事はなく、危険と判断したコウは一旦ウルハに離れて貰った。

複合体の膝から降りて干草入りシーツベッドを腕に抱き、ウルハが少し離れる。どこかぎこちない動作で立ち上がった複合体は、下腹部を左右に開き、普段は収納されている生殖用の管を勝手に露出させた。

ハッと息を呑み、顔を赤らめたウルハは複合体コウを見上げるとひと言、こう訴えた。

「無理……」

『わざとじゃないよー』と釈明していたコウは、意識の奥から京矢が送ってきた情報で、魔力の乱れという不具合の原因や状況を大まかに把握。今に至っている。

このように、複合体は生殖用管が露出しっ放しになる不具合のせいで、視覚的に問題があり過ぎる。少年型召喚獣は奉仕用の機能や演出効果が勝手に発動するので色々と危ない。

具体的には、手を繋ぐと手の平をこちょこちょしたり、誘惑の視線を向けたりと、常に妖しげなフェロモンを出すのでウルハがどぎまぎしっ放しに。エッリアへ着く前に茹で上がってしまう。

そこで、コウは現在エッリアの離宮で世話をしている伝書鳥のぴぃちゃんを送って貰うよう京矢に頼み、暫くは伝書鳥に憑依して過ごす事にしたのだ。現在はぴぃちゃんの到着待ちであった。

〝なにかたべる?〟

「ううん、まだ大丈夫」

ほわっと空中に浮かび上がる文字に答えるウルハ。その辺りの適当な虫に憑依すれば、ウルハにくっついて一緒に移動出来るのだが、年端も行かない女の子に一人で街道を歩かせるのは危険だ。

伝書鳥のぴぃちゃんに憑依すれば、上空から常に周囲の状況にも目を配れるので、安全に移動させられる。危険が近付いている場合はすぐに物陰に隠れさせ、複合体を出して対処する。

たとえ相手が盗賊団であっても、自己主張する立派な男の象徴を露にした巨漢ゴーレムに遭遇すれば、裸足で逃げ出すであろう。

――別の意味で逃げるだろ、それ――

コウの『かんぺきなけいかく』に突っ込む京矢であった。


グランダールやナッハトームで混乱が起きていたのと同様に、双星の影響はエイオアにも及んでいる。評議会会館の通信用祭壇が不安定になり、情報の伝達に遅れが出るなどの混乱を招いていた。

そんな中、エイオア評議会の本部宮殿に籍を置く呪術士の一人が、自宅の地下室で研究していた古代遺跡の魔術装置に最近稼動した痕跡を見つけ、狂喜の笑みを浮かべた。

エイオアの呪術士トゥラサリーニ。彼はグランダールで限定公開されていた〝生命の門〟を詳しく研究する為、調査団の派遣を提案した、古代遺跡で発見される魔術装置の研究者であった。

「やはり……私の推論は正しかった！　とすれば……この異変で各遺跡の装置も稼動する筈……っ、もっと情報を集めねば！」

まだ一般には公にされていない事だが、トルトリュスの地下遺跡は一部稼動しているらしい。謎の光源で内部が明るくなり、訓練中の騎士団が一時行方不明になった後、全く別の場所で発見される事件が起きている。

冒険者達の間でも、遺跡のあるダンジョンを探索中に突然、違う場所に飛ばされたという体験談が上がり始めていた。

エイオアでも研究されている、区画転移装置と思しき魔術装置に稼動の痕跡が確認されていた。恐らくは長い時間をかけて魔力が蓄積され、何らかの条件が重なり、双星の影響による魔力の活発化を受けた事で一斉に稼動したのだろう。

「ふふふ……〝生命の門〟の構造は理解した……この装置が完成すれば、私の名は永遠に魔術の歴史に刻まれる……」

トゥラサリーニは地下室に置いてある古代遺跡の魔術装置と、奥に鎮座している石塔型の呪術装置に、恍惚にも似た視線を向ける。

その昔、〝ダンジョンコーディネーター〟と呼ばれた魔術士が作ったといわれる『禍々しい魔力を放出していた呪術装置』の原型と思しき古代遺跡の魔術装置。

それを参考に組み上げた自作の呪術装置も、〝生命の門〟の構造からヒントを得て最終的な仕様の目処が立った。

街中で稼動させれば装置の発する異常な性質の魔力を感知され、勘の良い祈祷士や呪術士にならその効果に気付かれてしまう危険がある。その為、どこか目立たないダンジョンでひっそり実験を進めようと計画していたが、今の混乱した状況は都合が良い。

「さあ、歴史に名を残す偉大な装置の完成まで、あと一歩だ」

研究熱心で割に大人しい性格のトゥラサリーニは、どんな形であれ歴史に名を残したり、世界に影響を与えたりした魔術士は偉大であると尊敬するタイプであった。

本部宮殿に保管されている呪術装置を研究するうち、〝生命の門〟とこれらの装置を作った魔術士の思想に、彼は一部共感を持った。そして自分なら違う方法で世界に君臨する、という妄想を密かに楽しみながら、研究に明け暮れる日々を送っていたのだ。

件《くだん》の〝ダンジョンコーディネーター〟は、他者の魂を取り込んで自身を進化させ、究極の存在として君臨しようとした。対して彼は、自身を変えるのではなく世界を変えようと考えた。

勿論それは、胸中に秘めた『夢想』の中での考えでしかなかった。そんな他愛のない妄想、ささやかな楽しみが現実味を帯びたのは、凶星の出現によって古代の魔術装置が稼動するところを観察出来た為であった。

『禍々しい魔力を放出していた呪術装置』の原型と思しき古代遺跡の魔術装置を参考に〝生命の門〟を真似て組み上げた自作の呪術装置。ただのオブジェになる筈だったこの装置ならば、密かに妄想して楽しんでいた世界征服が可能であるという結論を導き出し、凶兆の双星騒ぎを経て遂に行動に出る事を決意したのだ。

「天よ地よ――世界にあまねく生命よ――万物を見守りし精霊よ――ふふふ……」

ダンジョンの最深部に設置されていた、魔物を生み出す装置の後継機である〝生命の門〟。その最終形態となるであろう呪術装置〝支配《しはい》の呪根《じゅこん》〟の完成に向けて、自らの『夢想』に取り憑かれたトゥラサリーニは人知れず呪術を振るうのだった。
――子供の頃からの好物である甘根を齧りながら。

8

凶兆の双星が重なり、一個の凶星となって空に輝き始めた頃。伝書鳥コウとウルハは国境を越えてエッリア領に入ったところで迎えの部隊に拾われ、砂馬に乗って無事に帝都へと運ばれた。

魔導製品の動作異常や古代遺跡の発光現象など、三日も経てば皆慣れたもので、街の人々は普段と変わりない生活を送っている。もっともそれは、あまり魔導技術製品が浸透していないナッハトームだからこそとも言えるのだが。

「ぴゅぴぃ〝ただいまー〟」

「お帰り、大変だったな」

「はじめまして……」

「君がウルハちゃんか、ようこそエッリアへ――って、俺が歓迎してもいいんだろうか」

一応自分はこの世界に迷い込んだ帝国の客人であると自覚する京矢は、公務中で不在の皇女殿下に代わって出迎えつつ小首を傾げる。と、そこへ、ターナ達側近の侍女を引き連れたスィルアッカがタイミングよく現れた。珍しくメルエシードも一緒だ。

この場で一番偉い人である事を把握したウルハが、ペコリと頭を下げた。

「ウルハです」

「うむ、よく来たな。コウ共々、道中無事で何よりだった」

ウルハに関しては既に、コウから京矢を通して話が付いている。とりあえず、人の心を読み取る能力の確認を済ませると、スィルアッカが責任を持って身柄を預かる事を告げた。当面は離宮で侍女の教育を受けさせる。

「がんばれなー」

「はい、ありがとうございます。キョウヤさん」

コウの本体である京矢に対しては『優しいお兄さん』と認識したようだ。素朴で控えめな純真の笑顔を向けられ、最近色々と気忙《きぜわ》しかった京矢はとても癒された気分になった。

本来なら和やかな雰囲気に包まれそうな微笑ましい場面なのだが――

「…………」

『またライバルが増えたのか！』と危惧するメルエシードが、スィルアッカに一番『堅気っぽい』のを近づけてどうするんだという抗議の視線を向けた。目配せで通じ合う二人。

『自信が無いのか？』とばかりにフフンとした挑発を返すスィルアッカ。

『スィル姉さまこそ諦めた振りですか？』と更に挑発返しをするメルエシード。

ターナや侍女達は、高貴な身分にある女性の間では珍しくない、静かなやり合いを傍観しながら、皇女殿下《スイルアッカ》と王女様《メルエシード》の仲が少しだけ良くなったようだとすまし顔で控えている。

しかし、この場にはコウがいるのだ。二人の思考戦闘は全部筒抜けで、ある意味元凶となる京矢はひたすら胃が痛い。

「たいへんですね」

ウルハに優しく気遣われ、思わず感激する京矢。なるほどコウに通じるモノがあると納得する。彼女がコウと一緒にいると落ち着くと言うのは、似た性質を持つ者同士という部分もあるのだろう。

逆に同属嫌悪という心理もあるが、その例は別の二人が担当しているようだ。

「！」

「！」

早速自然体でポイントを稼いでいるウルハに、ちょっぴり危機感を募らせる皇女様と王女様なのであった。

各国が凶星の影響対策に追われている中、ナッハトームからの情報提供を求められた冒険者協会でも魔法薬の素になる植物類の状態を調査するなど、凶星対策関連の仕事が増え始めた。

グランダールでは、王都の地下遺跡で訓練中だった騎士団が突然余所のダンジョンへ飛ばされるなどの事件があった。なんとか無事に帰還を果たした彼等と、同じような体験をした冒険者達からも事情が聞かれ、各地に点在する古代遺跡の魔術装置や仕掛けが不規則に稼動しているらしい事が突き止められていた。

　王都の地下遺跡に関しては、アンダギー博士が陣頭に立った調査隊によって安全な場所と近寄らない方が良い場所の確認が行われた。謎の明かりについても、元々そういう仕掛けが施されていたのだろうという結論に至っている。

　許可制で一般の冒険者に開放されている区画にも、何箇所かどこかへ飛ばされてしまう危険地帯が見つかっている為、暫くは閉鎖する処置が取られていた。

「魔導輪は外殻がちょっと割れただけじゃな、どっちみち今は正常に動かんから暫くは使えんぞい」

　昨夜トルトリュスに到着して研究所にやって来た伝書鳥コウの魔導輪をちょちょいと修理した博士は、そう言って魔導輪に加速装置を装着する。複合体の検査もしたいところだが、今は実験用機器の大半が使い物にならない。

「ぴゅいぴ？〝召喚獣は？〟」

「そっちは加工用の機器が復旧しておるから大丈夫じゃ」

　コウ側から各種機能を制限出来るよう召喚石の仕様を改良すれば、元々は奉仕用の少年型が持つ演出効果や誘惑動作などの暴走も抑制出来る。何故初めからそういう仕様にしておかなかったのかと言えば、単に思いつきで作っただけだったからに他ならない。

自律行動する為の擬似人格を廃して形態維持機能を強化した少年型、という仕様さえ達成出来ていれば、他は特に弄る必要も無かったので、奉仕用機能はそのままにしていた。

「しかしお主の本体とは中々興味深い存在じゃのう、是非とも会って話を聞いてみたいものじゃ」

「ぴゅぴぴぃぴゅいぴゅい〝キョウヤも、博士くらいの天才なら帰る方法みつけてくれるかもって言ってるよー〟」

「ほうほう、中々分かっておるなぁ――ん？　なんじゃ、考えてみれば今コウを通して話しておるようなものか」

色々と聞きたい事のある博士だったが、研究所が正常に戻らないうちは出来る事も限られる。

ナッハトームに機械化技術をもたらした――という事になっている京矢が持ち込んだ書物についての質問はまたの機会にという事にして、凶星対策の一環で進めている地下遺跡の調査に参加しないかと博士は持ち掛けた。

「どうじゃ、今からまた出向くんじゃが、コウもついてこんか？」

調整の済んだ召喚石を伝書鳥コウに渡しながら、地下遺跡の調査でコウと京矢にも意見を聞いてみたいと提案する。

それを聞いていた沙耶華がちらっと視線を向けた。コウは、アンダギー博士の思考から、ハッキリとした目的があって誘っている事を読み取る。博士は何かを確かめようとしているようだ。

「おもしろそう」

召喚の光が溢れ、さっそく少年型召喚獣に憑依したコウは、調査への参加を了承した。

王都トルトリュスの地下遺跡。コウがここを訪れたのは、ガウィーク隊の薬士フランチェと地脈草の採取に来たのが最初だった。後に隊の若手を鍛える修行に付き合う形で赴いたりしたが、暗部同盟が暗躍した事件で沙耶華とレイオスの救出に乗り込んだ時以来だ。

明かりのない暗闇に包まれたダンジョンでも見通す事が出来るコウにとっては、謎の明かりに照らし出されている今の地下遺跡の様子も以前とあまり変わりはない。だがコウの視覚情報をリアルタイムで感じ取る京矢は、この地下遺跡の雰囲気を『まるで地下街のようだ』と感じた。

その京矢の感想が、コウから博士に伝えられる。

「ほう……これは、非常に興味深い話じゃのう」

そう言って顎に手を当てた博士は、今回の調査で確かめようとしていた事の一端を教えてくれた。

実は地下遺跡の調査で幾つか動いている事が確認された仕掛けの中に、動く床や階段といったモノがあった。その事を研究所で話していた際、沙耶華から『ムービングウォーク』や『エスカレーター』といった名称が語られたのだ。

沙耶華の世界にあるものとよく似た装置が存在していた事に興味を覚えた博士は、安全が確認されたその一角を直接沙耶華に見て貰おうと、地下遺跡へ招いて連れ歩いた。

その際、沙耶華はなんだか地下街を歩いているようだと、自分の住んでいた世界の事を話したのだ。

以前、攫われて地下遺跡へ連れて来られた時は暗くてよくわからなかったが、居住空間にしては間取りや部屋の形状に人の生活が感じられない。また通路に沿って等間隔に並ぶ広い空間などは、商店街の店舗スペースをイメージさせる。

通路の壁に設けられた謎の隙間、ショーウィンドウのような空間などがハッキリ見え、より強く地下街の通路っぽさを感じるのだと言った。

「同じ人間の作る文明じゃ。多少性質が違っても進んだ文明同士、どこか似通ってくるのかもしれん」

この魔導技術文明の進んだトルトリュスでさえ、京矢や沙耶華の住んでいた世界から見れば『まだ少し遅れた街』に見えるという。機械化技術、いわゆる科学技術の発展した街と、現在の魔導技術ですらその境地に至っていないと思しき古代魔導文明の地下遺跡。

京矢と沙耶華が持った同じ感想について、博士はそれが案外と地下遺跡の正体を言い当てているのかもしれないと言う。

――やっぱ発想が他と違うな、その博士――

「キョウヤが博士の発想は他と違うって感心してるよー」

「クワッカカッ、そうじゃろう、そうじゃろう。さて、お前さん方にはもう一つ見て貰いたいモノがあるんじゃ」

先導する博士とサータの後に続くコウ。今回は調査して回る場所の安全が既に確保されていて、沙耶華や京矢についての博士の個人的な研究考察をかねている為、他の調査員はいない。

一般の冒険者は立ち入り禁止になっている区域の更に奥。遺跡が明るくなってから色々動いている仕掛けの中でも、何に使われているのか、どんな意味があるのか、これといった効果も観測出来ない謎の仕掛けが幾つか見つかっている。

その内の一つに、壁の一部分に動く象形文字が浮かんでおり、何かを示しているようだが、何を意味しているのかよく分からないモノがある。この地下遺跡の造りが異世界の文明とよく似ているのだとしたら、そこから謎の仕掛けの意味を解明するヒントが得られるかもしれない。

「これじゃ」

「絵がうごいてるね」

——これは……——

壁の一部に正方形の枠があり、そこに簡素な絵と文字らしき模様が映し出されている。これを見た沙耶華は何かの宣伝ではないかと感じたらしい。京矢も同じような感想に至った。

——なんか、ＡＥＤの使い方マニュアルとかに似てる感じがするな——

簡略化された人体の絵と何かの操作手順のような短い動画が繰り返し表示されている。

「——って言ってるよ？　えーいーでぃーって言うのは救命処置の為の装置なんだって」

「ほうほう、救命処置とな。治癒装置のようなものか」

これを解読出来れば、地下遺跡でまだ見つかっていない魔術装置を発見したり、そこから画期的な発明に繋がる新しい発想を見出せたりするかもしれないと博士は言う。その為に、コウと京矢にも協力して貰って帝国側の研究者達との連携まで提案する。

――え、それっていいのか？――

一般の冒険者にも公開されていないような王都の地下遺跡の秘密じみた情報を、帝国側に知られても良いのだろうかと京矢は気にする。しかしコウからその危惧を伝えられた博士は今更じゃと言ってクワッカカカと笑い飛ばした。

「んなもん気にしても仕方ないわい。コウやお主と今こうして地下遺跡で話している時点で秘密なぞ無意味じゃろ」

それに、こういったモノの検証は一面からの視点で得られる情報など欠片の真実、微々たる量に過ぎず、そこに固執すれば間違った答えを導いてしまう。未知のモノへの研究に国境のような足枷を設けるのは真の研究者たりえない、と博士は胸を張る。

――……やっぱ考え方が他の人と違うんだな――

「――ってキョウヤが感心してるよ」

「そうじゃろう、そうじゃろう」

「おかげでよくレオゼオス王とやりあってるんですけどね……」

上機嫌な博士とは対照的にサータが溜め息を吐きながらポツリと呟く。あまり、というか殆ど公にされる事はないが、アンダギー博士とレオゼオス王の付き合いは前国王時代からと長く、意見を対立させて殴り合いを演じた事まであるほど親しい間柄だったりする。

互いの才を認め合っており、レオゼオス王はアンダギー博士が好きなように研究出来る環境を、アンダギー博士はその奇才を遺憾《いかん》なく発揮して役立つ発明や意味不明の発明品を創り出す。そこからレオゼオス王が使えそうなモノを拾い上げるのだ。

「この際じゃ、凶星がいぶりだした様々な問題に挑んでみるのも一興というものじゃな」

凶星の影響がいつまで続くのかは分からないが、あの星の影響で今まで殆ど解明されていなかった古代遺跡の謎や、魔導技術文明の脆弱な部分が浮き彫りにされている。騒がしくはあれど、世界が新たな時代に進もうとしている気運を感じられると博士は語る。

「なんだか、わくわくするなぁ」

——俺もこういうのは嫌いじゃない——

何となく『激動』を感じさせる『世界』の流れに『ロマン』など感じてみる『男の子』なコウと京矢なのであった。

グランダールの王都トルトリュスから北東に進んだ場所にある、中規模の宿場街。エイオア領に近いこの街では、冒険者達が集う酒場にて、まことしやかに数々の噂が囁かれている。荒唐無稽なモノから意外な真実を含むものまで、様々だ。

そのうちの一つはこうだ。ダンジョンを探索中だった冒険者が突然どこか別の場所へ飛ばされてしまう事件が多発していた時期に、同じくダンジョンを徘徊していた魔物や変異体も別の場所に飛ばされていた。その内の何体かは地上に飛ばされたモノもいるようだ、と。

実際、集合意識の存在するダンジョンの奥深くにしかいない筈の魔物が各地で確認されていた。

「やっぱり東側の平野が多いのか」

「ああ、どうもあの辺りに現れる奴はアルメッセ近くのダンジョンから飛ばされて来たらしいな」

「あそこの探索中に平野まで飛ばされたグループがいたらしいぞ」

地下から転移して来たらしい魔物は凶星の影響か、地上でも殆どその力を失う事無く活動している。ただ、ダンジョンにいる時のように集合意識の支配を受けておらず、個体の意思で動いている節がある。

魔獣犬などは本能で暴れているモノやぼーっとしているモノ、寝ているモノなど、バラッセのダンジョンで〝生命の門〟が破壊された時に見られた魔物の行動がそのまま再現されていた。

「元から地上にいた奴と比べると、単体で行動する奴が多くて幾分狩りやすいって話だが」

「集合意識の支配がなきゃ本能でしか動けないらしいぞ？　人間を見ても襲ってこない場合が多いんだとさ」

「あの平野、ちょっと前まで良い狩場だったんだがなぁ、今は余所のグループが多くて獲物の奪い合いだよ」

そんな話の中で、最近、エイオア地方の魔物はまるで何かに呼ばれているかのように、ある場所を目指して北上を始めているという噂が出た。

他の地域の魔物もどこへともなく彷徨《さまよ》っているように見えたが、どうも明確な目的地があって移動していると、どこかの冒険者グループに属する祈祷士が気付いたという。それらはいずれもエイオアを目指していたらしい。

「エイオアなぁ、あそこは結界だらけでまともに歩けないからなぁ」

「地元のメンバーがいるグループは、ちょくちょく結界の隙間に入り込む魔物を討伐して儲けてるらしいな」

「ああ、最近はそれ狙いで向こうの案内役雇ったり売込みが掛けられたりしてるって話だ」

「でも高いんだよな、祈祷士雇うのって……あ〜〝祈祷士のアミュレット〟があればなぁ」

エイオアの領地は無数の様々な結界が彼方此方に張られているので、地元を知る者や案内役なしには歩けない。さほど広い範囲でなくとも、結界地帯に不用意に踏み込めば遭難して一生出られなくなってしまう。張り巡らされた結界地帯は、他国からの侵攻に対する防壁の役割も果たしていた。

「誰か売ってくれねぇかな、祈祷士のアミュレット」

「今は確かギルド金貨の棒二十本くらいじゃなかったか？」

「えっ！　この前は十二本くらいだったぞ？」

「狩りやすくて良い素材も取れる魔物が結界地帯に多く迷い込んでるからな、あそこを安全に歩ける道具は軒並み値上がりしてるよ」

結界を素通り出来る祈祷士のアミュレットは基本的に非売品で、エイオア評議会に籍を置けるそれなりに実力のある祈祷士でなければ手に入らない。

一般の冒険者が手に入れようと思えば、そういった腕利きの祈祷士とコネを持って個人的に譲って貰うしかなく、その価値は高騰を続けている。

「魔物がエイオア地方に集まってるのって、やっぱ祈祷術とかが盛んだからかな?」

「どうだろうなぁ、魔力に惹かれるらしいって話からすれば、グランダールの王都にも集まりそうなもんだが……」

どちらにせよ、結界地帯と冒険者の討伐隊に護られているエイオア地方の街やその周辺が、今や格好の獲物である魔物に徘徊されるような危険は無いだろうと見られていた。

――魔物達が目指している場所がエイオアの首都ドラグーンの一角、とある呪術士の屋敷である事に、この時点ではまだ誰も気付いていなかった。

9

『月が黄色かった』

王都の遺跡からどこかの地へと飛ばされた後、更に別のダンジョンへ転移し、その後どうにか帰還を果たした騎士団から、こうした決定的な証言が得られた。

この世界の月なら、緑色をしているはず。黄色い月といえば――そんな経緯もあり、京矢はコウを通じて行われるアンダギー博士の遺跡研究にかなり前向きに取り組んでいた。

危険な夜の平原で碌《ろく》な武装もせず、色鮮やかで装飾の少ない貴族服にも似た格好で、先端がやけに明るい光を放つ長い棒や、銀色の板を掲げた男達。

〝対の遠声〟のような伝送具の一種なのか、手に持った短い棒状のモノに向かって何かを喋り続ける浅黒い肌色の女性。その後ろで、見様《みよう》によっては大型魔導砲を小型化したような、紐の付いた何かを肩に背負って、こちらに向けている人物。

平原を見渡せる石柱群に囲まれた場所へ飛ばされたらしい騎士団が遭遇したという奇妙な格好をした一団の話を聞けば聞くほど、京矢の頭には『現代人』の像が浮かび上がる。

京矢のイメージからコウが絵に描いて見せると、『ああそんな感じだった』と騎士達は反応した。

円形に配置されていたという石柱群の特徴から描き出されたそれは、イギリスにある有名なストーンヘンジそのものだった。

――テレビの撮影スタッフが取材にでも来てたのか。なんで夜なのかは気になるけど――

『おまつりだったとか？』

ダンジョンから一度地上へ飛ばされ、そこからまたダンジョンへ飛ばされた者の何人かは、まだ意識を失ったままだ。まるで、一年前に帝国の遺跡内で発見された京矢のように。

『黄色い月を見た』という証言内容から、彼等が転移した場所が地球だった可能性が高まる。

「しかし、必ずしもその石柱群のある場所に出た訳ではないという辺りが、コウやサヤ嬢がこちらへ来てしまった理由に繋がるかのう」

アンダギー博士はこの際だからと、京矢や沙耶華が世界移動してしまった原因の一端を推測してみる事にした。博士の見解では、十中八九こちら側の遺跡にある装置が原因という結論に至っていた。遺跡の装置が何かを切っ掛けにして唐突に稼動した例は、過去にも幾つか確認されている。

「二人が同じ時、同じ場所で死を覚悟するような魔導船事故に遭った事。まずこれは外せんの」

――飛行機事故な――

「魔導船事故じゃなくて飛行機事故だよー」

「ふむ、機械技術だけで大勢を乗せて飛べるというのも興味深いのう」

脱線しそうになった話題を戻す。その事故とこちら側の転移装置が稼動した瞬間がたまたま重なったのか、もしくは転移装置の稼動が事故の原因となったのか。

――エンジンから火噴いてたし、こっちに来たのは多分、海に投げ出されてからだから――

転移装置の稼動が事故の原因という事はないだろう。京矢は思い出せる状況からそう分析する。海に投げ出された後で転移したらしいという仮説は、沙耶華も地下遺跡の通路で目覚める直前の記憶が、暗い海に沈んでいくところだったという部分で合致する。

「コウはバラッセのダンジョンで目覚めたのじゃったな」

「うん、一階の壁の奥にある祭壇みたいなところ」

「むん？　はて……ワシが把握しとる限り、バラッセのダンジョンは一階に祭壇の間なぞ無かった筈じゃが」

「あそこはまだ誰も入ったことないんじゃないかなぁ」

あの場所への出入り口は無く、ネズミの身体で穴から通路へ出たのだ。コウが目覚めた場所について さらっと説明した中から、アンダギー博士の発想アンテナは重要なヒントを掴み取る。

場所は違えど、コウも京矢も沙耶華もみな古代遺跡の中で発見されたり、目覚めたりしている。コウが目覚めた古い祭壇も古代遺跡の装置である可能性が高いとして、まずそこの調査を進めようと博士は提案する。

「もしかしたら、〝生命の門〟が絡んでるかもしれんぞい」

「ああ、なるほどー」

バラッセまでの道のりは遠いので、魔導船が使えない今は直接調査に行く事が難しい。そこで、王都の冒険者協会中央本部を通じ、バラッセの冒険者協会から信頼出来る冒険者に調査の依頼を出す事になった。


夕刻を過ぎたバラッセの街の、冒険者協会支部の傍にある大衆食堂にて、奥のテーブルで顔を揃える訓練学校講師の二人と、街の安全を担う防衛隊の隊長。

「へぇ、王都からとはねぇ」

「まあ特に危険な仕事ではないからな、今年卒業の訓練生も同行させようと思う」

「その祭壇が転移装置系で、今も稼動してたら、必ずしも危険は無いとは言い切れないけどね」

コウが目覚めた場所の発見と探索。祭壇の型や状態の調査。アンダギー博士の調査依頼は、コウの希望もあってエルメール達に仕事が回された。

既に危険の無くなったダンジョンの探索になるので、エルメールは訓練生も連れていく方針を語る。一方、仕事の依頼内容を細かく分析するリシェロは、凶星騒ぎから冒険者達の間でよく聞かれる、探索中に突然別の場所に飛ばされてしまう現象を危惧する。

「それについても、祭壇の一定範囲に近付かなければ問題ないという話だ」

「ああ、そういやエイオアの方にあるダンジョンは転移する場所が決まってるからって、ワザと遺跡部分に近付く冒険者もいるらしいな」

手っ取り早く地上に出られるので、便利に使おうとする怖いもの知らずもさっそくいるのだそうな。

リシェロは『ダンジョンから地上へ転移した者の中には、意識不明になって目覚めない者もいる』という噂がある事を指摘する。しかしガシェとエルメールが『そういう例が多いのなら、もっと多くその手の話が出てくる筈だ』と反論する。

一見すると仲間内で意見が対立しているように見えるやり取り。だが、リシェロが不安要素を挙げ、エルメールとガシェが検証と反論を行い、行動方針を定めていくという、三人が組んで冒険する時の、いつものやり取りであった。


翌日、調査隊は早速依頼の現場に向かう。ほぼ発掘調査となる今回のメンバーは、エルメールとリシェロ、ガシェの三人に街の防衛隊から二人、訓練学校から訓練生一人という六人体制だ。

魔物や変異体が居なくなってお宝もあらかた漁り尽くされたバラッセのダンジョンは現在、観光用の地下街を作る為に改装中だった。だが、凶星の影響で工作機械や魔導製品の照明が壊れて使えなくなったので、作業は一時中断している。

一階に新たに設置されていた照明も一旦全て回収され、今はまた以前のように松明《たいまつ》が並べられていた。

「なんか、全然探索って感じがしませんね」

「まあ、場所が分かっていて確認に行くだけだからな」

今年卒業予定の訓練生で、隣国エパティタからやって来た少女剣士アルシア。既に冒険者の仕事もこなしている彼女は、探索場所となる一階の突き当たりで崩した壁の残骸を運びながら、講師でもあるエルメールとそんな話をする。

壁の向こうにあるらしい古代遺跡の祭壇が置いてある部屋を見つけるというのは、ある意味真っ当な冒険なのかもしれない。

「これだけ力仕事した後なら、今夜はゆっくり眠れるかも」

「ふふ、この程度で力仕事だと感じているようではまだまだだな」

「え〜〜。あ、そういえば最近よく変わった夢を見るんですよー」

「あからさまに話を逸《そ》らしたな」

逸らしてないですよ〜と抗議しつつ、アルシアは凶星騒ぎが始まった頃からよく見る夢について語る。他人の夢など支離滅裂なだけで、面白いのは本人だけというパターンが多いのだが、アルシアの見る夢は随分と整然とした内容だった。

王都トルトリュスのような魔導文明の栄えた街で、アルシアは勇者をやっているのだそうな。

「その時点で噴き出してしまうが。そういう願望があるのか？」

「うーん、強くなりたいとは思ってますけど……でも夢の中だと超人みたいな力を持ってるのに、いつも焦ってる感じなんですよね」

何か劣等感を抱えて塞ぎ込みがちな自分の姿を見るのだとアルシアは言う。確か現実の悩みが夢に反映されるという説もあった筈だと語るエルメールが、卒業を間近に控えて不安な気持ちが現れているのかもしれないと言うと、アルシアはそうかもしれないと納得した。

そんな感じで割とノンビリした発掘作業は順調に進み、やがて件の閉鎖部屋が現れた。依頼内容で示されていた祭壇らしき風化した建造物も発見。天井には光が差し込む亀裂も見える。

「どうだ？　リシェロ」

「うん……確かに稼動した痕跡があるね。微かに魔力の流れが残ってる」

「コウはここで目覚めたのかぁ」

遺跡が稼動した場合は何が起きるか分からない。リシェロが魔力の動きに注意しつつ、エルメールとガシェ達は部屋の構造を隅々まで調べ、アルシアが祭壇の外観や文様など細かい部分をスケッチして、調査は終了した。

最近稼動した痕跡があった以上、また動く可能性もあるので危険だから近付かないようにと、立ち入り禁止処置もとっておく。

「よし、これらの資料を纏めて提出すれば任務完了だ」

「お疲れ様でしたー」

「案外早く終わったね」

「食堂で一杯やるか」

こうして調査隊が入り口部分を簡単に封鎖して引き上げた後。人気《ひとけ》の無いダンジョンの奥深くから現れた黒い影が、こっそり祭壇の間へと入っていった。

エルメール達がバラッセのダンジョンで遺跡調査をしていた頃、王都では地下遺跡で見つかった動く絵の内容について、アンダギー博士を中心とした調査隊が解析を進めていた。

――この地下遺跡が古代の地下街の通路だとすれば、地図板があっても不思議じゃないわな――

『もしかしたらその場所に何かあるかも知れないんだって』

動く絵に描かれていた図形が、地下遺跡の一角にある通路と一致したのだ。

調査隊といっても、現在のトルトリュスは街の復旧作業など凶星対策に忙しい。メンバーはアンダギー博士に助手のサータ、少年型コウと思念だけ参加の京矢、それに沙耶華と〝金色の剣竜隊〟から以前護衛についた二人という顔ぶれである。

「この先じゃな」

「確かこの近くだったわよね？　サヤちゃんが最初に見つかった所って」

「はい。あの時と雰囲気が違うから、正確な場所までは分かりませんけど」

騎士達の訓練場に使われる区画の奥辺り。一応、特にこれといって何も無かった場所のはずだが、凶星騒ぎ以降、遺跡の彼方此方でこれまで発見されていなかった通路や部屋、仕掛けが見つかっているので、新たな発見もあり得る。

「あそこじゃ。ふむ、ここにも明かりが灯っておるのう」

「以前王子と訓練目的で来た時は、ただの壁だったと思うが……」

動く絵に記されていた図形の写しは、この位置を示している。沙耶華とサータの前にコウが立ち、隣に剣士、博士が闘士と並んで、明かりの灯っている壁を調べに掛かった。

「む～ん――むむ？　これか？」

壁に手を当てながら魔力の流れに怪しい部分が無いかと探っていた博士は、壁の端辺りに何かの反応を見つけてそこを調べる。

表面に薄らと浮かぶ溝を金属棒で削ってみると、手の平ほどの四角い窪みが見つかった。窪みの中には小さな四角い枠が縦横三列に並んでいる。コウの視点から『それ』を見た京矢が呟く。

――キーパネルじゃないか――

「きーぱねるじゃないかって言ってるよ、正しい順番でボタンを押すと扉が開いたりするんだって」

「ほうっ、そいつは面白そうじゃな」

「間違ったら罠が作動したりしないですかね？」

ダンジョンの探索をして来た者なら当たり前に浮かぶ、闘士の素朴な疑問。だがこの地下遺跡が古代の『普通の公共施設』であった場合、入力を間違えても危険な罠が作動するような仕掛けはまず無いだろうと京矢は答える。

沙耶華も同意見で、本当にここが地下街のような施設だった場合、入力を何度もミスすれば警備会社のようなところに連絡が行って警備員が様子を見に来るなどの処置がとられるだろう、と意見を述べた。

「なんじゃ、ここへ来てまたぞろ研究意欲を刺激する異世界の情報がぽんぽん出て来たのう」

「あはは……普段は防犯の仕組みとか考えないですし」

窪みの中に並んだボタンをぽちぽち押している博士と沙耶華が話している横で、壁にぴたっと張り付いているコウにサータが声を掛けた。

「あら？　コウくん、何してるの？」

「向こうに部屋があるみたい」

精神体で壁の向こうを覗き込んでいたコウは、自分の発見を告げる。

「なんか〝ボー〟がいっぱい居た」

「ボーが？」

通称〝治癒くらげ〟と呼ばれるラッキーモンスター。生態はよく分かっておらず、皆実験で作られてダンジョンに放たれた魔法生物の一種であろうとしか認識していない。回復に使える結構便利な存在なので、ボーが集まる場所を見つけたのなら、それはそれで良い発見だ。

窪みのボタンがちゃんと反応しているのかどうか見た目では分からなかったが、押せば魔力に僅かな変化が起きている事は確認された。博士が総当りで調べている間、他の面々はお弁当など食べながらノンビリ過ごす。

「でも、サヤちゃんが調査隊に参加する事、よくレイオス王子が承知したものね？」

「気乗りはしてなかったみたいですけどね、安全だから大丈夫って説得しました」

サータの問い掛けに沙耶華が答えると、護衛の二人は王子の心境について語った。

「博士が異世界との繋がりについて調べてるって事で、王子は心配なんですよ」

「サヤ殿が元の世界に帰る手立てを見つけてしまうのではないかと危惧されている」

もし、元の世界に帰る手立てが見つかったなら、その時、自分はどうするのだろう？　時折そんな事も考える沙耶華。気軽に元世界とこちらの世界を行き来出来るような手段でもあれば、悩むまでもないんだろうなと、夢のような事を想う。

(そんな都合よくいかないわよね)

帰るにしても残るにしても、選べるはずも無いかけがえのないものを選ばなくてはならなくなるのだろう。どちらかを取り、どちらかを棄てる。そんな選択は突き付けられたくないものだ。

「いよっしゃ！　分かったぞっ」

魔力変動の法則を掴んだ博士はそう叫ぶと、改めて窪みのボタン群に挑む。まず全ての入力を初期化するボタン。これで一番最初の状態に戻る。次に右上、左下、真ん中――と、ある一定の魔力が維持されるボタンを順に押していく。

「そして、こうじゃ！」

最後に揃った魔力を照合するボタンで、予め設定されている魔力と同じ波長の魔力を、ボタンの組み合わせで作った魔力に通す。ポーンという不思議な音がして壁が動いた。パラパラと埃や石の欠片が舞い落ちる。

「おおおっ、見よ！　封印されし壁が開くぞ！」

「おー」

が、床と壁に僅かな隙間を空けて上へとスライドしていた壁は、途中で止まってしまった。

「……なんじゃ？　コレだけか？」

「下に隙間があいてるよー」

「古代遺跡ですし、魔力切れで止まっちゃったとか」

「かなり古そうですもんね」

調べてみたところ、本当に魔力切れで動かなくなっているらしく、窪みのボタンに集まっていた魔力も無くなっていた。壁自体にそれほど厚みがある訳でもなかったので、ここは力仕事担当の出番だと闘士にこじ開けて貰う。

「ふんぬっ」

「あ、開いた」

中腰で潜れる程の隙間が出来たので、壁が下りないよう支柱を設け、一行は部屋の中へ踏み込んだ。


そこには、倉庫のような広い空間があった。壁際に何本もの管が走り、机と椅子らしきモノが埃にまみれて散乱している。部屋の中央には液体で満たされたプールのようなモノがあり、その縁には管で繋がった長丸い物体。京矢達の知る水道タンクに似たモノが並んでいた。

そしてプールの中から泡のように〝ボー〟が浮かび上がり、天井付近の通気口らしき穴からふわふわとどこかへ流れていく。

「なんじゃここは……ボーの繁殖場か？」

プールは幾つかに仕切られていて、液体の満たされている部分と空になっている部分がある。空の部分に繋がっている管は途中で千切れていたり、繋がっている槽に穴が開いていたりしていた。

「博士、こっちの壁に何か書いてありますよ」

「おう？　どりゃどりゃ」

机と椅子らしき物体が散乱している側の壁には大きなパネルがあり、絵付きの古代文字が何かを記している。それは、動く絵にも出て来た丸い物体について解説しているような内容に見え、博士は早速解析を始める。サータは机回りを調べている。

コウはプールを覗き込んだりしながら、周りで漂うボーを観察していた。その様子を沙耶華と護衛の二人が入り口付近から眺める。

「あの白いくらげのお化け、初めてこっちで目覚めた時に追いかけられた怪物だわ……」

「確か、保護した騎士達も何かから逃げて来た様子だったと話していたな」

「アレは人を襲うようなものではない筈だが」

訓練場にしている区画には、実験生物も訓練用のモノしか放たれていないので、沙耶華は一般開放されている区画から迷い込んで来たモノに追われていたのではないかと考えられていた。

まだ沙耶華がこちらの言葉も話せず、意思疎通が困難な頃だった事もあり、特に注視する程の問題でもないので流されていたのだが――

「なるほど、分かったぞ」

解析を済ませた博士は、この場所とボーの生態について、かなり細かい事が分かったと説明を始めた。ここはボーの繁殖場。正確には製造工場兼、管理室だったという。ボーに関する詳しい仕様の記された資料も見つかった。

ボーは人工精霊を使った自動治癒装置で、特定の思念の送り方で呼び寄せる事が出来るらしい。生き物ではなく、実体を持たない召喚獣のような類の『装置』なのだという。

「ちょっと見ておれ……こうやって、魔力を乗せた思念を送るとじゃな――」

「あ、ボーが……」

「寄って来たね」

博士の傍に近付いて来たボーが、餌も与えていないのに治癒の粉を振りまく。

実は、古代文明の地下商店街？　に設置されていた緊急自動治癒装置で、気分が悪くなったり、怪我をした時に思念を送って助けを求めると、飛んできて治癒してくれるシステムだったのだ。

元々はあの宣伝パネルに描き出されていたように、丸っこい形をしていた。今は形が崩れて水くらげ状になっているようだ。

「これはワシの仮説じゃが、サヤ嬢らは世界を渡る際、別次元を通って来たと思うのじゃ」

沙耶華は白いくらげの怪物に追われている気分だったが、ボーは助けを求める沙耶華の思念を受けて救援に来ていたのだろう、と博士は語る。

魔力の扱いを知らない沙耶華の思念に反応したのは、助けを求める強い思念がずっと保たれていて、転移装置の魔力にその思念が乗ってたまたまボーを呼ぶチャンネルに繋がったと考えられる。

「まあ、色々穴はあるがの」

転移装置についてまだまだ解明されていない事は多いので、今はバラッセの調査結果待ちじゃの、と締めくくる博士。なんにせよ、この場所の発見は非常に有益だと言える。

コウと京矢が動く絵について意見を求められた時にも話していた『これを解読出来れば地下遺跡でまだ見つかっていない魔術装置を発見したり、そこから画期的な発明に繋がる新しい発想を見出せたりするかもしれない』という博士の言葉が証明された形だ。

――博士すげぇ！――

「博士すごいってキョウヤが言ってるよー」

「クワッカカカカ！　そうじゃろう、そうじゃろう」

「ホントに見つかるとは、わたしも予想できませんでした」

またぞろ一一〇度ほど踏ん反り返って高笑いしている博士に、サータも今回は本当に感心している。研究所内にいるような賑やかで和やかな雰囲気に浸りながら、沙耶華はプールの周りを漂うボー達を見詰める。

その時代の人間がいなくなっても、ずっと稼動していた緊急自動治癒装置の製造工場と管理室。

時折ふわふわと天井付近の穴からどこかへ流れていくボーの姿に、なんだか切ないような哀しいような気分になる沙耶華なのであった。

バラッセからの調査報告が届いたのは、それから三日後の事だった。

10

コウが目覚めた最初の場所である、バラッセのダンジョンに隠されていた古代遺跡らしき祭壇。ようやく機器が復旧して調整に入った複合体に新しい能力を付与する実験が行われていたアンダギー博士の研究所に、その調査結果が届いた。

先日の地下遺跡調査で発見されたボーの製造工場は直ちに国の重要施設として軍管理下に置かれた。しかし博士はちゃっかり入手しておいた液体〝ボーの素（仮）〟を複合体に注入して、超回復能力を持たせようとしていたのだ。

「馴染むまでには暫く掛かるじゃろうな、こっちはまだ様子見じゃから置いておくとして——」

バラッセの調査結果はやはり予想通りだったかと、報告書をパラパラと捲る博士。スケッチに描かれた祭壇の型は、エイオア評議会が保管している転移装置と同型だと思われる。

「最近稼動した痕跡があったという事は、まだ装置が完全に壊れている訳ではないという証拠じゃ」

それはつまり、凶星騒ぎ以前にも何かを切っ掛けに稼動していた可能性が考えられるという事だ。

博士の仮説によれば、沙耶華や京矢は別次元を通って世界を渡って来たという。転移装置の仕組みも判明している内容の中には、対象を転移させる際、別次元への扉を開いてそこを通しているという説がある。

本来なら入り口と出口が繋がれた状態で転移の扉が開かれていた。しかし装置単体の偶発的な稼動によって準備が整わないまま別次元への扉が開かれてしまい、本来の座標とは違う場所に転移する事故が起きているのではないか。

アンダギー博士はそう睨んでいた。

「魔術は人の思念の力が大きく影響しておるからなぁ」

『飛行機』の事故と転移装置の稼動が偶然重なり、人の強い思念が一箇所に集まった際にたまたま開いていた別次元への扉に引かれたか――

「死者の魂が通る道とも言われとるでな、多くの死者がその道に入る流れに引き摺られたか」

――それって元々死んでたかもしれないって事か――

「ほんとは死んでたかもしれないって事？」

「どうじゃろうな、サヤ嬢も目覚めた時はボーに襲われたと本人は思っておった。つまり、生きていたからボーに蘇生処置を受けておったのかもしれん」

帝国の遺跡内で発見された京矢も、実は発見した治癒術士が蘇生処置を行っている。

――うーん、逆を言えば世界を渡るのって死ぬような危険があるって事にもなるのか――

「世界を渡るのって死ぬほど危険な事にもなるの？」

「まあ同じ世界でも出る所を間違えればエライ事になるのが転移じゃ。世界なぞ渡ろうものなら、どんな副作用がある事やらじゃな」

別の世界へ渡る手段にも興味は尽きないが、まだまだ転移そのものの技術も確立されていない現状、明確な答えも予測すらも出せないというのが博士の答えであった。


複合体の調整が済むまでグランダールに滞在する事になったコウは、二、三日手持ち無沙汰になるところだった。だが――

「どうせなら稼動が確認された転移装置を直接調べてみるのも悪くないのう。お主が視れば何か分かるかも知れん」

こんな博士の発想と破天荒な行動力によって、レオゼオス王から『転移装置の回収許可書』が発行された。そしてもし持って来られるようなら持って帰って来てくれと『バラッセにある祭壇の調査と回収』を依頼された。

――いいってさ、こっちもまだ暫くはバタバタしてるからな――

差し当たりコウの力が必要になるような事態も起きていない。古代遺跡の調査研究については帝国にも益をもたらしているアンダギー博士の依頼なら、コウがグランダールで活動しても構わないとスィルアッカも理解を見せたそうだ。

そんな訳で、コウはまたバラッセの街へ赴く事になった。魔導船が使えない今は飛竜が各方面で大活躍中という事で、今回は貸し出してもらえない。したがって伝書鳥《ぴいちゃん》で二日ほど掛けて飛んでいく。

「ぴゅぴゅーい〝じゃあ、いってきまーす〟」

「おう、良い知らせを待っとるぞ」

帰ってくる頃には複合体の調整も済んでいるだろうと送り出す博士とサータ、沙耶華達に見送られ、コウは研究所を飛び立った。


凶星騒ぎ以降、グランダールの空は行き来する魔導船の姿もなく、たまに飛竜を見掛ける時があるくらいでとても静かだ。

逆にそれまで魔導船を使っていた層が馬車を利用するようになり、地上では護衛の需要が増え、傭兵達には割と実入りの良い仕事が増えていた。

街道にはひっきりなしに馬車隊の車列が続く為、盗賊団も迂闊《うかつ》に手を出す事が出来ず、一般の旅人達にとっても安全な環境が出来上がっている。

そんな街道を見下ろしながら飛んでいたコウは、トルトリュスとクラカルの間にある街の上空に差し掛かる頃、自分よりも更に高いところを行く黒い翼を広げた存在を見掛けた。

人間の少女に見えるが、物凄い濃度の魔力に包まれているらしく、コウの視点からだと光り輝いて見える。一瞬こちらに意識を向けた後、その存在はバラッセ方面へと飛び去って行った。速度もかなりのもので、飛竜より速いかもしれない。

『すごいなぁ　いまのなんだったんだろう』

――そういやあんまり聞かないけど、飛行系の魔術でもあるんじゃないか？――

遠ざかる魔力の光を見送りながら、コウは京矢と今見た存在についてあれやこれやと推測してみるのだった。


エイオアの首都ドラグーン。優秀な祈祷士や呪術士を輩出する森と結界に囲まれたこの地域には、凶星騒ぎ以降、ダンジョンから転移して来たと思しき魔物や元から地上に棲んでいた魔物が、どういう訳だか多く流れ込んで来ている。

一般人には危険が増したが、討伐も請け負う冒険者達には良い儲け場所として、人、金、物も集まり始め、他国と同じく凶星対策に追われる中、エイオアには好景気の兆しが現れ始めていた。

そんな喧騒と賑わいで溢れる街の一角、エイオア評議会の幹部達の屋敷群が並ぶ閑静な邸宅街にて、人知れず実験を繰り返していたトゥラサリーニは、遂に装置の完成に漕ぎ着けた。

「よし……でーきーたーぞーー！　くふふ……起動実験だけであれだけ広範囲の魔物を喚び寄せ

られたんだ――」

本番の稼動ではいよいよ、魔物を含めた生きとし生けるもの全ての支配を行う、集合意識の拡散と浸透の効果が試される事になる。

〝生命の門〟を参考に作られた〝支配の呪根〟が持つ機能は、〝生命の門〟の失敗を逆手にとったモノだ。死者の魂を集め、自身に取り込んで融合させる装置であった〝生命の門〟。古《いにしえ》の魔術士〝ダンジョンコーディネーター〟は、装置の暴走によって魂の取り込み口となる空間に自らの魂を逆流させてしまい、それが集合意識となってダンジョンの魔物を支配していた。

一方の〝支配の呪根〟は、集合意識に満たされたダンジョンのように、思念を乗せる魔力を広げた一帯を構築し、そこに装置を通して使用者の意識を繋ぐ事で、思念帯を地上に展開する。要は自己の意識を繋いだ集合意識を地上に発現させる装置である。

強い拘束力が無くとも、殆ど無意識下に服従するよう働き掛ける事で、時が経つに連れて思念帯にいる全ての意思ある生物を従えられるようになるという算段。

ゆくゆくは中継塔を使って世界中に効果範囲を広げ、全世界の支配をも目論んでいる。

「さて、では……〝支配の呪根〟、起動！」

地上に発現させた集合意識と繋がり、そこに自分の意思を乗せ、思念帯範囲内に存在する全ての意志ある生物の意識にそれと気付かれず干渉して、自分の意思を植え付けていく。

魂の取り込みなどという危険な賭けはしない。不老不死や進化ではなく、有限の生の中で功績を残す事をトゥラサリーニは選んだのだ。

「おおお——広がる！　広がるぞおっ」

思念帯のベースとなる魔力に意識を繋いで集合意識を発現させた瞬間、ダンジョンの転移装置によって地上に現れていた魔物達は彼の意思に引き摺られ始めた。

双星の影響で地上に上がっても殆ど力を失う事無く行動出来る魔物や変異体が、エイオアの首都周辺に集まり始める。装置が稼動しているトゥラサリーニの自宅を目指して。


夕刻頃、ある屋敷の庭に無数の魔物が屯《たむろ》しているという付近住民の通報で駆けつけた警備隊は、この一帯が異様な性質を持つ魔力に覆われている事に気付いた。

「もしかして、この魔力が魔物を呼び寄せているんですかね？」

「もしかしなくてもそうだろう。俺はダンジョンの下層まで下りた経験があるんだが、この気配はまるで集合意識そのものだぞ」

「どうしてこんなになるまで放っておいたんだ」

「凶星騒ぎで異常な魔力の流れは度々あったからな、誰も気付かなかったんだろう」

張り巡らされた結界の隙間を縫うように走る回廊。地元の人間でも一部にしか知られていないこの抜け道を通って魔物達はドラグーンに侵入した。そのまま街の住人や警備隊に気付かれること無くトゥラサリーニの屋敷まで辿りつくと、庭などで命令待ちの状態に入っていた。

彼等は地上に発現した集合意識の『我に従え』という意思に支配を受け、または影響され、トゥラサリーニを群れの統率主《ボス》とみなして集まって来たのだ。今やこの首都の一角は危険地帯となっている。

「こっちだ！　数が多いぞ、もっと応援を呼んで来いっ」

「住民の避難は？」

「既に完了している。攻撃魔術の使用許可は出ているが、隣接する建物に被害を出したら自腹だから気を付けろ」

「そんな場合じゃないでしょうに……まったく上の奴等ときたら」

少なく見積もっても四十数体は居ると思われる魔物の群れを前に、三、四部隊程度の戦力では対応出来ず、応援を待つ警備隊。

ダンジョンでは人間を見ると必ず襲い掛かって来る魔物も、地上に出て来たモノは元から地上にいる魔獣達より大人しい。この屋敷の庭に集まっている魔物も警備隊の動きをじっと見詰めているモノや、ただごろごろしているモノ、うろうろと徘徊しているモノが多く、積極的に牙を剥くモノの姿は見られなかった。これは彼等を支配している者が攻撃命令を出していないからである。

彼等を支配している者――即ち、トゥラサリーニは、自宅庭に集まっている魔物達と、周辺の包囲を始めた警備隊をどうしたものかと悩んでいた。

魔物達が首都周辺に喚び寄せられたならば、それを狩りに冒険者達も多く集まるようになり、やがて優秀な彼等も全て自身の支配化に置けるようになる。そう考えていたのだが、まさか自宅の庭までやって来るとは思っていなかったのだ。

「むむむ……これは計算外だぞ？　装置の事が公になったら困るじゃないか……どうしたら――」

繋がった意識から魔物の視点を読み取り、地下に居ながら外の様子を垣間見る事が出来るトゥラサリーニは、屋敷周辺に潜む魔物や変異体の視点から警備隊の動きを観察していた。

「うーん、邪魔だなぁ……」

少数部隊で遠巻きに庭の様子を窺っている警備隊のなんとも隙だらけな姿を見るうち、どうにか排除出来ないだろうかと彼は考え始めた。その瞬間、庭に屯していた魔物や周辺の物陰に潜んでいた変異体が彼方此方から一斉に飛び出し、警備隊に襲い掛かった。

「ああっ、あははは、すごい！　よしっ、そこだ！　いいぞおっ、やっぱり安全な首都にいる警備隊の実力なんてこんなモノか」

自分の意識から出す命令一つで思い通りに動く魔物達。トゥラサリーニは以前、バラッセのダンジョンに中継地点が設けられようとした時に、それを厭《いと》った集合意識が魔物達を動員して作業を妨害したという話を思い出す。

「そうか、集合意識の効果は特質や性向を定めるだけじゃなく、双方向で情報の共有が出来るんだから――」

現在進行形で集合意識の支配を受けているモノなら、直接命令を出して操る事も出来るのではないか――そう考え、トゥラサリーニは〝支配の呪根〟との意識の繋がりを深めてみた。

「あ……あはははっ、凄い凄い！　出来るじゃないか！」

魔物達を個別の命令で自在に動かす事が出来た。庭に居る魔物の一体に玄関の扉を開けさせて屋敷の中へ招き入れると、廊下を真っ直ぐ、突き当たりを右に、厨房の左の棚を開け、中の容器に盛ってある甘根を容器ごと持って来させる。

地下への入り口の仕掛けを作動させ、階段を下り、濃密な魔力に満たされた空間に踏み入れたところで意識をその魔物から自身へと戻す。そして部屋の出入り口に視線を向けると、地上の森などに棲息する猿の魔物が、甘根の容器を持って立っていた。

大柄な成人男性並みの身長を持ち、黒っぽい茶色の体毛に長めの腕と尻尾、真っ赤な眼と縦長の尖った耳。そんな容姿から悪魔にたとえられる魔猿を前に、狂気の笑みを浮かべたトゥラサリーニは両手を広げながら宣言する。

「私は……魔物達を手足のように操る事が出来る魔物達の王――そうだ、私は魔王だ！」

凶兆の双星は、エイオアに魔王を出現させたのだった。


「……ちょっと獣臭いな、この甘根」

「ヴギィー」

とりあえず、屋敷に入れる魔物には湯浴みをさせておこうと決める自称魔王であった。

11

まだ闇の深い夜明けの刻。ドラグーンの街の屋敷群が並ぶ通りの石畳や崩れた塀の壁には、夥《おびただ》しい量の血がぶちまけられたように付着していた。建物は燃え、其処彼処《そこかしこ》に治安警備隊の死体が転がり、今や戦場のような様相を呈している。

この区域を封鎖するバリケードは既に破られており、首都ドラグーンは街のおよそ半分が魔物の徘徊する危険地帯と化していた。

昨日の夕刻に完成した〝支配の呪根〟を使って魔物達を操り、警備隊を襲撃させたトゥラサリーニは、魔物を使って首都を制圧出来るのでは？　と考えた。

街そのものをダンジョンに見立てて魔物で満たした、魔物の徘徊する街、魔王の街を作ろうというのだ。

食料その他、生活に必要な物はまだ街中に沢山残っているし、魔物の討伐に来た者達から奪うという手もある。人型の魔物を使って畜産や農作業をやらせてみようかとも考えたが、家畜や植物が魔物の影響を受けて変異すると食べられない。

「あっ、そうだ！　それなら人間を奴隷にして働かせれば良いんだ。逃げ遅れた住民がいる筈だから、急いで確保しなくちゃ」

魔王トゥラサリーニから指令を受けた魔物達は、抜け道や結界の隙間などから街中へと広がり、人狩りを始めた。

同時に、トゥラサリーニはエイオアの中枢機関である評議会の本部宮殿にも、潜入と工作に使えそうな魔物を向かわせた。

本部宮殿の倉庫には〝祈祷士のアミュレット〟のような結界破りの効果を持つ高価な道具が保管されている。これを確保すれば、エイオア領の其処彼処《そこかしこ》に仕掛けられている結界を自由に通り抜けられるようになり、エイオアの全域を支配下におくのも時間の問題だった。

首都ドラグーンから避難を図るべく、一般住民達は街の門前に詰め掛けている。治安警備隊はほぼ壊滅状態にあった。残った少数の精鋭部隊は、魔物の急襲を受けて制圧された本部宮殿から命からがら脱出してきた評議会メンバーの護衛に就いている。

「リンドーラ！　君はこの便で行け、ナッハトーム領まで抜け道の案内を頼む！」

「分かりました。エッリアに着き次第、スィルアッカ殿下に救援の要請をしてみます」

「頼む。我々はアルメッセまで後退して、そこで態勢を立て直す」

エイオア評議会は中枢を南のアルメッセに移し、各国に支援を要請するべくドラグーンを脱出。

凶星対策の関係でたまたま首都を訪れていたリンドーラは、ナッハトーム帝国の皇女殿下に顔が利くという事から、評議会の代表として帝都に赴く任を受けた。

一般住民達も街に滞在していた冒険者グループ等と共に脱出を始めた。だが、馬車に乗りあぶれて徒歩で森の街道を進んでいた者達は、街から追って来た魔物や、茂みから飛び出して来る魔物に次々と攫われていった。

多くの魔物が蠢く暗い森に踏み入るのは危険なので、攫われた人々を助けに行ける者はいない。ドラグーンを脱出した人々は追いすがる魔物の恐怖に怯えながら、ひたすら夜の森の街道を南下して行くのだった。


グランダールの食料庫とも謳われるクラカルの街。その統治者であるバーミスト伯爵の屋敷に、伝書鳥ぴぃちゃんの翼を休ませがてら立ち寄ったコウは、お呼ばれした朝食の席にて最近の出来事などを掻い摘んで話していた。

重要拠点でもあるクラカルの街には、通常なら王都に出回った情報が軍や冒険者協会を通じて二日と遅れる事なく届いていた。だが今は凶星の影響で情報の伝達が軒並み遅れており、既にほぼ全域が復旧している王都の状況も、まだ十分には伝わっていなかった。

「なるほど。では先日届いた魔導器は、魔力の乱れに対応した新型だったという訳か」

バーミスト伯爵は数頭の飛竜によって王都から届けられた魔導器についての詳細を知り、納得した。

現在は行政院の倉庫に積まれているそれらは当初、凶星騒ぎで破損した魔導器の予備が送られて来たと判断されていた。今使えばまた壊れてしまうだろうという配慮から、騒ぎが収束するまで大事に保管されるところであった。

「すぐに各施設の魔導器を換装するよう指示を出しておこう」

この頃は行政院内の明かりを維持する為の照明用燃料購入に予算が食われ、各部署の業務にも支障が出始めていただけに、『これで夜間も仕事がやり易くなるな』と安堵の息を吐く伯爵。その一方で、情報が初めからきちんと伝わっていれば資金を無駄にする事もなかったろうにと、複雑な表情を浮かべる。

「冒険者協会の情報もまだちょっと混乱してるのかも」

クラカルの街にある冒険者協会支部は情報がどの程度遅れているのか、コウは出発する前に少し調べてみる事にした。

今日は貴族学校に行く予定のアリスは、玄関ホールにて出発準備が整うのを待っていた。もっとコウとゆっくりお話がしたかったのにと残念がる。

「コウは、今はナッハトーム帝国に仕えているのよね？」

「うん、スィル将軍っていう皇女様の従者だよ」

「……何がどうなってそうなったのか、凄く興味があるわ。あなたの本体だという——キョウヤという人にも」

「いつかまた時間ができた時にでもお話ししてあげるよ——多分、朝までかかると思うけど」

そんなコウの答えに、ハッとした表情を見せるや顔を赤らめて目を逸らしてしまったアリスは、

『あ、朝までだなんて……』などと呟いている。

コウの言葉に深い意味はなく、体験談を一から話せばそのくらいかかると見積もっての答えだった。だが機能を抑えているとはいえ最高級の奉仕用召喚獣である美少年コウを前に、多感な時期にある少女アリスは色々と妄想を膨らませてしまったようだ。

——このくらいの歳の子はみんなこんな感じなのかなぁ……——

『どうだろうねぇ。バラッセに着いたらニーナ達にも試してみようか？』

——おいっ——

『何を試す気だ何を』と意識の奥から突っ込む京矢に、『年齢別誤解を招きそうな言い回し？』と答えるコウ。

——妙なデータベース作成しようとするんじゃありませんっ——

『あはは、じょうだんだよー』

実は既にアンダギー博士が似たような実験報告書を纏めているとは知る由もない二人であった。

門を出たところでアリスと別れたコウは、伝書鳥《ぴぃちゃん》を頭に乗せて冒険者協会に向かう。

街の中心付近で大通りに面した場所にあるクラカル支部には、フリーの冒険者や一般人も居るほか、数グループの冒険者集団が来ているらしく、受付前や長椅子の並ぶ休憩所もそこそこ賑わっていた。

戦《いくさ》が近い時期の酒場ほどではないが、子供の遊び場に適さない程度には重圧感漂う施設内を、どこからどうみてもただの子供にしか見えない黒髪の少年がてくてく歩く。

どこかのグループの従者か何かか？　と訝しむ視線が向けられる中、コウは空いている窓口はないかと受付前をうろうろしていた。と、その時――

「だから、言い掛かりだと言ってるだろう！　いい加減にしろっ」

「なんだとっ、陰口で愚弄しておきながら言い逃れするつもりか！」

何やら揉め事が起きたらしい。何だ何だと集まった野次馬《やじうま》が遠巻きに見物を始める。コウはごく自然に周囲の人々のザワメキに耳を傾け、そこから情報を読み取る。

どうやらそこそこ名の通っている傭兵団が初心者向けの簡単な依頼を受けたところ、余所の冒険者グループから『〝剣と猛獣〟のメダルを持つ中堅グループの癖に』と陰口を叩かれ、それを耳にした若い団員が詰め寄ったらしい。

〝双短剣と狼〟のメダルを持つ冒険者グループのメンバーは言い掛かりだと反発し、現在言い争いにまで発展している状況。

「あれ？　紅狼《べにおおかみ》傭兵団だ」

「む？」

傭兵団側に何人か見覚えのある顔を確認したコウが呟くと、紅狼傭兵団の参謀役が場違いな子供の声に振り返る。若手の団員が引き起こしたこの騒ぎをどう収めたものかと悩んでいた彼は、コウの姿を見て、良い助け舟が現れたと若干表情を緩めた。

常に情報収集を怠らない堅実な参謀役は、この少年が実はガウィーク隊に所属する複合体ゴーレムのもう一つの姿である事を知っていた。

見た目が見た目なので少々格好はつかないが、今この場にいる冒険者の中では恐らく最も高い実績を持つであろうコウに割って入って貰う事で、収拾を図ろうと画策する。

「おお、コウ殿ではないですか。久しぶりですな」

「ひさしぶりー、なんか揉めてるね？」

参謀役の思考を読み取ったコウは、そうする事が当たり前であるかのように彼の画策に協力した。それがコウの〝在り方〟なのである。

事情を知らない者達は、傭兵団の幹部がどうみても場違いでしかない子供を相手に親しく丁重な接し方をするのを見て、あの少年は何者なんだろう？　と興味を引かれる。

彼等の中にも何人かはコウを知る者がいるらしく『バラッセの地下で見た』とか『金色の剣竜隊と一緒にいた』などの声が漏れる。

「いや、お恥ずかしい。うちの若手にも気性の激しい者がいまして」

「そっかー。でも仲間の悪口を言われたって怒ってるんだよね」

のほほんとした雰囲気で話す参謀役とコウ少年の姿に、言い争いをしていた二人は何だか気勢を削がれてしまい、掴み合い寸前まで張り詰めていた緊張感は四散した。

しかし、『言い掛かりを付けられた』と感じていた冒険者グループ側は、このまま話がうやむやになる事に納得しない。

「おい、子供を使ってまで言い掛かりを通すつもりか？　紅狼傭兵団の参謀殿は工作も達者だな」

「てめぇ……まだしらばっくれる上に参謀を侮辱しやがったな――もう許さん」

若手の傭兵団員が剣に手を掛けた。こりゃイカンと参謀役と他の団員達が抑えに掛かる。冒険者グループ側もそう来るなら相手になってやると臨戦態勢をとり、場の空気が再び緊張する。

そんな状況で睨み合う両陣営の間に立ち、まあまあ落ち着いてと宥めに入ったコウは、紅狼傭兵団側の若手団員と、冒険者グループメンバーそれぞれの思考を読み取り、諍《いさか》いの原因を特定する。

「さっきから何なんだその子供は」

「危ねえからガキは引っ込んでろ」

「二人とも誤解してるんだよ」

殺気立っている傭兵団員と冒険者メンバー達の威圧も意に介さず、コウは淡々と説明する。

冒険者メンバーが紅狼傭兵団の受けた仕事を見て『中堅グループの癖に――』云々の文句を口にしたのは事実。だがそれは別に悪口を言ったのではなく、自分達が狙っていた適正ランクの仕事を先に取られてしまった事に対する愚痴であった。

その際、手続きにもたついているうちに良い仕事を持っていかれてしまったという『自嘲の笑み』を浮かべたのだが、たまたまその愚痴を耳にした若手の傭兵団員はそれを自分達に対する『嘲《あざけ》り』と捉えた。

「傭兵団の人達は若手を育てる為に簡単な仕事を選んだんだけど、冒険者の人達には死活問題だから愚痴が出ちゃったんだね」

整然と双方の立場や事情を説明され、戸惑う当事者の傭兵団員と冒険者メンバー。とりあえず一触即発の空気は流れ去り、武力衝突の危機は回避された。そこへ、ようやく騒ぎを聞きつけた街の警備隊がやって来た。

警備隊は野次馬を解散させ、騒ぎの中心となっている傭兵団と冒険者グループ双方から事情を聞く。

『ありがとう、助かった』と眼で感謝する紅狼傭兵団の参謀役にウインクを返したコウは、自分の役割は終わったと判断して集団から離れる。そして、目的達成に満足しながら空いている受付の窓口へ向かう。情報の遅延状態を調べなくてはならないのだ。

——地味にコネ作りしてるよな——

『人脈は大事だってエルメールさんも言ってたよ』

習った冒険者の心得をしっかり実践して活かしているコウなのであった。

12

コウは、冒険者協会クラカル支部で昼過ぎまで情報収集をしながら過ごした。遠くの街からの情報そのものはさほど遅れる事無く伝わっているものの内容に抜け落ちがあったりする為、正確な情報が全て伝わるのに二日から三日ほど遅れているのを確認。その事をバーミスト伯爵に伝えた翌日、クラカルを出発した伝書鳥コウがバラッセに到着したのは、夕刻を過ぎる頃であった。

街猫として過ごしていた頃によく使っていた抜け道の途中にある開けた場所に下りると、少年型召喚獣を喚び出して憑依する。ピュイッとひと鳴きしたぴぃちゃんはコウの頭の上に陣取った。

「さて、じゃあ冒険者協会にいってみよー」

「ピュイッピ」

冒険者協会のバラッセ支部は、普段ならこの時間帯は近くの大衆食堂に客を取られるので閑散としている。だが今日は協会の職員や行政関係者が何かを確認しながら走り回り、受付も窓口に詰め掛けている傭兵集団からの問い合わせ捌きにてんてこまい状態。

賑わっているというよりも浮き足立っているような、騒然とした雰囲気に包まれていた。

『なんだろう？　何かあったのかな？』

――みんなエイオア、エイオア言ってるみたいだな？――

コウは受付前を埋める傭兵集団の思考を読んで何の騒ぎか調べようとするも、内容が雑多過ぎて焦点が合わずよく分からない。

窓口には暫く近づけそうにもないが、『関係者以外立ち入り禁止』の札付きロープ前にて、深刻そうな表情で話し込んでいる協会職員を見つけ、彼等の思考を読み取って情報収集を試みる――結果、この騒ぎの原因を特定出来た。

『エイオアの首都が魔物で溢れたんだって』

――エライこっちゃな――

首都を脱出したエイオア評議会がアルメッセに拠点を移し、この事態に対処するべく動いているとの情報を得た傭兵達が、戦力の募集枠などの問い合わせに集まっているのだ。

独自のルートで魔物の討伐に乗り出す者達もいる中、まずはエイオア評議会や支援を要請されるであろう各国が討伐報酬に幾ら出すのかを聞いてからだと、賞金稼ぎ達は情報集めに奔走している。

グランダールからエイオアを支援する声明などは出されていないので、まだ王都にはこの話は伝わっていないのかもしれない。

――凶星の影響で景気が良いらしいって話だったのにな――

『魔物が討伐しきれないいくらい集まり過ぎたのかなぁ？』

コウも京矢もエイオア国の内情に詳しい訳ではないが、大規模な結界と深い森に囲まれた首都ドラグーンはグランダールの王都トルトリュスに次ぐ難攻不落の魔導文明都市と聞く。そんな街が魔物で溢れてしまうなど、余程の想定外な出来事でも起きたのだろう。

——確か、結界の隙間に迷い込んだのを討伐してたんだよな？——

『討伐隊に見つからなかった魔物が街に入り込んでたとか？』

詳しい情報が入らないので詳細は分からないものの、この情報をスィルアッカに伝えると言って離宮の奥部屋を出た京矢は、一旦交信から意識を外した。

一向に途絶える事のない受付前の喧騒をざっと眺めたコウは、ここで人が空くまで待つより先にバラッセの行政院を訪ねて『転移装置の回収許可書』を提示しておこうかと考える。

『後で下見にも行かなくちゃ』

もし装置が床と一体化していた場合は、一度掘り出して単体で存在する状態にしなければ異次元倉庫に移せない。工事に人手を借してもらう事にもなるかもしれないので、事前に上にも話を通しておいた方が良いだろう。

眠そうな伝書鳥《ぴいちゃん》を胸に抱えたコウは、行政院と統治者の屋敷を目指して冒険者協会バラッセ支部を後にするのだった。

翌日、装置の回収に立会人として前回調査依頼を受けたエルメール達が同行する事になり、コウは待ち合わせ場所であるダンジョン前の公園に向かっていた。

高い鉄柵に囲まれた祠のある、開けた場所。途中の並木道には今日もベンチに腰掛け、射し込む木漏れ日に和んでいる元正規軍騎士部隊長、バスクレイ爺さんの姿がある。

ダンジョン前の公園は以前に比べ、人の多さは変わらずとも、冒険者風の者が減って一般住民や商人の姿が目立っている。

〝生命の門〟が持ち出されて魔物の脅威が無くなったバラッセのダンジョンを新たな観光名所とするべく、地下迷宮街の建設が進められている。現在は凶星騒ぎで作業が中断されているものの、一部区画は地下露店用に開放されていた。

鉄柵前にエルメール達の姿を見つけたコウは、そちらへと足を向ける。いつもと変わらずビシッと剣士の甲冑で固めたエルメールに、治癒術士のローブを纏ったリシェロ、部分的に弄ってある防衛隊の甲冑を身に付けたガシェ。

それにもう一人、若い剣士風の少女が居た。訓練生の甲冑を纏っているのでエルメール達の教え子かもしれない。

彼等の傍に駆け寄ろうとしたコウは、ふと視界に飛び込んで来た違和感に足を止めた。

まばらな人込みの中、明らかに異質な光を放つ存在。赤いコートを纏い、艶のある黒髪をふわりと靡かせた少女――の姿をした何かが、エルメール達の様子を窺っている。

コウはその存在に見覚えがあった。

「あ、光の人だ」

「え？」

その声に気付いたエルメール達が振り返る。

「おお、来たかコウ。ん？　そちらのお嬢さんは知り合いか？」

コウと向かい合っている黒髪の少女に、ガシェが声を掛ける。特に知り合いと言う訳でもないので『ちがうよー』とコウが答えると、その少女は会話の切っ掛けを掴んだとばかりに話し掛けてきた。

「あの～、実はあたし、そちらのアルシアちゃんに用がありまして――」

「え、わたし？」

キョトンとするアルシアをよそに、『サクヤ』と名乗った黒髪の少女は、『最近こういう夢をみませんか？』と、アルシアに何かの御伽噺の一節のような内容を訊ねる。

それは以前、発掘調査に参加したアルシアがエルメール達に話した最近よく見る『自分が勇者をやっている』という夢の内容と同じだった。

「見る見る！　確かにそんな夢見てるっ。少し前から夢の登場人物に新しい人が増えて、突然部屋にあらわ……――」

凄い勢いで肯定していたアルシアは、二、三日前から少し展開に変化が見られ始めた夢の内容を思い出そうとしてハッと目を瞠ると、見る見る表情を強張らせた。夢の中の自分が出会った『悪夢のような友人』という矛盾する存在。

目の前に居る少女があまりにその〝友人〟にそっくりなので、思わず言葉を失ったのだ。

「少し前って事は……カルツィオの人達と一戦交えた日の事かな？　もしかして、あたしの事――覚えてる？」

『知っているか』ではなく、夢の中で見た人物として自分を『覚えているか』と訊ねるサクヤに、アルシアはかくかくと頷いた。

〝勇者〟として超人的な力を持つ夢の中の自分が〝悪夢〟にたとえる〝友人〟。そんな夢の世界の登場人物が、現実世界の自分の前に現れるなど、ちょっとした恐怖である。

アルシアの様子が明らかにおかしくなった事で、エルメールは教え子を怯えさせるサクヤを警戒しながらも、コウに判断を仰いだ。

「大丈夫だよ。この人、沙耶華やキョウヤと同じ世界から来た人みたい」

コウから沙耶華や京矢の事を聞かされていたエルメール達は『ほぅ？』と興味深そうな視線をサクヤに向ける。一方のサクヤはまだ詳しい自己紹介もしていないのに自分の素性を言い当てたコウに対して、特に驚くでもなくうんうんと頷いていた。

〝都築朔耶《つづきさくや》〟と改めて名乗った少女は、目の前の〝見習い剣士アルシア〟に、〝狭間世界〟というこの世界と別世界との隙間にある異世界で出会った〝勇者アルシア〟について語った。

彼女の話から、今現在、世界中に混乱を引き起こしている魔力の乱れは〝狭間世界〟での出来事

が原因であるなど、コウの真偽判定がなければとても信じられないような『事実』が明かされていく。

こちらのアルシアが夢で見ている〝勇者〟アルシアは、狭間世界を漂う大地を司る精霊によって、人格を複製する形で召喚された存在。半精霊化したアルシア本人であるという。

驚くべき事に、彼女は異世界からの来訪者というだけに止《とど》まらず、元の世界とこの世界、更にはその隙間にあるという世界を自由に行き来しているらしい。

もっとも、これらは朔耶がアルシアと話をする為に必要であるから明かしただけで、この『狭間世界での出来事が魔力の乱れの原因である』という情報を広めるつもりも信じて貰うつもりもないようだ。

当事者であるアルシアにだけ事情が伝わればＯＫとする朔耶は、判断材料として夢の中での話以外にアルシアが体験したであろう、とある不思議な出来事を告げる。

「これは覚えてるかどうか分からないけど、アルシアちゃん、三年前この街に来る途中で『来たれ勇者よ』って声を聞かなかった？」

「っ！　き、聞いたっ、それ覚えてる！　あの時は周りに誰も居なかったし、不気味で怖かったから駆け足になっちゃったのよ」

そこからはスムーズな会話がなされ、朔耶からこの世界のアルシアに会いに来た理由等が伝えられた。

狭間世界の勇者アルシアは、その国では〝神に喚ばれし者〟と崇拝され、信望される立場にありながらも、支配者層からはほぼ便利な道具として扱われているらしい。どこの世界にもありそうな現実的な話だった。

「夢で感じてた焦りや閉塞感って、そういう事だったのね……」

「それで、向こうのアルシアちゃんを励ます意味でも、こっちで頑張ってるアルシアちゃんのメッセージが欲しいわけなのよ」

手紙を届ける事も出来るという朔耶に、アルシアは手紙と一緒に届けて欲しいモノがあると言う。

「故郷の品なんだけど、あと手紙も書かなきゃね——あの、エルメール先生」

「ああ、事情は分かった。こっちはただの立ち会いだから行って来て構わん」

転移装置回収の立ち会いから外れる許可を貰ったアルシアは、ぺこりと頭を下げると訓練学校の寮へと走っていった。それを見送る朔耶に、エルメールは付いて行かないのかと訊ねる。

「ん〜、なんか勘に引っ掛かっちゃって。その立ち会いってのに同行していいですか？」

「勘？　それは、別に構わんと思うが——どうだリシェロ？」

「うん、同行するだけなら問題ないよ。ガシェは？」

「コウの同郷人って事だしな、俺もいいと思うぜ」

同行を許可する理由にコウの同郷人である要素はあまり関係無いのだが、と突っ込みつつ、エルメール達はとりあえず自己紹介をする。

「私はエルメールという。訓練学校の講師をやっている」

「僕はリシェロ。彼女と同じ講師だよ」

「ガシェだ。一応この街で防衛隊ってのを指揮してるぜ」

「ボクはコウ」

コウの自己紹介は肩書きの無いシンプルなモノだった。グランダール寄りの討伐集団であるガウィーク隊のメンバー且つ、グランダールと敵対していたナッハトーム帝国で皇女殿下の従者もやっている。グランダール随一の魔導技師アンダギー博士から与えられた特殊ゴーレムを本体として冒険者に登録した、元魔獣犬に憑依していた精神体で、その実、異世界から迷い込んで来た者の精神から分離独立した存在――

説明するとこんな意味不明な肩書きになってしまうので、シンプルに名前だけ告げたのだろう、とエルメール達は思っていた。しかし実際は、コウと京矢の関係や事情を含めて、朔耶がこちらのほぼ全容を把握していると判断したが故にコウは省略したのであった。

コウの視点からは、朔耶と重なる光の存在が世界と溶け合うように繋がっている様子が見て取れる。この〝都築朔耶〟という少女は、この世界にただ『存在している』だけでなく、世界と『繋がっている』のだ。

そして世界と朔耶を繋げている光の存在が、自身《コウ》の事をつぶさに観察しているのが分かる。

「朔耶です。オルドリア大陸のフレグンス国で一応、精霊術士見習いと小物作りの工房主やってます」

よろしくねっ、と、ここフラキウル大陸では中々お目にかかれないレアな肩書きを披露した朔耶。この言葉には『戦女神とか呼ばれてます』や『フレグンス王室特別査察官もやってます』とか『精霊神殿の象徴《シンボル》にされてます』という立場に関する思考情報が含まれていた。

勿論それらを読み取れたのはコウだけである。

――しっかし、世界を行き来してるとか……――

『びっくりだねぇ』

コウを通じて朔耶の在り方を知った京矢が、そんな人もいるのかと驚く。装置の回収にダンジョンへ向かう道すがら、二人は後で元の世界に還《かえ》る方法を聞いてみようかと相談し合っていた。すぐにでも帰還方法を訊ねようとしなかったのは、既にこちらで自分の居場所や役割を抱えてしまっているからだ。

元の世界に未練が無い訳ではない。しかし、もし帰還出来るとなれば今の環境を全て棄てる事になるかもしれない。こちらで知り合った少なくない親しい人達とも、もう会えなくなるかもしれないという別れを惜しむ気持ちが、元の世界に帰る方法の問い掛けを躊躇《ちゅうちょ》させていた。

朔耶を伴い、地下街化が進められているバラッセのダンジョンに下りて来た一行は、綺麗に掃除された一階の通路を進んで行く。所々に休憩用の長椅子が置かれ、危険な地下迷宮だったかつての面影は無い。

等間隔に設置された松明の明かりが当時の雰囲気を醸し出しており、朔耶は珍しそうにきょろきょろと壁や天井を見渡していた。

やがて目的の場所に辿り着くと、エルメールが注意を促す。

「ここだ。先日発掘したばかりだから、まだ通路が整地されていないんだ。石の欠片を踏まないよう足元に気を付けてな」

祭壇の間への通路の入り口脇には、まだ崩した壁の欠片が山積みにされている。ガシェが関係者以外立ち入り禁止と書かれた札付きロープを外し、暗い通路を松明で照らし出した。

その時、ふとコウが前にいる朔耶を見上げると、何やら細い『光の糸』が朔耶を中心に広がっていくのが見えた。コウの視点からだと朔耶は常に光を纏って輝いているように見えるのだが、その放射状に広がる光の糸はまるで生き物の触覚のように思える。

やがて奥へと伸びる一本を残して『光の糸』が収束。先導するガシェの後ろからひょいと通路を覗き込んだ朔耶は、小首を傾げながら言った。

「なんか大きな犬が居るみたいだけど、魔物？」

「魔物が……？　ガシェ、壁際に寄れ。リシェロは照明を頼む」

「お、おう！」

「分かった」

剣に手を掛けながら素早く指示を出すエルメール。先程の紹介では朔耶はまだ見習いという事だったが、精霊術士は祈祷士よりも強い交感能力を持つといわれる。信憑性は高いと判断したらしい。

リシェロが魔力で作り出した光源を奥へと投げつける。通路の起伏を陰影に浮かび上がらせながら真っ直ぐ飛んでいった光源は、奥の転移装置にぶつかってくっつきそのまま祭壇の間を照らし出す。

「よし、いくぞ」

松明を仕舞ったガシェが戦斧を持ち、剣を構えるエルメールと並んで進み始めると、リシェロも二人を援護すべくその後ろに続いた。三人が組んだ時のいつもの布陣である。警戒しながら慎重に踏み出す三人に、朔耶は祭壇の間の様子を伝える。

「奥の右の窪みに居るけど、こっちに気付いてるみたいね。敵意は無いみたいだよ？」

「そんな事まで分かるのか？」

やけに具体的な索敵情報に振り返ったエルメールは、ちらりとコウに視線を向けた。コウはすぐその意味を理解して朔耶の内心を探ろうとしたが――

――コウくん、さっきからずっと覗いてたでしょ？　あんまり乙女の心を盗み見しちゃダ・メ・よ――

「っ!?　え、と、ごめんなさい」

他者との念話は初めてではなかったが、直接意識が繋がっている京矢や、思念がそっと触れてくる感覚のウルハの時と違って、朔耶のモノはがっしりと結びついて来るような強力な思念だ。朔耶の意識から読み取れた表現では〝意識の糸〟というらしいソレから感じ取れる余りに強大な力の存在に、思わずびっくりしたコウが、とりあえず謝ると、朔耶はにっこり笑う。

今のやり取りの意味が分からず、エルメール達がコウと朔耶の顔を交互に見やった時、何かに気付いたように通路の奥へと視線を向けた朔耶が呟く。

「あ、出てきた」

つられて皆が視線を向けると、転移装置にくっついた光源に照らされ、黒い影が正面に現れる。長く鋭い牙が剥き出しになったゴツイ顔の魔獣犬。元々は地下三階付近に現れる危険な魔獣で、〝生命の門〟が取り払われて以降、大量に押し寄せる冒険者達によって他の変異体や魔獣類共々全て討伐された筈だ。

「生き残りがいたのか……しかし、これは――」

「コウ、な筈はないよね」

「コウならここに居るもんな」

ガシェがコウの頭にぽふっと手を置く。困惑するエルメール達の前で、その魔獣犬はまるでコウが憑依していた魔獣犬のように『お座り』をしてペタペタと尻尾を振っていた。

天井まで届きそうな大きさの祭壇のような転移装置を、一瞬で消し去るコウの異次元倉庫能力に『なにそれ、便利過ぎ！』と朔耶が驚く。その隣で、全身を洗浄されてふさふさの毛並みになった魔獣犬が『伏せ』をしている。

ちなみに、全身洗浄は『獣くさい』と嫌がった朔耶の仕業である。精霊の力で汚れを落としたらしい。いきなり漆黒の翼を生やした朔耶に、エルメール達は何事かと驚いていた。なんでも強い力を使う時は魔力の翼が生える――らしい。

この魔獣犬、コウが意思に触れて調べてみたところ、以前〝生命の門〟を探索しに来た時に憑依して、地下五階に下りる階段前で別れた魔獣犬であった事が分かった。

「そっかぁ、君だったのかぁ」

「ヴォフ」

ヘッヘッヘッと舌を出しながら尻尾を振っている彼は、コウに憑依されて地下探索をしていた中で、僅かながら『楽しい』と感じた時から自意識が育っていた。主に朽ち掛けの骸戦士にローリングアタックをかましていた辺りで。

その自意識は、コウと別れて再び集合意識に支配されながらも保たれた。行動を指示する集合意識に対して自分の『楽しい』と感じる行動を通そうと反撥を起こす事で更に育ち、徐々に明確な自己意識へと進化した。

そこへ〝生命の門〟の破壊によって集合意識の干渉が無くなり、自己意識の膨らんだ彼は完全な自律行動を取るようになったのだ。

大勢の冒険者が地下に押し寄せている間、彼は入り口が隠されて目立たない所にある餌用丸ネズミの巣に潜り込んでやり過ごした。

お宝があらかた漁り尽くされてダンジョンを訪れる冒険者も減り、地下街建設の改装工事が始まった頃には籠もっていた巣穴の丸ネズミも喰い尽してしまった。そこで深夜のダンジョンを徘徊して、他の巣穴を転々としながら餌を確保していた。

凶星の出現で工事の作業が中断して更に人が居なくなると、餌を求めて上の階にも訪れるようになった。魔力の薄い環境にも慣れ、普通に狩りが出来る程度まで動けるようになっていたところへ凶星の影響があり、活動範囲が一気に広がったらしい。

そうして先日、エルメール達が掘り開いたこの祭壇の間にうっすらとコウの気配が残っているのを感じ取って下の階から上がって来た彼は、ここを拠点にして過ごしていたのだ。

この部屋の壁は彫り込まれた彫刻による突起物が多いので、壁を伝って天井に開いた亀裂の隙間から地上にも出入りしていたようだ。祭壇の間は丁度街の外辺りに位置している。

「蟲やコウモリの変異体は、元はこういった抜け穴部分からダンジョンに迷い込んでいたのかもしれないな……」

「確かに、小動物だとここに落ちたら戻れそうにないもんねぇ」

壁際の天井に走る亀裂を見上げながら、エルメールとリシェロがそんな推測を並べる。

「にしても、ある意味こいつぁ本物の魔獣犬コウってとこだな。武器や薬を出したりはしねぇけど」

ガシェがそう言って魔獣犬の頭を撫でる。身体は見た目も凶悪なごつい魔獣犬だが、中身は割と普通の犬だ。

自意識を持ち始めるきっかけであり、自意識が育ち始める最初に触れた『他者』であり『仲間』がコウだった。魔獣犬の彼はコウに仲間意識、家族意識を持っている。

「『三つ子の魂百まで』状態なわけね」

「ほう、面白い喩《たと》えだな、オルドリア文化で盛んな『賢者の言葉』というモノか」

エルメールが、興味深そうな雰囲気で朔耶の呟きに関心を示す。

「それと似たようなモノだけど、今のはあたしの住んでた世界のコトワザって言います」

「それにしても、貴女の言った『勘に引っ掛かる』というのはこの事だったんですね。確かに面白いものが発見できました。流石は予知に長《た》けると噂に聞く精霊術士です」

リシェロは精霊術士の予知能力と、朔耶の言った『勘』とを混同してしまっているようだ。

「う～ん、確かに勘に引っ掛かってる事には関係してそうなんだけど、まだ何かありそうな……あ、それとあたしの事は朔耶《さくや》でいいよ」

装置回収の仕事はコウが実質二秒で終わらせてしまったので、今は祭壇の間に入り込んでいた魔獣犬の事と、朔耶の精霊術について考察や雑談が交わされている。

そんな穏やかな雰囲気の中――

「魔王？」

「えっ！　今、魔王って言った？」

魔獣犬の意識に触れながら情報を読み取っていたコウの言葉に、朔耶が強い反応を示した。

「魔王というと、神話や御伽噺に出てくるアレか？」

「ちょっと昔ならたまにとち狂った魔術士が魔王を名乗ったりしてた事もあったらしいけどなぁ」

「こっちでも自称魔王ってそんな感じなのね……」

なぜ魔物がエイオアの首都に集まっているのか。今エイオアで何が起きているのか。魔物達の行動の謎、当事国政府のエイオア評議会でさえ掴みきれていない事実と現状を、コウは魔獣犬の彼から把握する事が出来た。

それによれば、地上に集合意識を発現させた呪術士が、魔王を自称し始めたのだという。

呪術士の魔王宣言は自らが操る魔物達に対してしか為されておらず、まだ世間一般には知られていない。自己意識を持った魔獣犬とこうして再会したコウが、一番にその事実を掴んだ。

自己意識の育った魔獣犬の彼は、過ごしていた場所がエイオアから遠い事もあり、〝支配の呪根〟による呼び寄せを無視する事が出来た。一応、影響は受けているので〝支配の呪根〟が発現させている集合意識からどんな命令が出されているのかは分かる。

コウはこの魔獣犬に干渉しようとする集合意識から、自称魔王の詳しい情報を読み取りに掛かる。

分かったのは、地上で魔物を支配する魔王がエイオアの首都ドラグーンを制圧し、魔物の国を造ろうとしているという事。しかも首都に住んでいた人々は魔王の命令を受けた魔物達に捕らえられ、街で奴隷として働かされている等、今の常識ではおよそ考えられない内容が明らかになっていく。

これらの情報はコウからエルメールを経て冒険者協会へと上げられた。王都やエイオア評議会に確認の問い合わせが行われる中、信頼出来る筋の情報であるという事でバラッセの冒険者協会支部を中心に噂が広まっていった。

あらゆる噂が飛び交う酒場では『魔王なんて本当に存在するのか』という半信半疑な反応を見せる者や、『金になるなら相手は何でもいい』という者達が集まり、今後について話し合っている。

本当に〝魔王〟と呼べる存在が現れたのなら、脅威に曝される周辺国から討伐隊くらいは組織されて参加者の募集が掛かるのではと、各国の正式な発表に期待が寄せられていた。


ダンジョンを後にしてすぐ冒険者協会へ報告に赴き、色々な手続きを終えたコウとエルメール達は、再びダンジョン前の公園に戻って来た。魔獣犬の確認に協会の人間も同行している。

高い鉄柵に囲まれる祠を出た所には、ガシェと朔耶が魔獣犬と共に待っていた。

「おかえりー」

「ただいまー」

魔獣犬を撫でていた朔耶とハイタッチを交わしたコウから、てしてしてしっと尻尾を振る〝魔王の支配から逃れて人間の味方についた魔獣犬』が、冒険者協会の派遣員に紹介される。

朔耶は先程まで精霊術士が使う〝交感〟によってオルドリア大陸にいる仲間と連絡をとっていたそうだ。向こうでは精霊術士の持つ予知的な力で『魔王の出現』が予言されていたらしい。

「それで朔耶はその事を調べに来てたの？」

「うん、一応ね。アルシアちゃんを捜索するついでだったんだけど、探しものがいっぺんに解決しちゃったよ」

魔獣犬の取り扱いについて協会の派遣員とエルメール達が話し合っている間、コウはアルシアを待つ朔耶と雑談を交わす。世界の渡り方について聞き出すタイミングを計っているのだが、心の覗き見禁止を出されてからは不思議な事に、言葉に乗って伝わる筈の思考を読み取る事も出来ないでいた。朔耶と重なる光の存在、〝精霊〟がブロックしているらしいのだ。

「えーと……」

「うん？　なにかな～？」

相手が何を考えているのか全く分からないという状態は初めてなので、珍しく言いよどんでいるコウに、心の奥から『もうストレートに聞いちまえ』と京矢が発破を掛ける。

「ん、じゃあたんとーちょくにゅーに、元の世界に帰る方法教えて？」

「沙耶華ちゃんって人と京矢君の事ね」

既に事情を察している朔耶は、コウ達の質問に答えてくれた。結論から言えば、簡単にはいかないとの事。朔耶が世界を自由に行き来できるのは〝精霊〟の力によるところであり、世界を渡る行為は精霊の加護が無ければ危険なのだと言う。

「向こうからこっちに連れて来る場合は、あたしを護ってる精霊が一緒に護ってくれるけど、逆は無理なのよ」

世界を渡る際、肉体から精神と魂が一旦分離する事になるらしい。精霊の加護によってそれぞれがバラバラに離れてしまう事のないよう包み込みながらでなければ、離れた精神が迷子になってしまう場合があるそうだ。

何となく身に覚えがあるコウと京矢は、すぐにその意味を理解した。

「コウ君が特殊な例だって事は分かったわ。沙耶華ちゃんと京矢君は精霊と重なってるような事はないのね？」

「沙耶華もキョウヤも特別な力はないよ？」

京矢の場合は自身の精神領域に設けられた〝蓋〟をこじ開けてコウを近くに呼び寄せるという、かなり限定的な特殊能力を会得しているが、これは世界を渡った事とはあまり関係ない。

むしろコウという京矢の分身である存在自体が、世界渡りで生じた産物といえる。

「安全に世界を渡る条件は、肉体と精神と魂を保護する精霊の助けがあるってとこね」

「精霊かぁ」

知り合いに精霊は居ないなぁと呟くコウ。しかし世界を渡る事が出来る人物と知り合えた事は大きい。博士に相談すれば何か手を考えてくれるかもしれない。

「教えてくれてありがとう、何かいい方法が見つかったらその時は――」

「うん、時々こっちにも顔出すようにするから、その時は言ってね」

コウ達の提示する方法が安全か否かは、朔耶の精霊が判断してくれるそうだ。

「後はご家族の事かな」

沙耶華と京矢については元世界の家族の事もある。二人が生きている事は伝えられるが、『別の世界で生きてるけど帰って来る事が出来ません』では色々と問題が発生してしまう。

まず間違いなく、事故で息子や娘を失った家族に対する性質《たち》の悪い詐欺だと思われるだろう。

「あんまり遠くじゃなければ二人のご両親の様子とかも見て来られるけど、メッセージとかは伝えない方がいいかも」

「キョウヤに聞いてみる」

――確実に帰れる算段がつくまでは、黙っていてもらった方が無難だろうな――

『沙耶華にも話だけはしておいた方がいいよね』

二人の家族に対しては余程の緊急事態でもない限り様子を見るに留めて置くという方針で決まった。場合によっては、二人の所持品を持参すれば生きている事だけでも伝えられる。

「朔耶には一度、沙耶華や博士にも会ってほしいな」

「そうだね、また機会があればこっちの王都にも行って見るよ」

「コウ、済まないがちょっと来てくれないか」

魔獣犬の事でエルメールからお呼びが掛かった。『いってらっしゃい』と手をひらひらさせる朔耶と別れ、コウは鉄柵前に集まっているエルメール達の所へ向かう。

「あっ、いたいた！　サクヤさーん！」

入れ替わりに道の向こうから現れたアルシアが、朔耶の所へと駆けて行く。振り返ると、アルシアから荷物を受け取った朔耶は一言二言アルシアと話し、手を振って唐突に姿を消した。

『元の世界に帰ったのかな？』

――かもな――

『とりあえず、博士には出来るだけ詳しく報告しないとね』

沙耶華に対するレイオス王子のように、スィルアッカ皇女もどう動くか分からない部分があるので、誰にどこまで情報を明かすのかはよく考えなければならない。

何にせよ、元の世界に帰る手掛かりが得られた事で、京矢には一つ大きな目標が出来たのだった。

13

異世界からの来訪者にして、自由に世界を行き来しているらしい〝都築朔耶〟との出会いは大きな意味をもたらした。同じ世界から迷い込んでいる身でもあるコウ達からすれば、元世界からの来訪者という事になるが。

彼女が還った後、魔獣犬は軍用犬としてバラッセの街軍に所属させる事になった。それを当の魔獣犬に伝える役割を果たしたコウは、暗くなる前にバラッセの街を発つ事にした。

「随分急ぐのだな」

「うん、今はきんきゅうじたいだからね」

回収した祭壇をアンダギー博士に届けて調整の済んだ複合体を引き取り、博士の調査研究にも引き続き協力しながら、状況を見てエッリアに戻る時期を見定める。

帝都への帰還はイザとなれば京矢の裏技、精神領域に設けられた〝蓋〟をこじ開けてコウを近くに呼び寄せる方法で戻る手もあるので、転移装置と世界渡りの関係について博士の考察と研究を見守りたい。

「じゃあ君もまたね」

「ヴァフーン」

バラッセの街軍紋章入りスカーフを首に巻いた魔獣犬の額をひと撫でして伝書鳥に憑依したコウは、茜色に染まりかけた空へと飛び立った。

その夜。クラカルの街に立ち寄ったコウは、ディレトス家の屋敷にお邪魔していた。情報の伝達がその後どの程度まで回復しているのかを確かめたのだが、王都の最新情報は一日半もあれば届くようになっている。

――昨日の今日で随分早い復旧だな――

『博士の新型魔導器のおかげだね』

グランダール領の重要拠点に新型魔導器が行き渡った事で各街の機能も回復し、連日飛びまわっていた偵察飛竜にも空きが出来たらしい。駐留軍の伝令代わりに寄越された一頭を、コウの帰還に使わせて貰えるようバーミスト伯爵が手配してくれた。

明日の朝にでも王都に届ける伝書と共にひとつ飛びという手筈になっていて、伝書鳥《ぴぃちゃん》で飛んで帰るよりも早く着ける見通しだ。そんな訳で、今夜はアリスの話相手をして一晩を過ごす。

「またあなたとこうしてゆっくりお話が出来て嬉しいわ、コウ」

「じゃあこの前に言ってた冒険のお話をしてあげるね」

お茶と茶菓子が用意され、小犬のファスターを膝に乗せて撫でているアリスと広いベッドの上で向かい合ったコウは、まずはどの話がいいかなぁと冒険譚の選定を始めるのだった。

翌日。クラカルの駐留軍施設にて、伝書鳥に憑依したコウは飛竜の背中に乗ると、精神体で触れて声を掛ける。

『王都までよろしくね』

「キュ（まかせろ小僧）」

飛竜達の間にも独自の情報伝達網があるらしく、以前コウを王都からクラカルまで運んだ飛竜から『明確な意思の疎通が出来る面白い人間がいる』と他の飛竜達にもコウの事が伝わっていた。

――そのうち魔物にも顔が利くようになったりしてな？――

『魔物社会とかあるなら、ありうるかも？』

京矢の冗談に付き合って交信で雑談を交わすコウを背中に乗せ、王都行きの偵察飛竜はクラカルの空へと舞い上がった。


コウがクラカルの街を発った頃、エイオアの首都ドラグーンを脱出してナッハトーム帝国を目指していたリンドーラ達は、ナッハトーム領へと越境を果たした。そこで哨戒中の帝国軍部隊と遭遇し、エイオアの評議会代表としてエッリアのスィルアッカ皇女殿下に助けを求めに来た事を告げた。

「流石はスィル将軍、エイオアの窮状を察しておられたのか」

「え？」

「安心召されよ、我等はスィル将軍から派遣された帝都の部隊ゆえ」

国境付近にいたこの帝国軍、実は京矢を通じてコウから魔王やエイオアの情報が伝えられていたスィルアッカがエイオア方面に出していた部隊なのだ。

直ちにリンドーラ達を保護した派遣部隊は帝都エッリアに連絡を入れると、リンドーラ達の護衛についた。一方、アルメッセに拠点を移したエイオア評議会からも正式にグランダールへ救援要請が出されていた。

コウが魔獣犬を通じて読み取った情報と同じ内容を、評議会の依頼で動いていた暗部同盟のエージェントが掴んでいた。

魔物達に『魔王宣言』を行ったとされる呪術士トゥラサリーニは、〝生命の門〟を参考に作った自作の呪術装置で魔物達を操っている、という魔王に関する情報が冒険者協会から発表される。『魔王の誕生』がただの言い伝えや妖しげな予言ではなく、信頼出来る情報筋から明確な形で示された事により、呪術士トゥラサリーニは正式に〝凶星の魔王〟として認定された。

当の本人はまだ正体を隠しているつもりであったが、歴史に名を残すという彼の願望の一つが成就された形だ。更に、グランダールとナッハトームが相次いでエイオアの支援を発表。各国から魔王の討伐隊が組織される事になった。

屋根に落ちた魔導船の撤去作業もほぼ完了し、上空が少し寂しい以外は平常通りの姿を取り戻している王都トルトリュス。コウを乗せた偵察飛竜が到着したのは丁度お昼になろうかという頃であった。

「ただいまー博士、持ってきたよー」

「おお、戻ったかコウっ、待ちかねたぞ！」

魔術研究棟区画の名所でもあるアンダギー博士の研究所内に運び込まれた、『古代の転移装置』と思しき祭壇。

博士は早速構造や魔力の道筋を調べに掛かったので、コウはサータ助手から調整の済んだ複合体を引き取り、新たに追加された仕様の説明を受ける。

「体内を循環するボーの素が治癒効果だけでなく、複合体組織を活性化させる効果もあるの」

「一時的にパワーが上がって素早く動けるのかー」

――バーサーカーモードみたいだな――

複合体に超回復能力を付与する過程で見つかった副産物ともいえる要素だという。実際にどの程度の効果があるのか、練習で試して確かめておいた方が良いかもしれない。

コウが京矢と交信で相談しながら研究所前の広場で少し身体を動かしてみようかと検討していたところへ、買い物から戻った沙耶華が顔を出した。

「あら？　おかえりコウ君、いつ帰って来たの？」

「ただいまー、今さっきだよ」

これから昼食の準備に入るという沙耶華に、コウは〝都築朔耶〟の事を話すべきか京矢に相談した。少し迷った様子の京矢は、今の状況が落ち着いてからの方がいいのではと答える。

――魔王の問題が片付いてからなら、博士も研究に専念出来るだろうしな――

もっともアンダギー博士は周りの状況に関係なく、興味のある研究には没頭しそうだが、と付け加える京矢に、コウも同意した。

　街が魔術の明かりに包まれ始める夕刻頃。研究所前の広場を飛んだり跳ねたりと縦横無尽に走り回っていた巨体が消え、召喚の光と共に黒髪の少年が現れる。

　新しい機能を得た複合体でひと通り動作確認を済ませたコウは、博士の様子を見に倉庫へと足を運んだ。

　ずっと倉庫に籠もって転移装置を調べていた博士は、壁際に設置された机の上に資料を広げては別の用紙になにやら書き込んでいる。その隣ではサータ助手が、散らばった資料や博士が書き殴った書類を集めて整理していた。

『忙しそうだなぁ』と声は掛けず様子を眺めていたコウの肩に、軽く手が置かれる。振り返って見上げると、沙耶華がにこりと微笑んだ。

「博士、サータさん、夕食の準備が出来ましたよー」

「あら、もうそんな時間？　博士、サヤちゃんが夕飯ですって」

「ええい、もうちょっと待てっ――つまりこれがああじゃからして、こうなっとる訳じゃ……うむ、こんなもんじゃろ」

　博士はわしゃわしゃと研究対象の考察を書き記していた用紙に、トンッとペンを置く。どうやら一段落ついたらしい。

「お疲れ様でした、何か分かりましたか？」

「うむ、この前の仮説を補強出来る発見があったぞい」

長くなるので晩餐の席で詳しく話してやろうと言って、博士は肩をコキコキ鳴らしながら倉庫の出入り口へと歩き出す。コウも同席するよう言われたので、沙耶華と連れ立って皆でぞろぞろと食堂に向かうのだった。


「まずあの転移装置じゃがな、魔力を貯える仕掛けが組み込まれておった」

周囲に魔力があるならば、僅かずつでも装置に触れた魔力をそのまま貯め込み、一定量の魔力を得ると装置が稼動する仕組みになっていると博士は推測する。

「ボーの製造施設を調べた限り、古代遺跡の魔術装置には常に一定量の魔力が供給される環境ができておったようなのじゃ」

その例から考えるに、本来の転移装置は常時稼動していて、扉を潜って部屋から部屋へ行くような感覚で空間を移動出来た可能性があるという。

「それって、凄い事ですよね？」

「うむ。言うなれば、ある線から一歩踏み出せば隣街に立ち、一歩下がれば元の街に立つような距離の超越を得るわけじゃからして」

世界はさぞかし狭くなっていた事だろうと述べた博士は、世界中に同じ文明の痕跡と思しき古代遺跡が散らばっている事の説明にもなると頷く。

そして転移装置が空間を繋ぐ際、通り道として別次元を使っている可能性を示し、ダンジョンから地上に飛ばされるだけでなく、別の世界に飛ばされた冒険者達の例に〝生命の門〟の仕様を絡める。

〝生命の門〟については、コウが直接触れた〝ダンジョンコーディネーター〟の残留思念から得た情報により、特定範囲の空間に別次元から干渉出来る機能を持っていた事が分かっている。

魂の取り込み口としてダンジョンに広げた、別次元と繋がる空間に自らの魂を逆流させてしまったダンジョンコーディネーター。その思念が集合意識の元となった。

転移装置が少しずつ貯えていた魔力は、集合意識の混じった状態のものであったと考えられる。

「ワシの仮説ではサヤ嬢やコウ、キョウヤも別次元を通ってこちらの世界に来た事になっとる」

博士は一時的に稼動した転移装置に、〝生命の門〟の機能が何らかの干渉を引き起こした可能性を挙げた。

転移装置の一時稼動は本来の動作から外れた突発的なモノであり、元々設定されていた座標ではない場所と空間を繋ぐ異常動作を起こしていると思われていた。しかし博士は今回の遺跡調査と研究で、別の見解を見出した。

本来の転移装置は特定の一箇所ではなく、複数の場所と常時空間を繋ぐ回廊であった可能性。一時的な稼動に巻き込まれた対象はそれらの内のいずれかの場所に出るか、或いは一時稼動で接続可能な場所に出ていたのかもしれない。

「その仮説で言いますと……異世界にも元々繋がっていた可能性がある、という事ですか？」

「うんにゃ、それはまだ分からん。繋がっとったのかもしれんし、異常動作でたまたま繋がったのかもしれんし――」

それこそが〝生命の門〟による干渉の影響やもしれん――サータの問いにそう答えた博士は、それらを踏まえた上で沙耶華やコウ、京矢がこちらの世界に迷い込んだ原因は複数の要素が絡んでいると推測していた。

まずコウの場合。バラッセのダンジョンにあった転移装置に一定量の魔力が集まって装置が稼動。他のダンジョンなどとも一時的に空間が繋がった際、〝生命の門〟が入り口となって『魂の通り道』から精神の一部であるコウの部分がバラッセの転移装置の傍に零れ落ちた。一方、本体である魂と肉体、つまり京矢は空間が繋がっているナッハトーム領の古い遺跡に現れた。

一連の流れはこうだ。まず、異世界で起きた飛行機事故によって沢山の死者が出た。これにより、多くの魂が『死者の魂が集う場所』へと向かう事になり、『魂の通り道』に急激な魂の流れが発生する。

その時、偶然にも一定量の魔力が溜まっていた転移装置が一時的に稼動。この転移装置は〝生命の門〟によって発せられている〝集合意識〟の混じった魔力によって稼動していた。〝生命の門〟は、その機能によって、『魂の通り道』に繋がっていた。

転移装置の稼動と、コウの本体である京矢の『生きたい』という強い思念が発せられたタイミングが噛み合い、『魂の通り道』を移動中だった京矢の魂を、〝生命の門〟経由で捉えた転移装置のシステムが転移対象と認識し、転移先候補地として生存率の高い場所へと転移させた。

転移対象の魂が宿る肉体も同一対象物として転移させたが、その際にコウという精神の欠片が零れてしまったのだ。

「異世界の事故とバラッセの転移装置が稼動したタイミングは、偶然という事にしておいても良いじゃろうな」

このタイミングで稼動していなければ、コウという存在は勿論、沙耶華や京矢も世界を渡る事はなかったかもしれない。

沙耶華が王都の地下遺跡に現れたのは、偶然とも必然とも言える。バラッセの転移装置が稼動して〝生命の門〟の影響を受け、各地に残るそれぞれの遺跡が繋がっている時に京矢と同じく『魂の通り道』の次元から世界を越えた。

どの遺跡に現れるかは何か引き合う要素があればそちらに流れると仮定するならば、沙耶華は次元を越える際、助けを求める思念を強く持った事により、緊急自動治癒装置のボーが配備されている地下通路へと転移の扉が開かれたのかもしれない。

京矢の『生きたい』という思念は集合意識の元であるダンジョンコーディネーターの思念と共鳴する部分があったので、そちらに精神の一部であるコウの部分が引かれたと思われる。

「博士の仮説では、転移装置が転移対象の転移先をある程度選んでいるという事になるんですね」

「そうじゃ。キョウヤの現れた帝国の遺跡も、古代では案外病院のような施設だったのやもしれんの」

本体の京矢がナッハトーム領の遺跡に現れたのは、一応そこが民間治癒術士の医療施設として利用されていたのが理由かもしれない。実際、京矢を発見した治癒術士によって心肺停止状態だった身体は蘇生されたのだ。

この仮説が正しかった場合、京矢や沙耶華の他にもまだ、同じ飛行機事故の被害者がどこかの遺跡に現れている可能性もある。

夕飯を口にしながら博士とサータの会話を聞いていたものの、途中でついていけなくなった沙耶華だったが、コウは概ね仮説の中身は理解していた。

――しかし流石は博士って感じだな、もしかしたら転移装置の仕組みとか解明して世界を渡れる装置とか作っちまうかも――

『朔耶の事はいつ話そうか？』

――そうだなぁ……この様子ならあんまり時期を置く必要もないかもなぁ――

考察と仮説をひと通り語り終え、沙耶華手製の和風おひたしを掻き込んでいる博士を眺めつつ交信で相談し合うコウと京矢。朔耶に教わった『精霊の保護無しで世界を渡る場合の危険性』についても、博士には話しておいた方がいいだろう。

いずれにしても、今は魔王の事や凶星の影響という問題も残っているので、それらが落ち着いてから朔耶と精霊と異世界の事も含めてじっくり話し合えば良いという結論に至ったのだった。

自然と調和した建築様式の美しい街並みであるエイオアの首都ドラグーン。夕暮れ時になれば魔術の仄かな明かりに浮かび上がる幻想的な都であったが、現在は薄暗闇の中を魔物の影が跋扈《ばっこ》する廃墟の如く、気味の悪い魔王の街と化している。

「うーん、やっぱり王は玉座にいなくちゃねぇ。君もそう思うだろう？」

魔物達を使って自宅の地下から呪術装置〝支配の呪根〟を評議会本部宮殿に運び込んだトゥラサリーニは、中央の議長席に腰掛けてご満悦の笑みを浮かべていた。側近代わりに立たせている魔猿が『ウギウギ』と同意する。勿論、意味は分かっていない。

「さて、街の制圧は完了したけれど、ここからどう攻めるべきか」

集合意識が届く範囲は中継塔を建てて広げる予定だが、南のアルメッセ方面には今多くの冒険者や傭兵集団が集まっている。この本部宮殿や首都ドラグーンを囲む結界構造に詳しい評議会メンバーは、是非とも早いうちに始末しておきたい。

自分の計画に賛同する者もいるかもしれないので、優秀な人材の確保も考えなくてはならない。

「やっぱり人間の部下も必要だよねぇ」

言葉を話せない魔物は他国への大使には使えないし、奴隷達に指示を出すのも一々紙に書き出して届けるというやり方で、意思の疎通に時間が掛かる。

だが、〝支配の呪根〟の影響下にある環境で長く暮らしていれば、人間の奴隷もそのうち魔物達と同様に直接意識を支配出来るようになる筈。今は国内の安定を図るべきかと魔王トゥラサリーニは考える。

「中継塔の建設よりもまず防備を固める事に専念しようか」

「ウギィ」

魔猿の相槌に軽く笑って紙とペンを手に取ったトゥラサリーニは、『食事を持ってこい』と記して手渡し、厨房へと遣いに出した。

お腹を空かせた魔王の所へ食事が届けられたのは、深夜を過ぎる頃だったという。

14

一夜明けた王都トルトリュス。エイオアを支援する策の一環としてグランダールの王室出資で魔王討伐隊が組織されていた。その筆頭としてガウィーク隊の参加が決まっている。

新型魔導器を使えばどうにか動作は可能という事で博士に魔法剣〝風斬り〟の調整を頼んでいた

ガウィークは、研究所にて、コウと久方ぶりの再会を果たした。

「いよう、コウ。久しぶりだな」

「コウちゃあああああん！」

「ひさしぶぎゅ――」

物凄い勢いで二つの膨らみに抱き上げられるコウ。相手は言わずもがな、外見と中身がミスマッチに安定したガウィーク隊の天才射手、カレンであった。

「ずっとこうしたかったのーー！」

「どーどー」

「わははっ、羨ましいがワシがやられると窒息しそうじゃのう」

「ちょっと落ち着けカレン……」

カレンとは割と身長差があるので、抱き上げられたまま暫くぶらーんとなっているコウなのであった。


広間にて、アンダギー博士にサータ助手、お手伝いの沙耶華、その隣に先程やって来たレイオス王子が陣取り、ガウィーク隊長の隣ではコウを抱っこしているカレンが全力で和んでいる。皆でお茶を嗜みながら向かい合う。

「一応、魔法剣としての効果は発動出来るが、威力はあまり期待するでないぞ？」

「戦闘に耐えられれば十分ですよ。ありがとうございます、博士」

新型魔導器を臨時搭載した愛剣を確かめながら、注意事項に耳を傾けるガウィーク。後は使えずとも持って行く魔導輪の点検を済ませ、魔王討伐隊で共闘する他のグループと合流する予定だ。

「俺の〝風断ち〟にも搭載出来ないのか？」

「上位剣じゃからなぁ。他の魔導兵器と同じく、あくまでも緊急処置的に組んだ新型《サクヤ式》魔導器では出力がたりんわい」

レイオス王子の問い掛けに、博士はそう答えながらお茶を啜る。

「それは残念だ――コウはナッハトームから討伐に参加するのだったな」

「うん、スィルからも頼まれてるからね」

現在のコウはスィルアッカ皇女に仕えている身なので、ナッハトーム帝国からの参加となる。

一応、帝国側の討伐隊はエイオア評議会から派遣された使者の案内によって、エイオアの西に広がる森から首都ドラグーンを目指す事になっている。コウにはそれと共に行って欲しいと、皇女殿下から京矢を通じて要請が来ていた。

レイオス王子は諸々の事情で討伐隊に参加する事は出来ないものの、自分の手が届く範囲で出来うる限りの支援はするぞと、ガウィークの意見を聴きにやって来たのだ。

「たりない物資があれば優先的に回すよう手配する」

「助かりますよ。長丁場になるでしょうから、食料その他の消耗品が多く必要になるでしょうね」

「魔物と集合意識に支配されておるとの事じゃからして、食料の調達も難しいじゃろなぁ」

まだ現地の正確な情報は伝わって来ていないが、小動物や食べられる木の実なども軒並み変異体となっている可能性が高い。

「コウちゃんがいっしょならココロ強いのにぃ」

「みんな無事なら向こうで会えるかもしれないよ？」

「ああ、確かにな」

一見ほのぼのした雰囲気の会話だが、『無事なら』という言葉の裏には、過酷な現実が隠されていた。冒険者や傭兵稼業の者にとって日常茶飯事に遭遇する、様々な危険との対峙。

日々乗り越えて行かなければならない死と隣り合わせの世界。一般人には普段想像もつかない世界でもあった。

「あ、そうだ。もし〝都築朔耶〟って人に会ったら、協力してもらうといいよ」

「ツヅキ……？」

遥か東方にあるらしいオルドリア大陸より〝魔王〟の事を調べに来ていた異世界からの来訪者。精霊と共に在る者〝都築朔耶〟について、コウは彼女が首都ドラグーンにも現れるかもしれないからとガウィーク達に話しておこうとして――

「あれ？　もしかして一度会ってる？」

半分復唱したガウィークの呟きから『黒髪の少女』という人物像を感じ取り、それが沙耶華を指すイメージでは無かった事からそう訊ねてみた。

「ああ、そういえばコウと行き違いになった日に、バラッセまでの行き方を聞かれたな。確かツヅキと名乗っていた」

「サヤちゃんに似たかんじの子だったよねー」

「んん？　今サクヤといったかの？」

「あ、ランプの名前……それに――」

ガウィーク達とコウのやり取りに、博士と沙耶華が反応する。

特に沙耶華は〝サクヤ〟という響きだけなら確かに日本名っぽいものの、この世界にそういう名前の人がいてもおかしくないと思っていた。だが〝ツヅキサクヤ〟という苗字と名前を繋げたような呼び名となると、流石に故郷との関連を思い懐《いだ》かずにはいられない。

「実はバラッセの街で異世界とこの世界とを行き来してるって人に会ったんだ」

「ええーー！」

「そういう事は早う教えんかいっ」

驚きと期待の混ざった眼差しを向けている沙耶華。彼女と視線を合わせたコウは、朔耶から聞いた世界を渡る方法について京矢とも相談した結果、今の状況が落ち着いた上で、もう少し詳しい事が分かるまではあまり公にしないでおこうと考えていた旨を説明する。

「普通の人が世界を渡るのはすごく危ないんだって」

「ふーむ、精霊の力が必要とな。是非詳しく聞いてみたいものじゃ」

「沙耶華や博士にも会って欲しいって言ったら、機会があれば王都にも寄ってみるって言ってたから、そのうちここにも顔出すかも」

「そうか！　でかしたっ」

それらしい人物が王都に現れた暁にはすぐに報せが入るよう手配しておかねばと、書類の作成に取り掛かる元気はつらつな博士。それとは対照的に、レイオス王子はどこと無く顔色が悪い。

「ええい、辛気臭い顔をするなっ、コウの話を聞いとったじゃろ」

博士は、もし自分が〝都築朔耶〟との接触で沙耶華を元の世界に送り返せる装置を発明したとして、沙耶華に戻ってくる気があるなら〝都築朔耶〟に頼めば再びこちらの世界に来る事も出来るのだとレイオス王子の背中をバンと叩く。

むせる王子。普段より二割増しほどテンションを上げている博士に、サータ助手が素朴な突っ込みを入れる。

「装置を発明する事は前提なんですね……」

「とうぜんじゃろ、ワシを誰だと思うとる」

『王都トルトリュスの天才魔導技師、アンダギー博士じゃー』と、天才を自称する佇まいには貫禄さえ感じられた。

――変態だけどな――

「変態だけどなーって京矢が言ってるよー」

「なんじゃとぉっ」

——言うなよっ——

そんな賑やかな雰囲気に気持ちが解《ほぐ》された沙耶華は『黙って急に居なくなったりはしないから』とレイオスの手を握る。冒険王子の不安は幾分軽減されたようだ。

〝都築朔耶〟の事を話したついでに、コウは〝狭間世界〟という朔耶に聞いた凶星に纏《まつ》わる場所についても、聞いた限りの内容を博士達に伝えておく。

この情報に関しては内容が内容だけに、バラッセの街でも一部の者にしか知らせていない。朔耶と直接会ったコウやエルメール達と、統治者をはじめ冒険者協会バラッセ支部でも上層の幹部だけである。

「おおう、面白そうな研究ネタがぽんぽん出てくるのぅ」

実際本人に会ったならどんな話が聞けるのか、今から楽しみだと上機嫌な博士。精霊による肉体と精神と魂の保護というモノが、具体的にどういった状態を指すのか、その辺りをしっかり訊きたいのだそうだ。

「今の内に東方のフレグンス大陸でコネを作っておくかのぅ、何ぞ無いか？　サータ」

「そこでわたしに振りますか。あとフレグンスは王国名で、東方の大陸名はオルドリア大陸です」

色々突っ込んで訂正する補佐上手なサータは、コウの話が始まってオルドリアの名が出た時から用意していた交易商人に関する資料を手に吟味、考察する。

「そうですねぇ、資料ではキトという国との交易が盛んですが、コネを作るならティルファという国が交渉相手に良さそうですよ？」

特にティルファは博士向きだという。サータの注釈にガウィークが意味を訊ねた。

「博士向きってなんだ？」

「オルドリアでは〝知《ち》の都〟と称している国で、発明研究家が多いといいますか、国民総発明家みたいな国のようでして――」

「ああ、何となく分かった」

アンダギー博士の同類がいっぱい居る国かと理解したガウィークは、皆まで聞くまいと手を振った。色々と興味深い話も聞けたが、今は魔王討伐に意識を向けたい。

ガウィークは話の切っ掛けとなった〝都築朔耶〟について、『協力を求めると良い』というコウのアドバイスの意図を訊ねる。

「精霊術士らしいって話だが、結界破りや治癒の方面で手を貸して貰えれば、という事でいいのか？」

数日前に王都で道を聞かれた時の様子を思い出す限り、まだ年端もいかない少女で特に冒険者風という訳でもなく、格好からして旅慣れていない雰囲気だった。

自分達のような外見も厳つい討伐集団に何の警戒も無く道を訊ねて来るあたりなど、いかにも世間知らずのお嬢様らしかった。

もっともそれは、世界と世界を自由に行き来しているという話なので、いつでも安全な世界に逃げられるからこその、少々の危険は省みない行動が出来るという事なのかもしれないが。

「んーとね、朔耶はオルドリアで〝戦女神《いくさめがみ》〟って呼ばれてるんだよ」

「戦いの女神とも女神の戦士ともとれるな」

本人が戦う意味でなのか、戦いに赴く者にとってのなのか判断しかねると言うガウィーク。確かに芯の強さのような気配《モノ》は感じ取れたが、戦いの場に身を置く人物には見えなかった。

「多分、両方」

「両方？　軍の指揮経験でもあるのか？」

「すごい治癒術とか攻撃術があるみたい」

「ほう～」

凶星の影響で魔法の武具が使えない分、余所の団体も含めて総合的に火力や防御力が下がっている状態での討伐任務。コウのお墨付きで信頼出来る相手が戦力になってくれるなら有り難い。

「さて、俺はそろそろ上に戻らねば」

話も一段落した頃、沙耶華の気持ちを確認出来て一つ憂いを払えたレイオス王子が席を立つ。ガウィークも残りの装備を引き取って隊の仲間と合流すべく立ち上がると、カレンに自分の装備をちゃんと持つように促して、コウを豊満なだっこから解放した。

「コウは今からナッハトームに飛ぶのか？」

「うん、その予定だよ」

王都トルトリュスから帝国領を目指す事になるコウは、博士のコネでまた飛竜を使わせて貰うので、国境近くの砦まで一日で飛んで行ける。そこから帝都エッリアまでは伝書鳥《ぴぃちゃん》に頑張ってもらう。ガウィーク隊の皆との再会はまた次の機会に。もしかしたら本当に魔王討伐の現場で顔を合わせる事になるかもしれない。

アンダギー博士の研究所を出た三人は博士やサータ、沙耶華達に見送られながら、それぞれ王城と街の中央通り、飛竜の発着場へと別れて行った。途中まで道が一緒のガウィーク達とコウは並んで王宮群区画の門を出る。

「じゃあまたな、コウ」

「コウちゃああん、またぜったいぜったい会おうね！」

「うん、ガウィークもカレンもまたね。他のみんなにもよろしく」

またぞろカレンから豊満な別れの抱擁を受けてぶらーんとなったコウは、中央通りを行く二人を見送って飛竜の発着場へと足を向けた。今は浮遊陣地が全て地上にあるので、飛竜の離着陸を妨げないよう、発着場周辺には臨時で柵が設けられている。

『二日か三日くらいで帰れるかな？』

――砦からの伝書鳥の足次第だろうな――

移動中も京矢を通じて戻ってからの活動を打ち合わせしておくので、エッリアに到着すれば早々に討伐隊へ編入されて出撃する事になるだろう。

国境近くの砦行き飛竜がトルトリュスの空に舞う。その遥か上空に浮かぶ数日前まで双星だった星。既に誰もが見慣れた凶兆の星は、徐々にその輝きを薄め始めていた。

15

人々が昼食をとりに休憩を始めるお昼時。馴染みの店である冒険者協会支部近くの大衆食堂にて、エルメール達との食事の席で、アルシアが今朝見た夢の話を披露していた。

「いや〜、もうっ、凄いもの見ましたよー」

「例の〝狭間世界〟の話か」

「もう一人の自分が〝勇者〟をやってるんだったね」

「またあのサクヤ嬢ちゃんでも出てきたか？」

凶星騒ぎが始まった頃から、夢を通して狭間世界での出来事を勇者アルシアの視点で見ているアルシアは、昨夜から今朝に掛けて向こうの世界で起きた大きな出来事を語る。

「サクヤさんも凄かったけど、あのユースケって人も凄かったわー」

一方は海を割いて大きな船の連なる大艦隊を沈め、また一方はトルトリュスのように発展している巨大な街をほぼ一瞬で造り変えた。どちらも人間業ではなかったとアルシアは興奮気味に話す。

「そういや、なんかの神話に、海を割ったり街を一瞬で消したりってな話があったな」

「ははは、それって彼女は神話級の力を使う存在って事だね」

「話が大き過ぎて想像がつかんのだが……」

「うーん、そうですよねー。話を聞いただけじゃ、あの凄さは伝わらないですよねー」

アルシアは狭間世界の素晴らしい瞬間が見られて得したような、しかしそれを他者に伝えられなくてもどかしいような気分だと悶《もだ》える。やはり感動の気持ちは人と共有してこそ真価を得られるというものだ。

「ところでその彼女《サクヤ》によると、もうすぐ凶星の影響が消えるという話だったね」

「ああ、狭間世界で大地の融合が終わるんだと」

魔力の乱れが収まり、使えなくなっていた魔導製品全般が復旧すれば、凶星の魔王騒動もすぐに決着がつくだろう。

「ナッハトームの侵攻があってからこっち、短けえ期間に色んな事が起きたよなぁ」

「少し溯って考えると、コウが現れた時からとも言えるかな」

「ああ、確かに」

冒険者として一人前になり、訓練学校の講師を勤め、変わり映えの無くなった毎日。そこに大きな変化が訪れたのは、確かにコウとの邂逅が始まりだったと懐かしむ、エルメールとリシェロ、ガシェの三人。置いてけぼりを食らったアルシアが禁句を放った。

「先生方、なんだか年寄りくさいですよ～？」

思いのほか、会心の一撃だったという。


トルトリュスから国境近くの砦まで移動している間、コウは京矢との交信で世界の動向に関する情報を得る。

冒険者協会を置くグランダールが魔王討伐に多くの冒険者グループや傭兵団を雇っているのに対して、ナッハトーム帝国は帝国内の各支分国から参加兵を募るなどして戦力を集めていた。

――自分のとこの軍から部隊単位で出す国もあるみたいだぞ――

『そっかー、それじゃあナッハトームの討伐隊は帝国のいろんな所から兵隊が集まってくるんだね』

エイオアに近い東側の国や、かつて帝都エッリアを軍事力で支えていたヴェームルッダなどから選り抜きの兵士が派遣される。マーハティーニは例によって資金援助という形で貢献するそうだ。まだ国内に残る前国王派との小競り合いが続いているので、余所に回せる兵力が無いらしい。

――あとな、明日あたりリンドーラさんがこっちに着くって話だ――

『リンドーラさん、無事でよかったよねー』

――俺らの恩人だもんな――

リンドーラを含むエイオア評議会の代表者達は、エッリアに到着後、折り返しエイオアまで討伐隊の案内役を担う。

進軍ルートは国境の近くを通るので、もし討伐隊の出発が早ければ、コウは砦から先回りして直接部隊と合流する方向で動く事になるかもしれない。

『砦には夜おそくに着きそうだよ』

――砦からここまで伝書鳥の足だと二、三日掛かるんだったよな？――

砦に着いた後は、エッリアへ発つ前に一旦待機して様子を見た方が良さそうだ。伝書鳥に憑依して飛竜の背中に張り付いているコウは、京矢と今後について話し合いながらグランダールの空を行く――

夕刻。コウを乗せた飛竜が王都トルトリュスと国境近くの砦との間にある中継街の上空に差し掛かろうかという頃。そこから北に広がる湖を越えた遥か先、エイオアとナッハトームとの国境付近を行く集団の姿があった。

「もうすぐ越境だ、あの森に入ればエッリア領を抜けるぞ」

くすみ掛かった炎と剣のマークも空々しく感じる、不均一な部隊服。刃だけはやけに鋭く砥がれた血糊のこびり付く武装。飢えた野獣のような眼をした構成員の人相からして、真っ当な集団とは言い難い風貌の武装集団だった。

すっかりただの野盗と言えるところまで落ちぶれた姿を晒すのは、マズロッド元参謀総長が率いる第二軍独立部隊を軸とした〝バッフェムト独立解放軍〟であった。

フロウを組織の長に、古参メンバーや年少組で纏めた〝バッフェムト自由漁業組合〟と分かれて以降、〝バッフェムト独立解放軍〟の指導者となったマズロッドは組織の拡大と再構築を目指して活動を始めた。だが、彼の見通しは甘かった。

マーハティーニで政変が起きた夜、母国からの撤収命令により組織を抜けていったヴェームルッダの上級戦士長カロムッソが忠告した通り、その数日後から頻繁に遭遇するようになった征伐隊との戦いは非常に厳しいモノとなった。

それまでのように遭遇するとまず追跡を受け、その後に戦闘状態へ入るといった段階が無く、発見されれば直ちに攻撃を仕掛けられるようになった。何度も奇襲を受けては、その都度多くの戦闘員が失われていった。

マーハティーニをはじめとする帝国西側の諸国近辺では、ちょっとした集落にも正規兵が配置されるようになったおかげで、物資や人員の補給もままならない。

そうこうしているうちに補給部隊が尾行されて隠れ家も押さえられてしまい、今更フロウ達のいるバッフェムトの港街に逃げ込む訳にもいかず、追い詰められたマズロッドは一つの決断を下す。

『追っ手の掛かっていない東へ』

世界が凶星騒ぎで混乱している間に、マーハティーニ領からエッリアを抜けてエイオアを目指す。

エッリアはマーハティーニ旧国王派残党の動きを警戒している事が分かっていたので、諜報や撹乱を駆使して警備の隙間を抜けていった。

マズロッドも決して無能とは言えない、それなりの才を持つ策略家だ。そこそこ錬度の高い兵がいれば、このくらいの工作は仕掛けられる。

「この森を少し進めばエイオアの結界地帯だ」

「本当に大丈夫なんでしょうね……」

彼等は今現在、魔物に制圧されているという危険な状況にあるエイオアの首都を目指していた。最近仕入れた情報にある〝魔王〟に会う為である。危険を冒してまで〝凶星の魔王〟に会いに行こうとする理由とは何か。勿論、討伐の為などではない。

『我々を戦闘集団として、凶星の魔王とやらに売り込む』

追い込まれたマズロッドが打つ大博打、起死回生の策がこれだった。

『あんた……正気か！』

『我々が生き延びるにはそれしかない！』

ついて行けねぇやと集団を抜けていく構成員も出る中、残った二十数名が、ついにナッハトームとエイオアの国境付近に辿り着いた。

結界地帯との境界付近まで進む。ここから先はかなり慎重に進まなければならない。不気味に静まり返る結界の森に、動物の鳴き声や動く影はなく、しかし何かが近くにいるような気配だけ感じる。

「気味の悪い森ですな……」

「魔物に遭遇したら、魔王と交渉を持たせて貰えないか話し掛けてみよう」

「通じますかね？」

「情報では人間を攫って首都で奴隷にしているという話だからな、意思の疎通は出来る筈だ」

もうここまで来たからにはマズロッド団長に従って進むしかない。自棄にも似た覚悟を決めて森を行く〝元バッフェムト独立解放軍、第二軍独立部隊〟改め、〝マズロッド傭兵団〟。

彼等の姿を、一体の魔物が木々の上に張られた結界の向こうからじぃっと観察していた。

〝支配の呪根〟を繋いだエイオア評議会本部宮殿の大会議場の議長席で、魔物を使って首都の防備を固めていたトゥラサリーニは、結界地帯を哨戒中の魔物から武装した一団の接近を報告され、にやけた笑みを浮かべた。

「おやぁ？　こんな方角から傭兵団かなぁ？」

少しつついてやろうと近くの魔獣を集めて向かわせるトゥラサリーニだったが、その一団のリーダーらしき男は偵察用の魔物を前に何か話し掛けて来た。マズロッドと名乗ったリーダー格の男は、元バッフェムト独立解放軍の参謀総長をやっていたと言う。

「ふーん、ナッハトームの反乱軍ねぇ」

マズロッドの率いているゴロツキのような集団は、バッフェムト独立解放軍の中でも選り抜きの精鋭戦士部隊であるとの事だ。

「魔王に仕えたいから会わせてくれ、だって？　魔王って誰の事？　あ、私か。なんで知ってるのさ」

アルメッセ方面に出している偵察用の魔物を使って〝魔王〟に関する情報を探ろうとするものの、そう都合よく聞きたい情報を口にしながら危険地帯を歩く冒険者なぞ居るわけも無く――

「――それなら、魔王《わたし》に仕えたいなんて言ってるこいつらから聞き出すか」

人間の部下も欲しかった事だし、丁度いい――トゥラサリーニは集めた魔獣の一体をマズロッド達の案内につけると、馬車代わりの大型魔獣を迎えにやる。

言葉による意思疎通は出来ずとも、相手はこちらの意図を読み取ったらしい。案内役の魔獣に続き、マズロッドと武装集団は結界の森へと踏み入った。


「よし、いいぞ。これで魔王の所までいける筈だ」

狼型魔獣の後について結界地帯の抜け道を進むマズロッド傭兵団。気分を紛らわせる意味も込めて、副長役の部下がマズロッドに今後の事を問い掛ける。

「魔王に会って、それからどうするんです？　その場で生贄《いけにえ》になんかされねぇでしょーね？」

「魔王軍の一員となってエイオア国の正規軍兵士となるのだ。そうすればもう帝国の征伐隊も我々に手は出せまい」

「そりゃいいですが、魔王の討伐隊が帝国やグランダールからも出るって話じゃなかったですかい？　それもエイオア政府の要請で」

「だからこそ、今を接触の機に選んだのだよ。魔王はエイオアを乗っ取り、世界と戦う為の手駒を求めている筈だ」

〝凶星の魔王〟の配下に就こうとする者は必ず他にも居る筈だと、マズロッドは豪語する。各国より正式に排除すべき危険な存在として認定された〝魔王〟。それも一国の首都を制圧し、魔物の闊歩する魔界の如き街を一晩で出現させた〝本物の魔王〟なのだ。

悪魔崇拝を行う一族や集団は、世界のどこにでも存在する。罪人が打算的に擦り寄って来る場合もあるだろう。混沌の象徴でもある魔王のような存在は、真っ当な生き方を出来ない者達にとって救いでもある。

「我々がその筆頭となるのだ」

「はぁー……俺達もとうとう本物の悪人落ちですか」

「なあに、勝てばこちらが正義になる」

既に今更ではありますが、と闇の軍勢入りに溜め息を吐く部下に、マズロッドは余裕をもって応えるのだった。

16

グランダール領とナッハトーム領の国境近くの砦。昨夜遅くに到着して待機状態に入っていたコウは、京矢からの連絡を受けて砦の北に広がる湖方面へと伝書鳥を飛ばせた。

帝都エッリアにリンドーラ達が到着したので、帝国の魔王討伐隊は予定通り明日の出発が決まった。それにより、コウには昨日京矢と話していた通り討伐隊の進軍ルートを先回りして直接合流するよう指示が出されたのだ。

――湖の縁沿いに進む予定だってさ――

『じゃあ周りに危険が無いかとか調べておくね』

砦から湖の対岸まで伝書鳥でなら半日もあれば到着出来るので、コウは討伐隊がやって来るまでの間に付近一帯の索敵も済ませておく。スィルアッカも元々そういう意図があって、コウには途中で合流するよう采配したのかもしれない。

『グランダールの討伐隊は明後日くらいにアルメッセで集合するみたいだよ』

――ああ、その話も出てたな。タイミング合いそうなら合わせる方向で調整してるらしいぞ――

エイオアの首都ドラグーンに対して、南のアルメッセからグランダールの討伐隊、西の森からナッハトームの討伐隊がそれぞれ進軍する事になる。

進軍ルートの整備状況から考えても、ナッハトーム側はかなりの長距離を移動する事になるので、グランダール側より少し遅れる可能性があった。

しかし機械化兵器や魔導兵器の使えない不利な状況で魔物と対峙する事を考慮すれば、あまりの強行軍は憚《はばか》られる。

『そしたら合流した後もボクが斥候で安全確認係だね』

――それが妥当だな、戦車が使えたらよかったんだけど――

『火炎砲もまだ使えないの？』

――いや、アレはなぁ。触媒がちゃんと爆発すりゃ撃てるこたぁ撃てるみたいだけどさぁ――

筒に込めた触媒の先端部分を弾丸として爆発で飛ばす携帯火炎砲。今は魔力を通しても爆発したりしなかったり、爆発せず炎を噴き出したりと、魔力の乱れによって動作が安定しない状態が続いている。やはり現状では危なくて使えない。

その後、コウは雑談を交えて京矢の近況に耳を傾けたり、ウルハの様子を気にしたりしながら大きな湖の上空を渡っていった。

コウが国境の北側に広がる湖の畔《ほとり》で帝国の魔王討伐隊と合流を果たす頃、エイオア評議会が拠点を移しているアルメッセに集結中だったグランダールの魔王討伐隊が全て到着。暗部同盟の諜報員を案内役に、首都ドラグーンへと進軍を開始した。

「いよう、またアンタらと組めて光栄だぜ」

「今回は魔物の討伐が大半になりそうだが、あんた達ならお手の物だろう？」

「うん？」

討伐隊の列が続く街道で先頭を行くガウィーク隊に声を掛けてくる三人の傭兵。以前、盗賊団の討伐で共闘した三人組だ。他にも、彼等と同じくあの時の討伐任務で一緒に戦った冒険者グループや傭兵団の姿があった。

カレンが『あたしのおっぱい揉んだヒトだー！』と大声で指差したせいで、三人組は周りから変な注目を浴びてしまっている。

そんな中、また別の集団からも声が掛けられた。王都の武闘会で本選を戦ったヴァロウ隊だ。

「久しぶりだな、ガウィーク隊。元気そうでなによりだ」

「ああ、お互いにな」

ナッハトーム製の機械化連弓を背負って槍を担いでいるヴァロウ隊長にそう返したガウィークは、ヴァロウ隊の副長ストゥアに視線を向け、彼女の魔法剣〝崩波折《くずはお》り〟は使えるのかと訊ねてみる。

「いや、残念ながら。盾役の対魔術防御も効果が薄れててな」

「そうか……そっちも大変だな」

「ところで、例のゴーレムはどうしたんだ？　姿が見えんようだが」

やはり凶星の影響でまともに動けないのかという問いに、ガウィークはコウが今は帝国に付いているので魔王討伐には帝国側の討伐隊に参加している事を明かす。

「そういや、前の戦《いくさ》でなんかゴタゴタしたらしいな」

国境近くの砦を防衛する任に就いていたヴァロウ達は、帝国軍の撤退時に『ガウィーク隊のゴーレムがレイオス王子とやりあったらしい』という噂を耳にしていた。

ヴァロウがその事を指摘すると、ガウィークは曖昧な笑みを浮かべる。コウが帝国のスィル将軍に付いた背景には色々と込み入った事情もあって説明し難いのだ。

「――ま、王族と絡んでりゃ色々あるわな」

「ははは……察してくれると有り難い」

その時、案内役の暗部同盟諜報員が警告を発する。

「前方に魔物の群れ、左右の森に潜んでいる」

「っ！　敵か」

「戦闘態勢だっ、迎撃準備ー！」

ドラグーンの外壁近くまで行軍を進めたグランダール側の討伐隊は、待ち構えていた魔物の集団と交戦状態に入った。

一方、エイオアの西に広がる結界の森を行く帝国側の討伐隊も、散発的に襲い掛かってくる魔獣との戦闘を繰り返していた。

「ヴォオアオオオ！　〝結界破壊パーンチ！〟」

「ギャウンッ」

突然空中に現れて牙を剥いてきた狼型魔獣の首を、結界ごと殴り倒すコウ。結界が破壊された事により、空間から首だけ出していた魔獣の全身が露になる。

案内役であるエイオア評議会代表のリンドーラを陣形の中心で護りながら進む討伐隊は、結界の向こうから飛び出してくる魔獣を確実に討伐しながら無難に進軍を続けていた。

「この先にある多重結界地帯を抜ければ、通常の森に出られます」

「よし、ではまたコウ殿に先行を頼む。そこを抜ければ野営に入ろう」

「ヴォウウ、ヴォヴォウウ〝わかったー、いって来るねー〟」

リンドーラの協力で結界破りの魔力を両腕に付与した複合体コウは、討伐隊の進む道に添って周囲の結界を破りに掛かる。予め先行して広い範囲で結界を破壊しておく事により、討伐隊が魔獣の襲撃に対処し易い環境を確保しているのだ。

「それにしても、魔獣はもっと纏まった状態で来るかと思ったが……話に聞いていたより動きはバラバラでしたな」

「恐らく、今はトゥラサリーニが直接指揮をしていないのではないかと思われます」

討伐隊の隊長が口にした疑問に、リンドーラはこれまで現れた魔獣達の意識からトゥラサリーニ

の意思があまり感じられない事を理由にそう答えた。この辺りの哨戒と警備を指示されて徘徊している魔獣達なのであろう、と。

「それは、もしやアルメッセ方面から向かっているグランダールの討伐隊に集中しているからで？」

「向こうはこちらの道よりも距離が近く、広い街道の一本道ですからね」

同時に出発したとしても、到着はグランダール側の方が早い。

魔物や魔獣を操る〝凶星の魔王〟トゥラサリーニが今現在グランダール側の討伐隊を相手取っていると考えれば、こちらが手薄になっている事にも頷ける。また、結界の森を抜けるには相当な時間を要するであろう事から、こちらが後回しにされている可能性もある。

「今の進軍速度も、コウが居なければ難しかったでしょうし」

「まあ、それは確かに……」

結界の向こうから魔獣に奇襲を仕掛けられても平然としていられる複合体コウだからこそ、結界だらけの森の中を単独で先行して広範囲の結界を破壊する、などという無茶苦茶な進軍作戦が成立しているのだ。通常なら複数の小隊を組んで、互いに補佐し合いながら慎重に進めていかなければならないほど危険な任務である。

首都周辺は夥《おびただ》しい数の魔物が集まっていると思われる。戦いの本番はドラグーンに到着してからになるので、かなりの遠征となる帝国側の討伐隊としては出来うる限り道中での消耗を抑えたい。そういった意味でも、コウの存在は非常に助かっていた。

一夜明け、結界の森を抜けて少し進んだ所で野営を張っていた帝国の討伐隊は、夜明けと共に進軍を再開。日が昇りきる頃にはドラグーンの外壁が見える位置にまで迫っていた。

「不気味な気配だな……」

「ああ、まるでダンジョンの深部に下りた時のようだ」

ダンジョンの探索経験を持つ兵士は、この付近に漂う気配に集合意識のそれを感じた。リンドーラは一帯を覆う魔力からトゥラサリーニの意思を探ろうと集中してみたが、魔物に何か指示を出すような特定の思念は感じられなかった。

「まだ私達の接近に気付いていないのかしら……それとも——」

「我々に気付いていない筈は無いだろう。昨夜は襲撃もなかったし、罠くらいは張っていそうだ」

「ヴォウヴヴォウヴァヴウウ？〝あさ早いから寝てるのかもしれないよー？〟」

やけに静かな首都周辺の様子について、魔王側の思惑を推測していたリンドーラと討伐隊長は、コウの素朴な意見に『確かにそれも有り得なくは無い』と、苦笑気味に頷いた。

「まあ、いずれにせよ進むしかあるまいよ」

「そうですね」

「ヴォウオオウ〝じゃあ僕が先行するね〟」

ズシンズシンと隊列から前へ踏み出したコウは、振り返って両腕を伸ばすと、リンドーラに結界破りの魔力を巻いてもらう。この辺りにはもう結界は張られていない筈だが、トゥラサリーニが新たに仕掛けている可能性もあるので念の為だ。

魔力の粒を放射状に飛ばし、周囲の結界を探りながら進むコウ。これは魔力を視認出来るコウが思いついた探知法で、〝都築朔耶〟が使っていた〝意識の糸レーダー〟を参考にしている。

魔術士になら感知出来る程度の、何らかの魔術効果を発現させるには全く足りない微量の魔力を散布し、その魔力の粒が不自然に静止したり消失したりすれば、そこに何かがあると分かる仕組み。

周囲に敵しかいない事が確実であれば、投擲型の魔術や弓による射掛け、或いは投石などしながら進めばある程度は結界の位置を探る事も出来る。だが味方や避難民が居るかもしれない場所では事故を招きかねない。

また、敵にこちらの位置を知らせてしまう事にもなるので、余程の大部隊でもなければあまり派手な進軍は出来ない。

『なんにもないや』

外壁まで辿り着いたコウが合図を送り、討伐隊が前進を始める。あちこち崩れている外壁にはバリケード代わりか焼け落ちた建物の瓦礫《がれき》が積み上げられており、よく見ると人間らしき黒ずんだ死体も混じっていた。

街の中に侵入すべく瓦礫の撤去を始める討伐隊。時折り、街の南側正門付近から雄叫びや爆発音が響いてくる。

「恐らく、グランダール側の討伐隊が交戦しているのではないかと」

「でしょうな、我々も急がなくては」

外壁を越えて首都ドラグーンの下街となる区画へと踏み入った帝国の討伐隊は、近くの物陰に潜んでいたらしき魔物の集団から襲撃を受けた。

黒っぽい茶色の体毛、耳が異様に伸びていて目は真っ赤。その容姿から悪魔の化身にたとえられる〝魔猿〟が、配下である変異体の猿数十匹を引き連れ飛びかかって来たのだ。

「敵襲ー！」

「早速来たか！　迎撃だっ、これまで通り防御陣を敷け！」

案内役のリンドーラをはじめ非戦闘員を中心に、円陣を組んで迎え撃つ討伐隊。一人陣形の外で行動する複合体コウは、魔物の集団に連携させないよう突っ込んで行って蹴散らし、討伐隊の攻撃を支援する。

「ヴギッ、ウギギィ！」

「ウキィー！」

「ウキウキィー！」

変異体の猿達が一斉にコウへと纏わり付く。どうやらこの場で最も脅威な存在であると認定したらしく、集中的に狙うよう魔猿から指示が出たようだ。

変異体の猿は人の十数倍近い力を持つ。複合体のコウはダメージこそ負わないものの、全身に組み付かれた事で流石に動きを止められた。普通の人間であれば、丈夫な甲冑を着ていようが関係なく全身をバラバラに引き千切られていたところだ。

「コウ殿を援護しろ！　弓兵っ、前へ！」

機械化連弓を装備した弓兵が陣の前面に出て構えると、連射攻撃で複合体コウに纏わり付いている変異体猿に射掛けていく。コウ自身は幾ら矢が当たっても平気なので、容赦ない援護射撃が射ち込まれる。

尻に矢が刺さった変異体猿がキィーキィーと飛び跳ねながら逃げていく。だが数も多い上に変異体猿の硬質な体毛と厚い皮に阻まれ、中々効果的な一撃が入らない。弱点である尻を狙われる事も学習したらしく、互いに庇い合うなどして防御している。

『複合体でも動けないよ』

――例のアレを試してみたらどうだ？――

京矢の提案に、同じ事を考えていたと頷くコウ。複合体に〝ボーの素〟を注入した事で〝超回復力〟と、副次的な効果としてブースト能力が備わった。一時的に力と速度が上昇する機能だ。

ヴォンッと唸るような波動を伴いながら複合体の全身に魔力が巡る。そしてぐっと膝を曲げて屈伸した状態から、溜め込んだ力を一気に爆発させるが如く、大の字に身体を伸ばす。

「ヴォオオオオウ！『どーーん！』」

まるで花火が弾けるかのように、複合体の全身に纏わり付いていた変異体猿達は一斉に弾き飛ばされて宙を舞った。わらわらと降って来た変異体猿を、コウは片っ端から高速パンチで殴り飛ばす。

巨漢ゴーレムが人間のように素早く動く事で、ただでさえ凄まじい破壊力を上乗せされている複合体の格闘攻撃に、更に力と速度の上昇効果が追加されたのだ。

人間以上の速度で繰り出されるゴーレムパンチの破壊力がいか程のものかは、殴られた瞬間に破裂して肉塊と化す憐れな変異体猿の有り様から窺い知れた。

生き残った魔猿や変異体猿は街の中心部へと逃げて行き、瓦礫と焼け跡の残る街の一角に血と肉の池が出来た。あまりに凄惨な光景は、討伐隊の兵士達に暫し援護射撃を忘れさせる。

肉塊と血溜まりの中に佇む真っ赤に染まった巨漢ゴーレムに畏怖を感じながらも、彼《コウ》が自分達の味方である事に心底安堵する兵士達。

「よ、よし、先に進もう。グランダールの討伐隊と合流出来るよう何か合図を送っておくか」

気を取り直した討伐隊長が指示を出す。空に向けて複数の光弾を打ち上げると、少し間を置いて南門付近からも光弾が上がった。幾つかは斜め方向に打ち上げられており、これから進む方向を示している。

返答の光弾を打ち上げ、向こうの討伐隊と合流すべく街の中央広場方面へと出発する。

「ヴォヴォォウオ〝どこかに水ないかなぁ〟」

「この先に井戸があった筈ですから、そこで洗ってあげますね」

血肉に塗《まみ》れたおぞましい姿に怯む事なく、普段通りに接するリンドーラはそう言って風の魔術を行使すると、複合体コウの表面から血と毛皮の混じった肉片を吹き掃《はら》ってくれたのだった。

17

グランダールの討伐隊が通ってきたドラグーンの街の南門の外には、避難民達のキャンプ跡が残されていた。

街の中心部から避難してきた住人達が身を寄せ合っていたらしいそのキャンプは焼け落ちており、結界で護られていた場所も〝結界破り〟で破られている。

魔物を操っているのがエイオア評議会に席を置いていた地元の呪術士なので、この街の事をよく知っている分、いろいろと厄介だ。

街の一角にある農園などから奴隷にされていた住人を解放しつつ、時折り遭遇する魔獣や変異体と戦闘を重ねながら進軍を続けたグランダールの討伐隊は、中央広場で帝国の討伐隊と合流を果たした。

「コウ！」

「コウちゃーーん」

「ヴォオウウ～〝みんな～〟」

グランダール側の討伐隊で先頭に立って牽引役となっているガウィーク隊のメンバー達と再会したコウは、両手を振って喜びを表す。

少年型コウであったなら見る者の頬を緩ませる再会シーンになっていたかもしれないが、魔物に支配された危険な街で戦闘の跡が残る複合体の巨体はいささか物騒であり、見る者の頬を引き攣《つ》らせた。

「随分派手に暴れたみたいだな」

「う～～、抱きつきたいけど抱きつけない」

「……夜に遭遇したら逃げ出したくなる姿」

「ヴォウウヴォウウ〝ちょっと洗ってくるね〟」

血塗れのゴーレムが両腕を振り回しながら走ってきた時は何事か戦《ボス》と構えた討伐隊参加者達だったが、ガウィーク隊に所属していた例の冒険者ゴーレムであると分かると、皆一様に肩の力を抜いた。

彼等は祈祷士リンドーラの後に続いて広場の井戸に向かうコウの後ろ姿を見送りながら、『帝国側の討伐隊は心強い戦力を連れてるなぁ』と羨ましげな視線を向けるのだった。

広場の中心から少し南の正門に寄った開けた場所にて、双方の討伐隊は魔物の襲撃に備えつつ情報交換を行い、今後の連携について話し合う。その中で、凶星に関する情報が注目を浴びた。

「その情報は、確かなのか？」

「ああ、出発直前に冒険者協会から上がってきた話だが……信頼出来る筋からの情報と聞いている」

帝国側討伐隊長の問いに答えたガウィークは、そう言ってコウに視線を向ける。カレンを肩車している複合体コウが言っていた〝都築朔耶〟によってもたらされた情報。凶星の影響による魔力の乱れは、もう間も無く収まるという。

グランダールの王都トルトリュスでは、その時に備えて魔導船の準備をしているらしい。コウから京矢を通じてスィルアッカに伝えられたこの情報により、帝都エッリアではいつでも戦車を出せるよう整備が進められる事になった。

「支援部隊が到着したぞ！」

「来たか、ならばここに拠点を築くとしよう」

グランダールの討伐隊は、ドラグーンとアルメッセとの距離が近く、道も平坦で補給が容易である利点を生かして部隊を大きく二つに分けた。先行する攻撃部隊が全力で斬り込みを掛けて足場を確保し、後続の部隊から支援を受けるという戦術をとっていたのだ。

解放した住人をアルメッセまで護衛していった先行部隊の一部と入れ替わりに、支援物資を運ぶ後続の部隊がドラグーンに到着。祈祷士もいるので拠点として永久浄化結界地帯を作り、集合意識の混じった魔力の影響を受けない安全地帯を確保する。

永久浄化された結界には、基本的に魔物や変異体は入ってこられない。怪我人の治癒やら食料などの物資を安全に保管出来る場所として兵を常駐させておけば、アルメッセからの補給も受けられる。こうなればじっくり腰を据えて魔王軍の攻略を進めていけるだろう。

リンドーラも協力して永久浄化結界地帯となる拠点の構築が進められる中、エイオア評議会本部宮殿に向かう通りの階段上に魔物の軍勢が現れた。

「敵襲だ！」

「多いな、向こうも本腰を入れて来たか」

猿や狼の変異体に魔獣、それらを統率する魔物達。その中には高い知能を持った厄介な大型モンスターとして知られる角熊の姿もあった。

「拠点の永久浄化が完成するまで、近付けさせる訳にはいかん」

「我々も迎撃に出るぞっ」

グランダールと帝国、双方の部隊から約三分の一を非戦闘員と共に拠点防衛に残し、攻撃力の高いグランダール側の討伐隊を前衛にして迎撃に出る。先陣を切るガウィーク隊とヴァロウ隊、少し遅れて、複合体コウが続く。

機械化連弓を持つ弓兵が多い帝国側の討伐隊は、後衛として支援攻撃を任された。迎撃位置についた前衛を援護すべく一斉に放たれた無数の矢が、魔物の軍勢に雨のように降り注ぐ。

これは変異体や魔獣の中でも小型の部類に入る狼型や猿型モンスターにはそれなりの効果を得られるが、角熊クラスの大型モンスターが相手となると殆どダメージを与えられない。

「カレン！　射術だっ」

「射《い》にくい～」

「気持ちは分かるがアレはコウとは違う、しっかり射抜け。援護の弓隊は突出する変異体の処理を頼む！」

「了解した！」

　前衛の近接戦闘職は矢の雨を抜けてきた変異体の猿や狼を相手取り、大型モンスターには射手の射術技と魔術士の攻撃魔術で対抗する。

　ガウィーク隊がこの攻撃部隊を指揮する形になっている。この場にいる戦士達の中では最も高い実績を示す〝戦斧と大蛇〟のメダルを持ち、同格のメダルを持つヴァロウ隊よりも魔物の討伐に関しては一日《いちじつ》の長《ちょう》があるガウィーク達に、自然と指揮が求められたのだ。

「コウ！　角熊が突っ込んで来た時は頼む！」

「ヴォウヴァウ〝まかせて〟」

　以前ガウィーク達と旅をした時にコウが憑依していた角熊は、体長二ルウカ《約三メートル》はある成獣の魔物だったが、現在対峙している魔王軍の角熊はそれよりも少し小柄な若い魔物のようだ。それでも複合体コウより大きい。変異体猿を統率している魔猿も複合体コウより少し低いくらいで、大柄な成人男性程もある。

「魔猿、一匹撃破！」

「魔物達が下がり始めたぞ」

「ガウィーク隊！　このまま本部宮殿まで押し込もうっ」

「分かった、後衛支援部隊を中心に翼包陣形！　コウは中央正面で先導を頼む」

じりじり後退する魔物の軍勢を押し込んでいく討伐隊。中央広場の拠点から彼等を見守る非戦闘員と拠点の防衛部隊。そこへ、瓦礫の積み重なる崩れた建物の影から複数の人影が現れた。

永久浄化の完成した結界が張られている拠点へと集まって来る人影に、拠点の防衛部隊が誰何《すいか》する。

「止まれっ、何者だ！」

「私達は警備隊の生き残りだ、君達はどこかの傭兵団か？」

そう言った彼等は、確かにエイオア治安警備隊の隊服を纏っていた。見た限り特に大きな怪我を負っている者もおらず、全員健康そうだ。

「ドラグーンの警備隊か、よく無事だったなぁ。我々はグランダールとナッハトームから派遣された魔王討伐隊だ」

「おおう！　では助けに来てくれたのかっ」

――と、その時、本部宮殿に続く通りとは別の方向から、変異体狼の群れが現れた。現在攻勢に出ている攻撃部隊の背後を突こうとしたのか、中央広場へと雪崩れ込んで来る。変異体狼を統率している角熊の姿もあった。

「あれを行かせるのは不味い！」

「アンタ等はとにかく結界の中へ、我々は攻撃部隊の援護に出るぞっ」

拠点の防衛部隊は治安警備隊の生き残りと称する集団を結界内に招いて休ませると、中央広場に入ってきた変異体狼の群れを迎撃すべく出撃する。

永久浄化結界の拠点内に残っているのは、防衛部隊から更に三分の一を割いた数人の討伐隊参加者に、案内役だった非戦闘員。それに今し方合流したエイオアの治安警備隊員となっていた。

警備隊の隊長らしき男が、それと見て祈祷士と分かるリンドーラに声を掛ける。

「失礼、エイオアの祈祷士殿、私はマズロッドと申します。この永久浄化結界は貴女が？」

「ええ、そうです」

「ほほう、なるほど——では、これをどうぞ」

男がそう言って差し出したのは、エイオアでよく使われる簡易触媒の呪札。使い捨ての魔術補助具で、よく呪術士や祈祷士が小遣い稼ぎに作っては冒険者達に売っていたりするモノだ。

「これは……——っ！」

さりげ無く差し出されたその呪札をリンドーラが手にした瞬間、呪札から噴出する禍々しい波動。

それは魔王トゥラサリーニが作った『浄化を侵食する呪術』の込められた呪札であった。

結界や浄化地帯は、それを構築した術者の持つ魂の波動が、維持や変性に最も強く影響を及ぼす。

リンドーラが触れる事で発動した呪術効果により、彼女の持つ魂の波動とそっくりに偽装した侵食の呪術が永久浄化の効果を変性させた。〝支配の呪根〟による思念帯の侵食を加速し、浄化地帯を乗っ取るように。

拠点内に不気味な波動が広がる。マズロッドはトゥラサリーニから賜《たまわ》った結界破りを使って魔物避けの結界の破壊に掛かった。

「おい、何をして――」

「駄目！　彼等は敵ですっ」

結界を歪めるアミュレットを翳すマズロッドに、拠点防衛部隊員として残った討伐隊参加者の傭兵が何事かと声を掛けようとするも、リンドーラが飛びつくようにして下がらせた。

今のやり取りを目撃していた非戦闘員達も状況を理解すると、治安警備隊を装ったマズロッド達から距離をとる。

概ね予定通りの展開で演技の必要が無くなったマズロッド達は、剣を抜いて拠点防衛の少数部隊と対峙しながら作戦を次の段階に進めた。

マズロッド達が出てきた場所、瓦礫の積み重なる崩れた建物の影から現れた変異体猿の集団が拠点を急襲する。

「くっ、退避だ！　非戦闘員を先に逃がせ！　本隊に合流するぞっ」

「リンドーラ殿、早くこちらへ！」

結界と浄化地帯を失った拠点はもはや拠点たりえない。小数部隊はマズロッド部隊から非戦闘員を護りながら、本隊との合流を試みる。

角熊が統率する変異体狼と交戦中だった本隊は、非戦闘員を抱えながら新手のマズロッド部隊や変異体猿を相手取るのは不利と見て、攻撃部隊と合流すべく宮殿方面へと移動を始めた。

「このまま攻撃部隊と合流すれば、挟撃される危険が無いか？」

「囲まれる前に向こうから応援を呼ぶ」

攻撃部隊と防衛部隊の間に非戦闘員を退避させて魔王軍と対峙すれば何とかなる。そう判断した防衛部隊は、追いすがる変異体狼を牽制しながら浅い階段の続く通りを上がっていった。


討伐隊の攻撃部隊は、階段を上りきった通りの先、評議会本部宮殿が見える広場まで魔王軍を押し込んでいた。

しかし、中央広場の拠点を奪われた防衛部隊が非戦闘員を護りながら宮殿前広場まで上がって来た時、それまで押され気味だった魔王軍が突如攻勢に出始める。

「なんだっ、こいつら急に勢い付いてきやがったぞ！」

「――罠か……っ、全隊、一旦退くぞ！　街の東側を回って外壁まで撤退だ！」

「おいおいっ、ここで退くとか、マジかよガウィーク隊」

「後ろを見ろ、下の連中が追い立てられてきた」

言われて振り返ったヴァロウが『げっ』と呻く。確かに、中央広場で拠点を護っていた筈の防衛部隊が非戦闘員を連れて上がって来ている。

彼等の後方に見えるのは変異体猿と変異体狼の群れ。それらを統率する角熊と魔猿。そして、エイオアの治安警備隊を装ったどこかの傭兵団らしき武装集団の姿。

討伐隊の臨時指揮を任されているガウィークは、今の状況で魔王側につく傭兵団がいた事を想定外として、一旦街の外まで撤退する決断を下した。

「コウ！　上がって来る部隊を援護してやってくれ！」

「ヴォウアウ〝りょーかーい〟」

「支援部隊も半分は防衛部隊の援護を頼む！」

「了解したっ、一班二班は後方防衛部隊の援護に向かえ、残りはこのまま前衛の支援を続けるぞ！」

攻撃部隊から一人突出した位置で戦斧を振り回していたコウが踵を返し、左右に陣取っていた前衛が門を閉じるように中央へ寄せて壁を作る。そして後方から弓で援護していた後衛の支援部隊が左右に分かれ、コウの通り道を確保する。

同時に支援部隊の半分がコウと共に防衛部隊の援護へ回った。

「ヴォウヴァウ！〝ボースト発動！〟」

――いや、その名前はどうかと思うが――

ボーの素ブースト、略して〝ボースト〟。京矢のツッコミを受けつつ、力を発動させた複合体で大きく跳躍したコウは階段を上がってくる防衛部隊を飛び越えると、彼等の後ろに迫る変異体の群れを急襲した。

「ヴォオオオオ！」

地響きを立てて降り立つと同時に戦斧で薙ぎ払い、二、三匹纏めて吹き飛ばしたコウは、地面に強烈な一撃を叩き込んで吠える。突き立てた戦斧の柄に両手を重ね、仁王立ちする複合体コウの『ここから先は通さない』という強い意思表示。

変異体は魔物や魔獣に比べて集合意識による干渉が少なく、自らの意思を持って行動する。故に、変異体の狼や猿は複合体コウの威圧に畏怖を感じて足を止めた。

群れを統率する角熊や魔猿も、迂闊に突っ込めば危険だと感じているらしく、変異体を嗾《けしか》けられないでいるようだ。そんな魔物達に後方から怒声を上げて攻撃を指示する、魔王側の傭兵団らしき治安警備隊長服姿の男。

「どうした魔物共！　さっさと突っ込まないか！　今が挟撃のチャンスなんだぞ！」

『あれ？　あの人って』

――おいおい、あのペド参謀かよっ、なにやってんだアイツ――

バッフェムト独立解放軍の参謀総長をやっていたマズロッドが、何故かエイオアの首都ドラグーンで治安警備隊を装いながら魔王軍として現れたのだ。驚き半分、呆れ半分な心境を交信で露にした京矢からコウに提案が示される。

――コウ――

『なあに？』

――とりあえず、あいつ殴ろう――

『ここからだと、ちょっと遠いよ』

コウが階段を封鎖している間に合流を果たした討伐隊の攻撃部隊と防衛部隊は、宮殿前広場から街の東側へと移動を始めている。街の外まで一時撤退する討伐隊の皆を援護に行かなければならない。

討伐隊の撤退に合わせて殿《しんがり》を務めるコウ。追って来るのは狼型を中心にした小型の変異体で、魔獣や魔物は宮殿前広場の付近に陣取ったまま、群れに指示だけ出しているようだ。

マズロッド達は追撃に参加せず、中央広場の方へと下りて行った。拠点に運び込まれていた荷物の回収に向かったらしい。通りの影に注意しながら、討伐隊は南門へ繋がる東の通りを抜けていく。

「物資を奪われちまったたな」

「ああ、やけに脆いような気はしていたんだが……誘い込まれたのかもしれん」

初めから中央広場まで引き込んで分断する魔王側の策だった可能性もあると、ガウィークは分析する。ダンジョンの探索もそうだが、集合意識交じりの魔力による悪影響を考えるなら、時間を掛けず一気に攻め落とす速攻がセオリーだ。

拠点を作ろうとするところまで読まれていたかどうかは分からないが、永久浄化地帯を破る手立てまで準備していた事からして、こちらが短期決戦以外の方法を取る事も想定していたのだろう。

結果的に、拠点と物資の半分を持っていかれてしまった。

「まあ、解放した住人もアルメッセに避難させなきゃならんしな。明日辺り仕切り直しか」

溜め息混じりに頭を掻くヴァロウに対し、ガウィークは表情を険しくしたまま告げる。

「その前に、やっておかなければならない事がある」

南門の前に集まる討伐隊員を厳しい目付きで見渡しながら、洗い出しが必要だというガウィークの意図を把握したヴァロウも『確かにな』と同意した。

アルメッセからの応援が到着するまでの間、討伐隊は避難民達のキャンプ跡に陣地を作って野営の準備を始める。コウが門前に立って街の様子を監視していると、ガウィークから声が掛かる。

「コウ、ちょっと来てくれ。話がある」

「ヴォウウ？〝なになに～？〟」

ガウィークの周りにはヴァロウ隊をはじめ、グランダール側の討伐隊に参加している冒険者グループや傭兵団の隊長達が集まっている。帝国側の討伐隊を率いている隊長の姿もあった。

傍目には各冒険者グループや傭兵団の隊長が集まっての作戦会議に見える。だがそこでコウに話された内容は中々に深刻ながら、コウにしか出来ない任務且つ、コウなら確実に成果を期待出来る作戦であった。

魔王側の人間が紛れ込んでいないかを調べる、いわゆるスパイの炙《あぶ》り出しである。

「まずここにいる俺達全員を調べてくれ。それから各集団の隊員を調べて、その後は残った無所属の冒険者や傭兵達を調べる」

コウの『思考を読んで敵味方を判別する能力』によって主だったメンバーの審査を終えたガウィーク達は、フリーの傭兵や冒険者達を数人ずつ呼んで、魔王軍に与《くみ》する傭兵団の話題を振る。

その時に内心で何を想ったかをコウに探って貰う事で、敵味方の判定を下す。コウの肩に登っているカレンも『信頼出来る人を見抜く本能』的な選定眼を持っているので、魔王のスパイチェックは実にスムーズに、あっさりと終わった。

「無所属の約半数か……」

「途中で紛れ込んでた奴もいるから、多いとも少ないとも言えねえな」

その結果、フリーの傭兵や冒険者の中に数人、〝凶星の魔王〟が冒険者協会の認定した通り『本物の魔王』であったなら魔王軍に加わるつもりで討伐隊に参加した者達がいた。

また彼等とは別に討伐隊の進軍中、恐らくは先程の一戦で撤退の最中に紛れ込んだと思われる魔王側の人間も見つかった。これはトゥラサリーニに進言したマズロッドの策で、討伐隊を撹乱して混乱と疑心暗鬼を植えつける策略だった。

「こいつらどうする？　ここで処刑しとくか？」

「いや……魔王側の人間はともかく、まだ事を起こした訳じゃないからな」

討伐隊に紛れ込んでいた魔王側の人間と魔王軍に加わる心算《つもり》だった無所属組は、武装解除した上で拘束。アルメッセからの応援が到着次第、引き渡す方針を固める。ヴァロウや他の傭兵団、冒険者グループも、ガウィークの判断を支持した。

とりあえず、拘束した魔王の兵とその予備軍を一箇所に集めて監視を付けると、魔王軍が仕掛けようとしている撹乱作戦に備える。

コウが読み取った内容によれば、まず野営中の討伐隊に魔物の軍勢が襲撃を仕掛けて乱戦状態に持ち込む。その混乱に乗じて紛れ込んでいた魔王側の兵が陣地に火を放ったり、何人かが内側から討伐隊に攻撃を仕掛けて魔物の軍勢に加わるなど、味方の裏切りを演出する作戦だった。

短い間隔の襲撃で何度かそれらを繰り返す事で、討伐隊の内部に疑心暗鬼を呼び起こそうという策略。纏まりを欠いた集団となれば、各個撃破も容易い。

夕暮れを過ぎ、夜の帳が下りる頃。篝火《かがりび》の焚かれる野営地周辺を哨戒していた暗部同盟の案内役が、『周囲に魔物の気配有り』と告げながら陣地内へと避難してきた。即座に迎撃準備を取り始める討伐隊。ガウィーク隊長の指示が飛ぶ。

「帝国の部隊は門の正面に展開、コウは東側を頼む」

「ヴァウウ〝は〜い〟」

「了解した！　全隊、横陣三列！」

宮殿前広場からの撤退に使った東側の通りを睨む位置へ移動するコウと、南門の前に陣を敷く帝国の討伐隊。

機械化連弓の弓兵と並び立つ槍兵の後方には、集めた石礫を手にして構える投擲係の兵が隊列を組み、更に後ろの隊列につく兵が野営陣地内に転がる手ごろな石を集めて山積みにしていく。

「ヴァロウ隊は西側の外壁周辺を警戒だ」

「おう、向こうにも偵察を出してある――リト、そっちの様子を報告しろ」

南の門前から西側に広がる森に入った辺りで、〝隠行術〟にて姿を隠しながら偵察中の影術士リトアネーゼに、新型魔導器で凶星対策を施した〝対の遠声〟を使って指示を出すヴァロウ隊長。

「残りは南の街道を見張ってくれ」

それぞれの部隊が配置について警戒を強める中、周囲の森からガサガサという茂みを掻き分けるような音が迫って来た。西側の外壁沿いを疾走してきたリトアネーゼが〝隠行術〟を解いて姿を現し、魔物の集団の接近を告げる。

「猿と狼の混合で二十匹以上の集団が接近中！」

「門前、通りの先に同じく魔物の軍勢を確認した！」

「ヴォウヴォウ〝こっちからも来てるよー〟」

「街道側の森にも気配がある……これは、囲まれているな」

門前から続く中央通りの先や東側の通りからも、殆ど同時に姿を現す魔物の軍勢。魔王の集合意識に操られているというだけあって、かなり正確な連携が取られているようだ――その時、陣地内にバシャンという水音が響いて白煙が上がった。

「なんだっ」

「空から水が――」

「上だっ、飛行型の魔物がいるぞ！」

大きな翼を広げ、鋭利な鉤爪を持つ鳥の魔物が袋をぶら下げて飛来、陣地内に焚かれている篝火の上で袋から水を落として消火に掛かっている。

既に二箇所の篝火が消されてしまった。このまま続けられれば、陣地の一帯は暗闇に包まれてしまう。更に、外壁の向こうから瓦礫の木材などが飛んで来た。

「危ない！　避けろっ」

「くそっ、一人やられた！　治癒術士は居ないか！」

焼け落ちた家の折れた支柱や、壊れた扉など、魔物の腕力を以て投げられたそれらの威力は、人の腕から放たれる石礫《いしつぶて》の比ではない。

「っ！　なんてこった」

「おいおい、マジかよ……魔物ってのは群れるとこんな戦い方もするのか？」

「いや、普通はこんな動きをしない。魔王が操っているからこそだろう」

その存在は魔物や魔獣といったモンスター、しかし戦術はまるで人間そのもの。操っている魔王が人間なのだから当然といえば当然なのだが、あまりに厄介である。

魔物の力を使って対人戦略を仕掛けてくる相手。この街に住み、評議会にも属していたという呪術士トゥラサリーニは、言うなれば地元出身の魔王。地の利も向こうにある。

「どうする、一旦街道の途中まで退くか？」

「今の包囲された状態から非戦闘員を連れて退くのは危険すぎる」

「だな。街道を空けてるのも、あからさま過ぎるぜ」

ガウィークとヴァロウがそんな意見を交わしていた時、立て続けに放たれた光弾によって陣地周辺と街の通り付近が照らし出された。中央通りや東側通りに見える魔物の群れは距離が遠く、攻撃魔術も魔物相手では有効射程外。矢も通らないだろう。

南の街道や西の森付近には姿こそはっきり現さないものの、そこに潜んでいる事が分かる程度には影が蠢いている。

「ヴォオオオア！『そーーーれ！』」

先程の照明弾を打ち上げたコウが、陣地内に投げ込まれてきた瓦礫の木材を拾って投げ返す。攻撃魔術を使える者は陣地上空を旋回している飛行型の魔物を追い払うべく火炎弾や氷塊を放っているが、いずれも命中率は芳しくない。

この状況で内部撹乱などされていたら、大変な被害を被っていたところだ。

「しかし、これじゃ埒《らち》が明かないなっ」

「アルメッセからの応援が来るまで現状で持ち堪えるんだ！」

討伐隊は外壁の向こうから飛んでくる瓦礫に注意しながら、西側の森と南の街道に陣取る魔物部隊を弓と攻撃魔術で牽制する。

幸い森と街道側には手頃な投擲物が無かったようで、こちらから石礫のような『投げられる物』を与えなければ殆ど反撃される事もない。撹乱作戦の一環なのか積極的に接近してくる事もない為、ほぼ膠着状態が維持された。

一晩くらいならばこのまま耐えられそうな手応えはあるものの、疲労がピークに達するであろう深夜から明け方に掛けて突撃を仕掛けられれば、一気に崩されてしまう危険性もある。


討伐隊がドラグーンの正門前で魔王軍の包囲網と対峙している頃。エイオア評議会本部宮殿の大会議場にて、〝支配の呪根〟玉座から魔物達を操っている魔王トゥラサリーニは、撹乱作戦の当てが外れた事に愚痴っていた。

「あいつめ〜、ちーっとも混乱なんか起きないじゃないか」

討伐隊に裏切りが出る演出を仕掛けて疑心暗鬼を招くという撹乱作戦は、魔王側の人間が早々に暴かれた事であっさり終わっていた。そうとは知らず、反乱軍の参謀とやらも大した事はないなと、マズロッドの策略手腕を低く見積もるトゥラサリーニ。

「けどまあ、広場に誘い込んで物資を奪う作戦は上手くいったようだし」

参謀としては使えないが、部隊指揮官として今後も使う事に決めたトゥラサリーニは、マズロッドに魔物の軍団を与える事にした。

このドラグーン周辺に集まった魔物の軍勢を全て一人で指揮するのは流石に無理がある。初めは思念帯の届く範囲内にいる全ての魔物の視点から情報を得られるので、全部一人でやれると思っていた。だが南の街道から上がってきた討伐隊の相手をしていたら、いつの間にか別の討伐隊が西側の森から結界地帯を越えて来ていた。

そんな事例があるので、使用人以外にも部隊を指揮する部下の必要性を理解したのだ。

「よし、あいつは我が軍の将軍って事にしてやろう」

マズロッド将軍によれば、他にも〝魔王《わたし》〟に仕えたい人間がいる筈との事だった。

トゥラサリーニは、その話に若干機嫌を良くしている。彼は宮殿周辺に待機させている魔物や魔獣を宮殿前広場に集めながら伝言を書き綴り、『ちょっと宮殿まで来い』と書いた紙を側近の魔猿に持たせてマズロッドの所へと使いにやる。

そして街の正門付近で討伐隊を包囲させてある魔物の軍勢には、再編成をする為に一旦引き上げる指示を出した。が、そこで上空からの偵察もかねていた魔物鳥と視点が繋がらない事に気付いた。

「あれ？　撃ち落とされたのか？　まあいい、代わりなら幾らでもいるさ」

西と北側の森から新たに飛行系の魔物を呼び寄せるべく、トゥラサリーニは〝支配の呪根〟と意識の繋がりを深めていった。

――少し前。魔王トゥラサリーニが正門前の討伐隊と対峙する魔物の軍勢から意識を外していた僅かな間に起きた異変。

それは突然の出来事だった。青白い閃光と共に雷鳴が響き渡り、陣地上空を旋回していた魔物の鳥が煙を噴きながら墜落した。一体何事かと、空を見上げた者達の視線の先に浮かびあがる、小柄な人影。

ゆらゆらと揺蕩《たゆた》う長い黒髪。仄かに紫色の輝きを放つ漆黒の翼を広げ、その表面に青白い稲妻を纏わせながら陣地の中へと下りて来る少女の姿。

その時、陣地を包囲していた魔物達が何故か一斉に退いて行った事で、討伐隊は『味方の魔物もろとも攻撃するような、かなり危険な魔物を投入して来たのでは？』と身構えた。

「ヴァ、ヴァアウア〝あっ、朔耶だ〟」

正体不明の存在に警戒していた討伐隊の面々は、コウが味方宣言を出した事で一様にホッとした表情を浮かべる。面識のあったガウィーク達は朔耶の容姿を確認すると、確かに本人のようだと警戒を解いた。

見渡せば、瞬く間に撃ち落とされた数羽からなる魔物鳥の丸焼きが陣地内に転がっている。一羽落とすにも苦労していた魔物鳥があの一瞬で全滅だ。

「なるほど、コウが協力要請を勧めた訳だ」

東方のオルドリア大陸で〝戦女神〟と呼ばれる精霊術士――ガウィークは以前、アンダギー博士の研究所でコウから聞いた話を思い出して納得した。

陣地内に降り立ち、きょろきょろと周りを見渡す朔耶に、ひらがなの文字を浮かべて挨拶するコウ。

「ヴァアウヴァウーヴァヴァ〝こんばんはーさくや〟」

「え？　こんばんはー――って、コウ君なの？」

「ヴァアウヴァヴァウ〝ぼくだよー〟」

「でかっ」

複合体コウの姿を見るのは初めてだった朔耶は、仰《の》け反《ぞ》る様にしながらコウを見上げる。どうやら本当に危険はなさそうだと肩の力を抜いたヴァロウ達が、やれやれと言った様子で集まって来た。

「新手の魔物かと思ったぜ」

「空を飛んで雷を降らせる魔物なんてやば過ぎるだろ、討伐に一国の正規軍が投入されるクラスの怪物じゃないか」

「ヴォーウヴァヴァウヴォウ？〝んー、多分そんな魔物よりずっと怖いと思うよ？〟」

「コウく～ん？　それどういう意味かな～？」

『ふかいいみはないよー』と誤魔化すコウ。

――お前も大概、肝据わってるよなぁ――

『肝無いけど』などと、お約束な冗談を嗜《たしな》む京矢であった。

18

魔王軍による夜襲に備えて篝火を焚き直したり、簡易バリケードの構築が進められている野営陣地。グランダールと帝国の討伐隊から数人の代表者が集まり、今後の行動についての話し合いが進められている。

その席で、統制の取れた魔物の軍はとても厄介だという事を知っている〝都築朔耶〟は、慎重に行く事をお勧めするとの意見を出した。

討伐隊に飛び入り参加となる彼女については当初、魔物鳥を雷撃で叩き落として空から現れるというあまりに人間離れした派手な登場の仕方もあってか、懐疑的な反応を示す者もいた。

だが、コウの味方宣言にカレンのお墨付きもある。その上ガウィークからも『彼女は精霊術士で、東方のオルドリア大陸にいる精霊術士達は今回の魔王の出現を予言していたらしい』という〝凶星の魔王問題〟に〝都築朔耶〟が絡む理由の説明を受けて概ね納得している。

「慎重に行くべきという意見には同意するが、我々もあまり余裕は無いんだ。ノンビリ構えてもいられない」

「物資の問題もあるからな。集合意識は永久浄化地帯で凌げるが、そこに籠城し続ける訳にもいかねぇ」

「魔導船とか使えるようになったら、その辺り全部解決するんでしょ？」

もうすぐ凶星の影響による魔力の乱れが収まるので、味方の魔導製品全般が使えるようになる。それまで待ってから進撃すれば安全且つ確実と主張する朔耶。それは確かにもっともな意見ではあったが、朔耶の主張には一つ大事な要素が欠けていた。

「え、手柄？」

『なにそれ美味しいの？』と言わんばかりの反応を見せた朔耶に、『ああ、やっぱりか』と納得するガウィーク達。雰囲気からして名声や栄誉といったモノに興味がなさそうな人柄を感じていたが、やはりその通りだったかと朔耶の在り方を把握する。

「帝国から来た連中もそうだろうけど、俺達は功績を残して名を上げる事が目的で集まってる奴が殆どなんだ」

「嬢ちゃんの言うようにすりゃ確かに確実だけどよ？　それだと武勲ってのが立てられねーのよ」

「あー――そういう事……コウ君も手柄とか立てたいの？」

「ヴァウヴァウヴァウヴォウ？　〝なにそれおいしいの？〟」

話を振られたコウが理想的なボケをかましてみせると、朔耶はにっこり微笑んだ。

「分かった。じゃあ討伐隊が手柄を立てられるようにしながら安全に進む方向で、程々に協力するよ」

「程々に、か……具体的には？」

「治癒は任せて。あと効くかどうか分からないけど、〝呪い祓《ばら》い〟を使ってみるわ」

効果があれば、魔物から一時的にでも集合意識による支配を解除出来る術があるという。魔物の軍勢はそれだけでも脅威だが、魔王軍は『魔王による支配統率』があるからこそ、一国の首都を制圧してしまう程の脅威となりえたのだ。

魔王の支配統率を一時的にでも妨害出来れば、烏合の衆とまではいかなくとも、討伐の難易度は下がるだろう。

「その〝呪い祓い〟って術がどれ程のモノかは分からんが、治癒が出来るなら有り難い」

「ちっとばかし治癒術士の手がたりてなかったからな」

帝国の討伐隊は国軍兵士で編制されている事もあってか魔術士の数が少ない。グランダールの討伐隊に参加している各傭兵団や冒険者グループも攻撃力を重視したメンバーの為、思いのほか治癒系の術士が少なかった。

とりあえず、今夜はアルメッセからの応援を待って野営で過ごし、捕虜にしている魔王側の人間や魔王軍に与しようとしていた者を引き渡して身軽になってから、再度進軍を試みる方針で進める。

「オッケー、それじゃあ一発〝精霊の癒し〟をお試しサービスしてから一旦帰るわね」

今回、討伐隊の危機を知って取る物も取り敢えず駆けつけたという朔耶は、明日の朝にでもまた改めて来ると言って、魔力のオーラを纏いながら漆黒の翼を生やした。一瞬、うおっと後ずさる討伐隊の面々。

翼から放たれた『癒しの光』が野営陣地内に広がっていき、光を浴びると傷はもとより疲労さえも癒される。

「こいつは……すごいな」

「これが精霊術士の治癒か」

治癒に関しては神聖術士の使う治癒術が高い効果を持つ事で知られるが、朔耶の見せた〝精霊の癒し〟による治癒効果はその比ではなかった。ここまで何でもかんでも癒してしまうような強力な治癒術はこの場の誰もちょっと見た事がない。

「じゃあまた明日」

ひらひらっと手を振った朔耶は、その気配や魔力と共に唐突に消えた。朔耶の事情を知るコウ曰く、世界を渡ったらしい。

感嘆とも安堵ともつかない溜め息が零れる中、先程から愛用の杖を手に様子を窺っていたレフがやって来た。魔力の流れを制御する呪法の杖だけあって、凶星の影響にもすぐ対応した〝流動《りゅうどう》の御《み》手《て》〟にて朔耶という存在を解析していたのだ。

「どうだった？」

「……化け物」

「そんなに、か？」

ガウィークの問い掛けに、人間では有り得ない程の魔力に包まれていたと告げるレフ。朔耶の使った治癒術や空中浮遊の術も、放出している魔力の量が多過ぎて詳細は掴めなかったそうだ。

するとコウが複合体の両手を合わせた間に光の玉を浮かべて見せながら言った。

「ヴォヴァヴァヴォウ？〝こんな感じだったよ？〟」

先程の朔耶が使った治癒術、〝精霊の癒し〟を再現してみせるコウ。魔力を視覚的に捉えられるコウは、あらゆる術の発現による魔力の流れを把握して模倣する事が出来る。色々な魔術を短期間で覚えられるのも、この特性のお陰だ。

「……教えて」

やり方を教わろうと、レフはずずいとコウににじり寄る。表情はいつもと変わらないのに眼だけ爛々としていて怖い、とは若手メンバーである魔術士ディスの弁。

「ヴォヴァヴォヴォヴァ〝ちょっとまってね〟」

このままでは教え難いという事で少年型召喚獣を召喚したコウは、複合体を出したまま身体だけ乗り換えた。すかさず抱っこしようと駆けつけるカレンだったが、レフに『……こっちが大事』と阻止された。

とりあえず、コウは以前レフから魔術の使い方を教えて貰った時のように、手取り足取り〝精霊の癒し〟のやり方を教える。

「コウちゃんのだっこ……」

「後にしろカレン。どうだレフ、使えそうか？」

「……興味深い」

〝精霊の癒し〟は術と呼ぶにはかなり原始的な、精霊が魔力から直接引き起こす『現象』に近いモノである事が分かった。

注ぎ込まれる魔力量が圧倒的に違うので、朔耶がやって見せた程の効果は得られないが、通常の治癒術より高い効果が望めそうで、攻撃術士のレフでも治癒術士並みの治癒力が得られるらしい。

コウが視認した魔力の流れに関する証言により、朔耶の空中浮遊術についてもおよその見当がついた。どうやら魔法障壁の強力なモノらしい。魔法障壁の膜を何重にも張り出しながら、術者ごと魔力の塊として持ち上げているのだ。

「……あれは、ありえない」

謂わば先ほどコウが複合体で見せた〝精霊の癒し〟の模倣で、両の掌《てのひら》を向かい合わせた間に光の玉として魔力の塊を浮かべたように、自身を包む魔法障壁によってその身体を浮かべ運んでいる。

「そいつはまた、えらく膨大な魔力を使ってるって事か」

「……原理は分かっても、真似は出来ない」

ちなみに、雷撃や癒しの光を放つ時に展開している漆黒の翼は、ただの飾りに近いとレフは読む。あれも装飾魔術と言うより精霊の引き起こす現象的なモノで、術の発現する起点が翼であるかのように見せ掛けたフェイクである可能性を指摘する。

恐らく翼を出していなくても空中に浮けるし、雷撃も精霊の癒しも行使出来る筈だ、と。

「ふむ――敵に回しちゃイカンって事か」

そんな存在が味方で現れて何よりだと肩を竦めるガウィーク達。願わくば、〝凶星の魔王〟がそんなレベルの化け物でない事を祈るばかりであった。


一方その頃、本部宮殿の大会議場にて魔王トゥラサリーニから新たな地位を賜ったマズロッドが、今後の作戦指揮を任せられるにあたり、魔王の方針についてお伺いを立てていた。

「うーん、その辺は君が上手く考えてよ。宮殿の人事をやってくれたみたいにさ」

現在、本部宮殿では数十人の元職員や使用人が奴隷として働かされている。前組織で経験の深いマズロッドが人事編成を行い、宮殿内の体制を整えた事で、細かい作業やら各種指示を出すに当たって、情報伝達面もかなり改善された。

おかげで湯浴みの準備や食事の用意なども遅れる事無く進むようになり、トゥラサリーニはその点でマズロッドの事を高く買っている。

「将軍より宰相の方がいいかもしれないね、事が落ち着いて人員が揃ったら昇格させてあげるよ」

「は、勿体無きお言葉で」

面倒な事は全てマズロッドに丸投げしたトゥラサリーニは、今日も一日〝支配の呪根〟に繋がって精神労働をしたので疲れた、と言って欠伸《あくび》をすると、明日に備えて睡眠に入る事を告げた。

魔王の間になっている大会議場を後にしたマズロッドは、部下と廊下を歩きながら角を曲がった所で悪態をつく。

「全くなんだアレは、ただの阿呆《あほう》ではないかっ、何が凶星の魔王だ！」

「団長——いや、将軍。誰かに聞かれちゃ不味いですぜ」

「我々の他に魔物と魔獣と奴隷しか居ないこんな廃墟で、誰が聞き耳など立てているものかっ」

急に呼び戻されたので何事かと思えば、マズロッドに将軍の地位を授けるという。魔王軍でただ一人の将軍だ。勿論、魔王軍という組織はまだ正式に作られてもいない。

討伐隊に当てていた魔物の軍勢も呼び戻されており、命令に従うようにしておくので好きなのを部下に選べ、と言われた時は耳を疑った。そんな理由で討伐隊の包囲を解いてどうすると憤懣《ふんまん》やるかたない様子のマズロッド。

「はるばるエイオアまでやって来た当てが外れやしたかね？」

「……しかし、奴《アレ》が魔物を操れる事は確かだ」

魔王による国の乗っ取りどころか、本部宮殿内も殆ど無人で基本的な組織運営すらされていなかった事には、驚きや呆れを通り越してむしろ戦慄した。トゥラサリーニは魔物を操るという強大な力を以て、この国を圧倒していただけなのだ。

「だが——見方を変えれば、運が向いて来たと言えるのかもしれん」

支配もへったくれもない、純粋な力による戦略無き征服によって混沌とした白紙状態にあるのが、現在のドラグーン。まだ名も無き魔王国の首都となる街。なればこそ、自分の政治手腕を駆使してこの国を理想郷に作り上げる事だって出来るかもしれない。

「とにかく法と人材だ。軍事力は魔物共を使って維持出来るから、国家を運営する人材が必要だ」

「今来てる討伐隊はどうするんです？」

「殲滅するのは簡単だが、引き込める者は引き込みたい。もう一度街に突入して来たところを包囲して降伏を呼び掛ける」

将来の大国化に想いを巡らせるマズロッドは、連れてきた部下も使って政務機関構築の骨子作りに励むのだった。

19

翌朝、まだ薄暗いドラグーン正門前。警戒されていた夜襲も無く、アルメッセからの応援部隊がもうすぐ到着するという報せを受けた討伐隊は、捕虜の引き渡しと進撃の準備を急いでいた。

進撃準備を急ぐ理由は、応援部隊到着の報せを受けた際、魔力の乱れによる混乱の終息が告げられたからである。

昨夜から今朝に掛けて、フラキウルの空から例の凶星が姿を消した。それに伴い、グランダールの各所では魔導製品の動作検証が行われた結果、いずれも正常な動作が確認されたのだ。

魔導兵器をはじめ凶星の影響で封印されていた多くの魔導製品が使用可能となり、出力に難のあった新型魔導器も従来の高出力な魔導器に換装。トルトリュスを中心に、グランダールは魔導文明の栄えた国としての本来の姿を取り戻した。

「二、三日中にはトルトリュスから魔導船が援護に来るようだ」

「帝国からも戦車が向かってるらしい」

「こっちも魔法の武具が使えるようになってるからな、今日か明日中には決着がつくだろう」

「謎の凶星と共に、魔王も消え去る……ってところか」

念の為、集合意識の影響を受けかねない召喚獣の使用は控え、再進撃の部隊編成を行うグランダール側の討伐隊。帝国側の討伐隊は元々普段通りの通常編成にコウを加えた特別体制なので、特に大きな動きはない。

「敵襲ーー！」

突然、見張り役の警告が陣地内に響いた。中央通りの奥から飛び出して来た複数の魔獣犬が、真っ直ぐ突っ込んで来る。直ちに討伐隊が迎撃態勢に入る。

「見ろ、奴がいるぞ」

魔獣犬が飛び出してきた辺りには、昨日ドラグーンの警備隊を装って拠点を襲撃した魔王側の傭兵団を率いる男、マズロッドの姿もあった。通りの先にある建物の影から、魔獣犬部隊と討伐隊の戦闘を窺っているようだ。

よく見ると、突っ込んで来る魔獣犬はベルトを装着していて、そこに剥き出しの刃が固定されている。

「魔獣犬に武装させているのか？」

「気を付けろっ、刃に毒が塗られているかもしれん！」

厚い装甲を持つ甲冑でがっちり固めた防御役の戦士達が前面に出て武装魔獣犬の突進を受け止め、攻撃魔術や弓、槍などでこれらを撃破していく。

凶星の影響が消えて強力な効果を持つ武具が復活している事もあり、武装魔獣犬の少数部隊は程なく討伐された。

魔獣犬に武器を装着して討伐隊に突っ込ませる実験が成功した事により、マズロッドは昨日から準備していた作戦の実行に取り掛かる。

ちなみに、魔獣犬を使ったのは実験の都合上、玉砕前提で特攻させる必要があったからだ。自意識の強い変異体には向かない。

「よし、とりあえず上手くいった。後は予定通りに進めるぞ」

討伐隊の侵攻ルートを誘導しつつ、道中に襲撃部隊を配置。最終的には中央広場で仕掛ける策を以て殲滅する作戦だ。この策はちまちま小出しにすると対策を練られるので、討伐隊が中央広場に入ったところで出来るだけ一気に行く。

部下達を各襲撃ポイントに向かわせたマズロッドは、魔王との作戦の打ち合わせの為に、一旦本部宮殿まで引き上げた。

武装魔獣犬部隊の全滅後、通りの先から様子を窺っていたマズロッド達は特に何を仕掛けるでもなくすぐに引き上げて行った。この事から、討伐隊員達は『魔獣に武装を施して戦力の底上げを狙った魔王軍の目論み』が外れたのではないかと分析した。

何にせよ、今日の第一戦を難なく勝利した事は幸先《さいさき》よしとして、討伐隊の士気が高まる。

「おはよー、ガウィークさん」

「……いきなりだな」

昨日突然消え失せた時と同じく、気付いたら居たといった感じで唐突に現れた朔耶は、討伐隊指揮中のガウィーク達の所に出向いて挨拶をすると、帝国側の討伐隊に交じっているコウに声を掛けた。

「やほー、コウ君」

「ヴァヴォウヴァウヴァ　〝やほー朔耶〟」

「今日はよろしくねー」

「ヴァウアウ〝よろしくー〟」

やがて応援部隊が到着し、捕虜の引き渡しを終えて進撃準備が整った討伐隊は、本部宮殿を目指して再進撃を開始。ガウィーク隊はまず、〝魔導輪〟による進撃ルートの先行偵察を行う。

上空から偵察すると言って空に上がっていた朔耶は、滑走を始めたガウィーク隊を見て『なにそれ、なにそれ』と傍まで降下して興味を示していた。

「東側は通りの先で瓦礫が積まれていた。中央通りも塞がれてるな」

どうやら昨晩のうちに動いていたらしい。夜襲が無かったのも、この作業を行っていたせいかもしれないという推測に、皆が頷く。

「本部宮殿に繋がる中央広場には西側の通りから進む事になる」

「ほぼ帝国側の討伐隊が通って来た道か」

ガウィークの説明に、ヴァロウが頷きながら場所の確認を行う。

敵は進撃ルートを潰して遠回りさせつつ、道中に罠や待ち伏せを仕掛けていると予想される。

だが昨日までと違い、様々な魔導具の使用が可能になっている分、討伐隊全体の火力や防御力が上がっている。慎重になり過ぎない程度に警戒しつつ進撃する討伐隊。

「前方左の建物に魔猿の集団！」

「右側の奥にも注意しろ、物陰に気配有りだ」

比較的低い建物が並ぶ西側の通りの先、半分崩れた建物の敷地内から魔猿の集団が投石攻撃を仕掛けてくる。屋根の上にも何匹か姿が見える。

「呪い祓い、いきまーす」

揺らめく漆黒の翼を広げて討伐隊の頭上に浮いていた朔耶はそう告げると、魔猿の集団が陣取る建物に向かって飛行しながら光を放った。

呪い祓いの光を受けて集合意識の支配から外れた魔猿は、石礫を持ったままキョロキョロしたり、寝転んだり、毛繕《けづくろ》いを始めたりと思い思いの行動を始める。

魔猿の投石攻撃と連携して動く予定だったのであろう変異体狼の集団が、通りの向かい側の路地から飛び出して来る。が、突如急停止。戸惑うように後方を振り返ると、逃げていく角熊《ボス》を追って戦線離脱していった。

角熊は元々、山奥で活動する魔物である。通常、彼等が人里まで下りて来るような事はまず無い。多少知恵が働くが故に、大勢の人間が集まる場所は、自分達にとって危険であると知っているのだ。

集合意識による支配が無ければ、彼等は自分達のテリトリーから出る事もなかっただろう。群れのボスが逃げ出せば、ボスに統率されている変異体もついて行く。

しばらくすると再び集合意識に支配されて襲撃に戻ってくるが、呪い祓いの光を受ける度に我に返って逃げていく。結果的に道中の襲撃は散発的なモノとなり、討伐隊は大きな被害も出さず着実に本部宮殿へと進撃を続ける。

「思っていた以上の効果だな……レフ、あれはどうだ？」

「……お手上げ」

原始的な魔力の流れの中に魔術の編み込みも感じるという呪い祓いは、非常に複雑な構造をした術のようだ。コウに視て貰えば、形から術式の把握は出来るかもしれないが、今は一応、戦闘中である。

件のコウは本隊から少し離れた所で討伐隊を狙っている伏兵を相手に〝魔導槌〟を振るっていた。

「ヴォオオアアウ『そーーれ』」

ヒュゴォウッという内燃魔導器の爆発排出音と共に加速した魔導槌がひと振りされると、直撃を受けた変異体狼の一匹が建物の屋根を越えてぶっ飛んで行った。〝ボーストパンチ〟の破壊力も凄まじいが、〝魔導槌〟による吹き飛ばし効果も凄まじい。

やがて討伐隊は、少し勾配のある長い坂道に差し掛かった。ここを上りきれば、すぐ先が中央広場だ。そこから本部宮殿前の広場まではそう遠くない。

「風の加護、いきまーす」

討伐隊の頭上まで戻って来た朔耶が精霊術〝風の加護〟を放った。風を操り、身体を包んで移動力を高める魔術は他にも存在するが、一度に十数人からの対象に効果をもたらせる広範囲の移動補佐は、ちょっと例をみない。

討伐隊に参加している各冒険者達が驚きを露にする中、底上げされた機動力で一気に坂道を駆け上がった先頭集団が、坂の上に陣取っていた魔王軍と交戦状態に入った。

坂上に居た少数部隊は、討伐隊が坂道に差し掛かったところを狙って火のついた草束を落とすという作戦を担っていた。だが予想以上の速さで坂道を上り切って来た討伐隊から逆に奇襲を受ける形となっていた。

「くそっ、草束に火ぃつける前に上がって来るとは——こいつら速過ぎるだろ」

「しかもなんだよっ、ちっとも数が減ってないじゃないか！　途中の襲撃部隊はなにやってたんだ」

「なんか空飛んでる奴まで居るし……」

「とにかくここの作戦は失敗だ、撤退して例の作戦に備えるぞ」

坂道の途中で立ち往生させた討伐隊にぶつける予定だった変異体猿を嗾け、討伐隊先頭集団からの猛攻を凌いだ魔王軍の少数部隊は、中央広場方面へと撤退を始める。

「奴等、広場の方に撤退するぞ！」

「深追いはするな！　一度隊列を整える」

「本隊が上がって来るまで怪我人を援護しろ」

「それにしても……連中の装備を見たか？　ありゃあ魔王軍の精鋭だったのかもしれんぞ」

討伐隊の先頭集団と激突した魔王軍の少数部隊は、グランダールの冒険王子ことレイオス王子の率いる〝金色の剣竜隊〟の如く、全身に高価な魔法の武具を装備していた。

実際、彼等は魔王軍のマズロッド将軍直属として動いている精鋭部隊であり、その装備品の効果を以て実力以上の力を発揮していたのだ。

実はマズロッド達も、昨夜の時点で凶星の影響が消えた事を把握している。魔力の乱れが収まり、魔導製品全般が使用可能になっている事に気付いたマズロッドは、呑気《のんき》に寝ていた魔王トゥラサリーニを叩き起こして早急に対策を話し合った。

祈祷士や呪術士を多く輩出するエイオア国の首都ドラグーン。その宮殿ともなれば、高価で希少な魔術関連の品が多く保管されており、魔法の効果を持つ武具もひと通り揃っている。

凶星の影響下ではガラクタだったそれら魔法の武具が本来の力を取り戻している事を確認したマズロッドは、バッフェムトから連れてきた部下達に装備させて自分の直属部隊を設立。作戦実行の重要な役割を担う手足として使う事にしたのだ。

「よし、分かった。各自配置につけ」

部下達から〝対の遠声〟で報告を受けたマズロッドは、昨夜の対策会議で練り上げた作戦の仕掛けを確かめると、討伐隊を迎え撃つべく中央広場に陣を敷いた。

展開した変異体狼部隊には、身体の左右両側に長方形の箱を装備させてある。変異体猿部隊は背中に二段重ね。この作戦の為に、変異体の猿や狼に装着出来る荷物用のベルトと、そのベルトに取り付ける蟲箱を用意した。

蜂《はち》などの蟲の変異体を潜ませた蟲箱を装着して敵陣に突っ込ませるという作戦。

変異体は集合意識による干渉が弱く、戦闘を強要するのは難しいが、蟲のような小さな生き物であればある程度のコントロールが可能である。そんな魔王トゥラサリーニの言を元にマズロッドが考案したものだ。

蟲の変異体は鎧の隙間などから入り込まれるとかなり厄介で、皮膚を食い破って来るので非常に危険。変異体蜂の毒針は殺傷力こそ低いが、麻痺の効果をもたらす。

大まかにでも変異体蜂の大群に任意の対象を狙わせられるなら、攻撃部隊との組み合わせで有効な攻撃支援が期待出来るだろう。

「討伐隊にとって、この攻撃は十分な脅威になる筈だ」

作戦の効果を高める為、なるべく密集した状態で中央広場まで上がって来るよう討伐隊の進撃ルートを構築し、道中に伏兵を配置してちょくちょく襲撃させていたのだ。

「来たっ、ではトゥラサリーニ様、手筈どおりに」

『ああ、任せといてよ』

〝対の遠声〟で本部宮殿の魔王の間にいるトゥラサリーニと連絡を取り合ったマズロッドは、中央広場に入ってきた討伐隊に、蟲箱装備の変異体部隊を突撃させた。

討伐隊が中央広場に入ると、本部宮殿に繋がる左奥の階段前に魔物の集団を従えた魔王軍が陣取っており、広場の彼方此方には変異体狼や猿の集団が待機しているのが見えた。

「変異体の集団多数接近！」

「奥の部隊に投石の動き有り！」

「ここは場所が悪いな、一旦南側へ移動するぞ！」

魔王軍部隊を正面に捉えられるよう広場の外周に沿って移動を始めた討伐隊は、変異体の集団を牽制しながら退がっていく。迎撃の矢や攻撃魔術の隙間を縫って接近して来た変異体狼を、討伐隊最後尾の傭兵団が斬り伏せようとしたその時――

「なんだっ！」

「これは――蟲!?」

「蜂だ！　蜂の変異体が箱から飛び出してくるぞ！」

「気を付けろっ、刺されると麻痺毒にやられるぞ！」

肌の露出が多い者はすぐに下がって魔術の援護を要請し、厚手の装備で固めている者が前に出る。剣で叩き落とすよりも盾などで薙ぎ払った方がマシだと、盾持ちの戦士が平持ちにした盾をバタバタ振るって変異体蜂の群れを抑えに掛かる。足元から牙を剥く変異体狼には後方から槍で牽制しつつ、手すきの者が麻痺毒で倒れた者の救出に動く。

変異体蜂の群れに巻かれながら変異体狼や猿の突撃を捌くのは非常に困難で、思わぬ攻撃に討伐隊は陣形も整わないまま前衛組が激しく入れ替わった為、隊列を大きく崩された。

「よしいいぞ、このまま討伐隊の動きを封じて捕らえるんだ。使えそうな人材を選り分けて残りは始末する」

「団長──じゃなかった将軍、魔物部隊の出撃準備が整いやした」

「そのまま待機しておけ……ところで、さっきから気になっているんだが、あの黒い翼の奴はなんだ？」

「さぁ～？　新しい召喚獣の類じゃねーですかい？」

討伐隊には冒険者だと噂のやたら動きの速いゴーレムもいる。グランダール領から集められた冒険者が多い討伐隊だ。飛行系の召喚獣くらい居ても不思議ではない。

マズロッド将軍の補佐を務める副官は、混乱する討伐隊を眺めながらそう答えた。

「ふむ……」

直属精鋭部隊からの報告でも、黒い翼の存在については特に言及されていない。西通りの坂道で仕掛ける予定だった待ち伏せ作戦が逆に奇襲を受けて破られた事から、空からの偵察で事前に坂上の様子を察知されたと考えられる。進撃ルートに潜ませた伏兵による襲撃もあまり効果が無かったのは、あの黒い翼による偵察で位置がバレていたのかもしれない。

「まあ、ここまで来ればあまり意味はないか」

マズロッドは〝黒い翼〟を偵察型召喚獣の類として脅威度を低く見積もると、精鋭部隊に突入の準備をさせた。そろそろ麻痺毒にやられた者が討伐隊全体の動きを鈍らせる筈だ。

中央広場での攻防が始まって暫く経つ頃、成功したかに思われた変異体蜂を使った攻撃は、蟲の動きが大きく乱れて次第に討伐隊が持ち直し始めた。マズロッドは〝対の遠声〟で魔王に蟲の統率強化を依頼する。

「今が正念場なんです、しっかり制御してくださいよ！」

『分かってるんだけどさぁ、あの黒い羽の奴が邪魔するんだよ。あれって祈祷術でもなさそうだし、何の術なんだろう？』

「邪魔される……？　どういう意味です」

『支配が妨害されるんだよ、途中の襲撃部隊もそれで魔物達が言うこと聞かなくなっちゃってさあ』

まったく邪魔だよねーと愚痴るトゥラサリーニに対して、マズロッドは『何故もっと早くそれを言わない！』と胸中で罵りつつ、待機中の魔物部隊を出撃させるよう指示した。

「捕虜の確保は放棄するっ、魔物部隊をすぐ出撃させろ！　今すぐにだ！」

「どうしたんです？　将軍」

「あの黒い翼の奴だっ！　あれは偵察用召喚獣なんかじゃない、奴が集合意識を乱して魔王の支配を妨害しているんだ！」

マズロッドは、恐らくはグランダールの魔導技師辺りが作り出した対魔王兵器に違いない、と当たりを付けた。そして討伐隊が完全に持ち直す前に魔物の支配という魔王軍のアドバンテージを無効にしてしまう存在を早急に叩くべく、切り札を使う。

マズロッドが武装させたのは、直属の部下や突入実験に使った魔獣犬だけではない。

宮殿前広場に待機させせられていた魔物部隊が中央広場まで呼び寄せられた。角熊や魔猿を中心に編制された魔物部隊は、鎖の付いた鉄球や鉤爪系の武器を装備している。

囚人奴隷などに使う鎖部分が少し長くなった鉄球付き足枷を、投げ付けたり振り回したりして使うのだ。簡単な動作を覚えこませるだけなので、元々多少の知恵が効く角熊や魔猿はすぐに武器の扱いを覚えた。

「討伐隊の術士とあの黒い翼の奴を優先的に狙わせろ！　精鋭部隊は例のゴーレムを撃て！」

マズロッド将軍の指揮する魔王軍は、武装した魔物部隊を討伐隊の本隊に突っ込ませると同時に、精鋭部隊を冒険者ゴーレムにぶつける。これも、勝算あっての用兵であった。

変異体蜂も概ね片付き、朔耶の放つ癒しの効果もあって態勢を立て直しつつあった討伐隊は、魔王軍の動きを察知して迎撃態勢をとる。

四体の角熊に三体の魔猿。大型の魔物が武装して徒党を組むなど、普通なら絶対に有り得ない。正に『魔王の支配する街』ならではの光景と言えた。

「武装した魔物の部隊だ！」

「さっきの精鋭部隊も来たぞっ」

「なあに、こっちだって魔法の武具は使えるようになってるんだ」

「真っ向勝負なら負ける気がしねぇ」

得物《えもの》は効果的に扱えてこそ、武器としての力を発揮するというモノだ。巨漢の魔物が力任せに振り回したとしても、確かにそれ相応の破壊力は得られるであろうが、武具を使った戦闘のエキスパートである人間の戦士が繰り出す技には及ばない。

角熊が投げつける鉄球を重装備で固めた壁役の戦士が盾でガッチリ受け止め、伸びきった鎖を引き戻される前にガウィークが魔法剣〝風斬り〟で叩き斬る。

また別の角熊が放った鉄球攻撃は、ヴァロウ隊の副長ストゥアが振るう魔法剣〝崩破折り〟で直接叩き砕かれた。帝国側討伐隊の機械化連弓部隊による絶え間ない射掛けは、鉤爪を装備した魔猿の接近を許さない。

帝国とグランダールの連合討伐隊、両者の主力が連携して魔物部隊の動きを封じる。その間にまだ周囲を飛んでいる変異体蜂や蟲箱を装備した変異体狼の掃討が、冒険者グループと傭兵団によって進められていく。

時折り魔物の動きを止める呪い祓いの光と、味方の傷や疲労を回復させる精霊の癒しが降って来るので、討伐隊の戦士達は体力配分も考えず常に全力を出し切れる。

一方、魔王軍精鋭部隊と対峙する事になった複合体コウは、エイオア政府軍が密かに入手して複製していた帝国製の携帯火炎砲による一斉射攻撃を受けて転んでいた。

「ヴァウアウ『びっくりした』」

――大丈夫か？　コウ――

『このくらいなら平気だよ』

――そっか……にしても、思いっきり流出してるな、火炎砲――

肩や胸から白煙を上げながら身体を起こす複合体に再度、斉射が行われるも、突然現れた大型盾がそれらを防ぐ。ガガガガンッと大盾の表面にへこみをつけた携帯火炎砲の威力は、複合体の装甲皮膚に少なからずダメージを与えていた。

「効いてるぞ！　撃ち続けろっ」

「あの盾、どこから出したんだ……？」

「魔物部隊の動きが鈍い、ゴーレムを仕留めたら討伐隊にも仕掛けるぞ！」

「あの黒い翼の奴を先に狙うんだ！」

二隊に分かれた精鋭部隊の一隊が正面から発砲し、もう一隊はぐるりと回り込んで来るような動きを見せる。コウの側面を取りつつ朔耶を狙える位置に移動を始めたようだ。コウは正面の部隊に向かって大盾をぶん投げた。

「ヴォオヴァウヴァヴァウ！『大盾ブーメラン！』」

――いや、投げっぱなしで戻ってこないだろソレ――

戦闘中の相談役兼ツッコミ役になっている京矢から『素直にアレ使え』と指示が出る。『そのつもりだよー』と返しつつ、異次元倉庫から取り出した魔導兵器を構えたコウは、回り込んで来ていた部隊に向けて撃ち放った。

携帯火炎砲の狙いを付けていた正面の精鋭部隊員を二人ほど巻き込んだ大盾が、ドンガラドンガラガンッと喧《けたたま》しく石畳を転がる。コウの魔導兵器から派手に射出される大量の火炎玉を浴びた精鋭部隊員は、慌てて近くの瓦礫に身を隠そうとしたところで何故か雷に打たれた。

コウが振り返って見上げると、漆黒の翼を青白く帯電させた朔耶がひらひらっと手を振ってみせたので、コウもブンブンと振り返す。大盾ブーメランの直撃を免れた正面の精鋭部隊員も、プスプスと白煙を上げながら倒れ伏していた。

「か、火炎砲部隊がやられた」

「何を呆けているっ、早く武器を回収に行くんだ！　トゥラサリーニ様、魔物部隊をゴーレムの周囲に展開してくださいっ！」

傍で待機中だった残りの精鋭部隊員に檄《げき》を飛ばし、魔王に部隊の移動要請を出したマズロッドは、自らも携帯火炎砲で黒い翼に狙いをつけようとして構えた体勢で、目を瞠る。

黒い翼の向こう、遥か上空から接近する、二つの船影。

「グランダールの、魔導船……っ！」

魔導船が使えるようになったのは昨夜遅くからの筈。幾らなんでも来るのが早過ぎると戸惑うマズロッドだったが、王都から飛んで来た魔導船とは限らない事に思い至った。

グランダールの魔導船は、領内はもとより周辺国まで飛び回っていた筈なので、凶星の影響を受けた日に近くの街まで来ていた船があってもおかしくはない。

「くそっ、ここは放棄する！　宮殿前広場まで後退だ！　トゥラサリーニ様っ、魔物部隊はこちらの援護に回してください！」

『えー？　さっきゴーレムを狙うって言ったばかりじゃないかー』

「戦況が変わったんですっ、グランダールの魔導船が飛来しました！」

『ええっ！　昨日の会議で二日か三日は来ない筈だって言ってたじゃないか！』

『話が違う！』と憤慨している魔王様に、とにかく他の部隊も宮殿前広場に集結させるよう進言したマズロッドは、中央広場から本部宮殿前へと続く長い階段坂を上り始めるのだった。


ドラグーンの空に現れた魔導船は、帝国の対空火炎槍対策である装甲増加の改修がされていない標準型だった。昨夜トルトリュスを出航したこの二隻は、レイオス王子が編み出した高高度からの滑空飛行で速度を稼ぐという航法を使って逸早く到着したのだ。

物資や人員の輸送、上空からの援護という目的でとりあえず向かわせたので、武装は無い。それでも制空権を握った事には変わりなく、上からの弓や魔術による攻撃は魔王軍を押し捲った。

地上を行く討伐隊も、『これは本格的な援軍が到着すればすぐに終わってしまう』と皆が張り切って大攻勢の進撃を始め、中央広場は間も無く制圧が完了。

押し込まれた魔王軍は宮殿に立て篭もる事を決めたらしく、宮殿前広場を明け渡すと宮殿内に撤退して門を閉じた。討伐隊も大攻勢の突撃で崩れた陣形や隊列の立て直しがてら、宮殿前広場で小休止に入る。

「一気に押し込めたな」

「ああ、やはり凶星の影響が無ければこんなもんだろう」

『それにしても早い到着だったな』と頭上の魔導船を見上げるガウィーク達。視線の先では、黒い翼を広げた朔耶が魔導船の周りを珍しそうに飛び回っている。そこへ、魔王軍の火炎砲を回収していた複合体コウがズシンズシンとやって来た。

「おう、冒険者ゴーレムのお出ましか」

「コウも中々の活躍だったたな」

「ヴォウヴォウヴァウ〝みんなおつかれー〟」

「はっはっ、あの翼の嬢ちゃんのお陰で全然疲れてねーけどなっ」

ガウィークと並び立つヴァロウともすっかり旧知の仲のように話すコウは、言われて魔導船の周りを飛んでいる朔耶を見上げた。丁度、太陽が真上に差し掛かろうとしている。

魔導船の乗員と何か言葉を交わしていた朔耶が、コウ達の傍に下りて来た。

「やほーコウ君、お疲れさま。さっきは平気だった？」

「ヴァヴヴァヴァヴァウ、ヴァウヴァウ〝朔耶もおつかれー、なんともなかったよー〟」

「そっか。討伐隊の援軍も来てるって言うし、もう大丈夫そうだね」

朔耶はここで引き上げる事を告げた。ガウィーク達討伐隊は『精霊の加護』を得られたお陰でここまで大きな怪我人も出しておらず、戦力の保持も出来た事を感謝し〝戦女神・朔耶〟を労った。

魔王軍はこれから篭城戦に入るようだが、魔導船の介入によって今後続々と援軍や支援物資が届くであろう事を思えば、本部宮殿の奪還制圧も時間の問題だった。

「ここまで来ればもう、何とでもなる状態だ。凄く助かったよ、あんたもゆっくり休んでくれ」

その言葉ににっこり微笑んだ朔耶は、『それじゃあ、またね』と手を振ってこの世界から消えた。異世界に還ったらしい。来る時も唐突だが去る時も唐突で、居なくなったという実感を伴わせない見事な去りっぷりだった。

「中々さばさばした娘だったな」

「ああ、欠片もしんみりさせられないとは」

朔耶に対するヴァロウの感想に、ガウィークも苦笑交じりに同意する。二人は〝都築朔耶〟とはもう当分会える事も無いのだろうと、遠い東方の大陸オルドリアからやって来た精霊術士にして、異世界からの来訪者でもある少女に想いを馳せた。

――のだが、朔耶が去り際に残した『それじゃあ、またね』の意味をその言葉に乗った思考から正確に把握しているコウが、感傷に浸る二人に非情な事実を告げる。

「ヴァヴァウヴァアウヴァウ？　〝朔耶はお昼ごはん食べに帰っただけだよ？〟」

「……」

『やはり、只者ではない』二人の朔耶に対する見解は一致した。

20

本部宮殿前の広場で小休止中の討伐隊は、〝都築朔耶〟による精霊の加護があったお陰で疲労も少なく、まだ十分に戦える力が残っていた。

「今日中に突入出来ると思うか？」

「魔王軍の戦力次第ってところだな。向こうの魔物部隊を考えると、こっちは少数精鋭だから数がたりない」

門を固く閉ざして沈黙を守る本部宮殿を正面に睨みながら、ヴァロウとガウィークがどう攻めるべきかと話し合っている。そこへ、新たな援軍が到着した。

「グランダールの魔導船だー！」

「援軍が来たぞー！」

魔導船の第二陣。とにかく早く着けるようにと最低限の人員に荷物も殆ど空で先行した二隻と違い、今度の三隻は、二隻に人員を乗せて一隻に支援物資を積んで来た。

やって来た人員は、最初の討伐隊募集枠から漏れた人達や、凶星の影響で戦力ダウンしていた為に様子見していたグループが急募に応じて組織された援軍部隊。これにより、本部宮殿前に集結した討伐隊の規模は実質二倍にまで膨れ上がった。

実は帝国側の討伐隊編成に疑念を持っていたグランダール側による、牽制的な意味合いも持ったテコ入れでもある。

「数の問題は解決したな、指揮はどうする？　このままお前のところが執るのもいいが」

「そうだな……突入時にはもう一つ連携して動ける部隊が欲しい。頼めるか？」

突入する部隊とそれを支援する部隊とに分け、宮殿の奪還制圧に向けて連携する。突入後の略奪や魔王軍からのネコババを防ぐ為、宮殿を制圧する際にはエイオア評議会からの監査員が部隊に同行する手筈となっていた。

一気に増えた討伐隊員の再編成が行われる中、魔王軍側にとっては駄目押しともなる存在が現れる。

「なんか増えてる」

オルドリア大陸の精霊術士、異世界からの来訪者〝戦女神サクヤ〟であった。その気配に逸早く気付いたコウが朔耶の来訪を出迎えた。

「やほー朔耶、おかえりー」

「やほーコウ君。これって援軍がもう来たの？」

「うん、朔耶が帰った後ちょっとしてから」

「そうなんだ？　魔導船の人から来てるって聞いてたけど、こんなに早いとは思わなかったわ」

『流石は魔導船』と、感心している朔耶。これはもう自分の出る幕は無いかもしれないと、五隻の魔導船が浮かぶ空を見上げる朔耶に、コウはレフが知りたがっていた〝呪い祓い〟のやり方を聞いてみたりするのだった。


まだ夕刻には早い昼過ぎ。宮殿前広場で突入の準備を進めていた討伐隊に、見張り役から『魔王軍に動きあり』と警戒が呼びかけられる。

宮殿の扉が開くと、門の向こうには整列する魔物の集団。いくつかある塔の上には、周辺の森から呼び寄せられたらしい魔物鳥が集まっている。

魔王軍の精鋭部隊は見当たらない。昼前の戦いで打ち止めになったのか、或いは別働隊として動いているのかは不明。魔物部隊はいずれも武装しているようだ。

魔王軍による転移装置の利用など、あらゆる可能性を考慮する討伐隊は全方位に対応出来る布陣を敷く。討伐隊の頭上に浮かぶ魔導船も、武装した三隻がそれぞれ舳先を外に向けた円陣を組んで三方をカバーし合い、魔王軍の攻撃に備えた。魔導船の円陣の中心には、漆黒の翼を広げた戦女神の姿がある。

非戦闘員は非武装の魔導船二隻に乗せて少し離れた場所に退避させてあるので、討伐隊は攻撃に集中出来る。

やがて宮殿の門が開かれ、魔物部隊が一斉に突撃を始めた。迎え撃つ討伐隊。

ヴァロウの指揮する突入部隊とガウィークの指揮する支援部隊は二手に分かれながら、門前を包囲するように移動。中央は魔導船と朔耶に任せられた。正面から呪い祓いの光が放たれて動きの止まった魔物の集団に、左右からの攻撃が仕掛けられる。

「このまま門前まで押し込むんだ！　上からの攻撃にも注意しろ！」

「角熊の突進は無理に抑えようとするな！　逃げ出す奴はこの際放っておけ！」

乱戦の中で魔王の支配から外れた魔物達は、生き延びる為にその力を振るう。自らの意思で必死に暴れると野生の本能じみた動きも混じるので、単体としての戦闘能力は魔王の支配を受けている状態の時と比べて余程手強い。

離脱後にまた支配されて戻ってくる危険もあるが、背後からの急襲にもしっかり備えているので問題ない。逃げ出す魔物で仕留め難いモノはそのまま逃がし、敵戦力を削る事を重視する。

上空から投石攻撃を行っていた魔物鳥も、呪い祓いの効果で魔王の支配から逃れたモノは集合意識の届かない高さまで上昇すると、そのままドラグーンから離れて行く。

空の安全が確保された事で、魔導船から放たれていた対空攻撃魔術は攻撃目標を地上へと移し、航空支援を得た地上の討伐隊はますます勢い付いた。門の内側を埋め尽くしていた魔物も疎《まば》らになり、十分に数が減ったところで突入のタイミングが計られる。

「よし、頃合いか。コウ！　ヴァロウ達の突入を支援してやってくれ！」

「ヴァウヴァウ〝りょーかーい〟」

宮殿の扉をぶち破る役を任せられたコウは魔導槌を片手に門を潜ると、正面の大きな扉に向かって歩き出した。まだ周囲には魔物部隊が残っているが、ガウィークの指揮する突入支援部隊が牽制してコウへの攻撃を逸らしている。

そのすぐ傍では、ヴァロウの指揮する部隊が突入の準備を整えていた。


大きな鉄槌を構えたゴーレムが迫る。討伐隊に突入されるのはもはや時間の問題となった宮殿内部では、最後の仕上げを整え終えたマズロッドが、残った少数の部下と共にその時を待っていた。

宮殿に入ってすぐのホールには多くの元宮殿職員や使用人、攫われて来た街の住民など、魔王の支配下で奴隷として働かされていた人々が集められている。

彼等の枷は外されており、扉が破られた際にはそのまま脱出して討伐隊に保護を求めるよう伝えられていた。やがて、ガスンッという鈍い音と共に扉が歪み、尖った金属の塊が中央辺りに生えた。

「扉がっ、破れるぞ！」

「外に出られる！」

暫くメキメキと軋《きし》んでいた正面扉は遂に破壊され、まだ門前で続いている戦いの喧騒が宮殿内にも響き渡る。扉を破ったゴーレムが自分の身長よりも大きい正面扉の片側を抱え上げると、『よっこらしょ』と壁に立て掛けた。

歓声を上げてその脇を通り抜け、次々に外へと脱出を図る宮殿内に囚われていた人々は、広場に展開する討伐隊に助けを求めた。


コウが突入路を確保しようと扉の残骸を脇に除けると、宮殿内からは使用人や一般民らしき人々がわらわらと走り出て来ては、討伐隊に保護を求めた。囚われていた人達の脱出の波で、突入が阻まれてしまう。

「おいおいおいっ、これじゃ突っ込めねぇよ！」

「一先ず待て。コウ！　脱出組の調査を頼む」

「ヴァウヴァウ〝はーい〟」

脱出してきた人達の中に魔王軍関係者や魔王本人が混じっていたりしないかを、コウの敵味方判別審査で調べる。その間、戦闘に巻き込まれないよう彼等を一旦安全な場所へ避難させる為、ヴァロウ達の突入は一時見合わせる事になった。

「後方の魔導船に回収して貰おう」

「それが妥当だな、仕切り直しだ」

討伐隊がぐるりと囲んで、脱出してきた人々を護る形を取りつつ監視。避難用になっている魔導船に乗る為の列を形成させ、列の先頭では一人ずつ身元確認が行われる。その傍に立つコウが証言の真偽を確かめるのだ。

「あたしも手伝おっか？」

「ああ、アンタもコウと同じ事が出来るんだったな。是非頼む」

審査に朔耶も加わり、脱出して来た人々の魔導船への避難はよりスムーズに行われていった。

「ヴァウ『あれ？』」

ふと、コウは宮殿の方に視線を向ける。開きっ放しになっている門の近くに、揺らめく魔力の流れを見つけた。既に何度か見た事がある魔力の塊。影術士の使う〝隠行術〟だ。

「ん？　コウ君、どうしたの？」

「ヴァウヴァヴォアウ〝ちょっとココ頼むね〟」

避難民の審査を朔耶に任せたコウは、揺らめく魔力の流れが進む方向の更に先を目指してズシンズシンと歩き出した。

宮殿の倉庫から持ち出した簡易結界を作る魔導具で、隠行術のように姿を消して移動するマズロッド達。狙い通り、討伐隊は避難民の保護に人手と時間を取られて突入が遅れているようだ。

避難民の列から離れたゴーレムがこちらに向かって歩いてくるが、マズロッド達に気付いた様子は無い。宮殿を囲む塀壁の所までやってくると、何やらごそごそと作業を始めた。正面扉からの突入が遅れた討伐隊が、魔王軍による待ち伏せを警戒して別の突入口を作るべく、壁の破壊にでも来たのかもしれない。

『よし、我々には気付いていないようだ。今の内に通り抜けるぞ』

〝対の遠声〟で指示を出したマズロッドは足音を立てないよう気を配りながら、迅速にゴーレムの背後を通り抜けようとした。その瞬間――

ブオンッ　ゴインッ

「――ぶぎゃっ！」

いきなり振り返って腕を薙ぎ払って来たゴーレムの一撃で隠行術が解け、殴り飛ばされた勢いで後ろの壁に叩きつけられたマズロッドは、蛙が潰れたような悲鳴をあげて倒れ込んだ。

「ヴァ『あ』」

――あ――

コウと京矢が思わず声を重ねる。隠行術の中から漏れ伝わる意識を拾い、魔王側の人間である事を確認して結界を薙ぎ払ってみたら手応えあり。壁に叩き付けられて倒れた人物はマズロッドだった。

殴り飛ばされた拍子に散らばった荷物を見れば、鞄いっぱいに詰め込まれた硬貨や宝石、装飾品の類。どう見ても戦いに来た姿ではない。

――もしかして、逃げ出そうとしてたんじゃないか？――

『そうみたい』

マズロッドが倒れて戸惑う様子が窺える残りの隠行術の影は、次の瞬間一斉に散らばって逃走を図ろうとする。

「ヴァヴァヴァウヴァアウ！〝朔耶てつだってっ！〟」

「ほいきた」

コウからの要請を受けた朔耶は、先程コウが離れた際に意識の糸による索敵でこの集団を見つけていたらしく、意識の糸を絡めつつ電撃を発現。姿を隠していた者達は煙を上げながら次々に姿を現した。それをコウが順次、殴り、薙ぎ、張り倒す。すぐに討伐隊から人が駆けつけ、転がっている魔王軍の、恐らくは精鋭部隊であろうマズロッドの部下達を拘束していく。

「おお、コイツ等が使ってた影行術って〝呪術士のアミュレット〟じゃねえか」

「良く見つけてくれたな、コウ」

祈祷士のアミュレットと同様に高価な呪術品であるアミュレットを、ヴァロウが目聡《めざと》く見つける。すぐにエイオア評議会の監査員がやって来ると、他の金銀財宝共々宮殿の備品として回収して行った。『一個くらいくれてもいいのになぁ』とヴァロウは愚痴っている。

「他に隠れて動いてる奴はいないか？」

「ヴァヴァウヴォアヴァウ〝今のところはいないみたい〟」

門前に残っていた魔物部隊の残党は四散し、魔王軍の主力と思われるマズロッド将軍と精鋭部隊も捕らえた。残るは宮殿の大会議場に立て篭もっているらしい魔王トゥラサリーニのみ。魔王討伐の決着に向けて突入が急がれる。

宮殿の大会議場、『魔王の間』にて支配の呪根と繋がっている魔王トゥラサリーニ。塔の外壁に張り付かせている偵察用の魔物視点から外の様子を窺っていたトゥラサリーニは、討伐隊に拘束されたマズロッド将軍の姿を見つけて呻く。

「ああっ、アイツなに捕まってるんだよぉ！　援軍を呼んで来るって言ったのにっ」

討伐隊は大半が金で雇われた傭兵で構成されているので、こちらも金で傭兵を雇えば対抗出来る。たとえ魔王軍に味方した事で近隣国から睨まれる事になるとしても、その後もずっと魔王の国が専属で重用する事を約束すれば、こちらに付く者は必ず居る筈だ――

そう言って宝物庫の開放を求めたマズロッド将軍の策に乗ったのだが、この有り様だ。

「やっぱりアイツ、策略の才能はイマイチだな。しょうがない、魔物達を使って助けてやるか」

まだドラグーン内に残っている魔物を呼び集め、マズロッド将軍と精鋭部隊の救出に向かわせようとするトゥラサリーニだったが、例の黒い翼の少女が放つ光のせいで統率が上手くいかない。

トゥラサリーニもそれなりに戦術を駆使して部隊を動かす事は出来るので、闇雲に突っ込ませても無駄に戦力を削がれるだけだという事は理解している。しかし、攻撃させようと討伐隊に寄せると、途端にあの光で邪魔をされてしまう。

「ああもう！　なんなんだよアイツ！」

　塔の上から宮殿前広場を見下ろす視点で魔物部隊を動かしていたトゥラサリーニは、広場全体の動きも把握している。回り込ませたり多数の部隊に分けて波状攻撃を仕掛けたりと多彩な戦術で挑んだが、あの光が届く範囲に入った途端に魔物の動きが止まる。これでは闇雲に突っ込ませているのと変わりなく、作戦の意味が無かった。そうして気が付けば、配下の魔物は全滅していた。

「あれ？　あれ……？　もう街には居ないのか？　近くの森からは――……一番近い奴でも半日は掛かるじゃないかっ」

　ドラグーンに残った魔物は、宮殿の塔外壁に張り付いている偵察用の目玉お化けだけだ。その目玉視点からは、当初の二倍近い数に膨れ上がっている討伐隊と、こちらに舳先を向ける三隻の魔導船。その後方に陣取る二隻の魔導船が見える。

　やたら動きの速いゴーレムを先頭に討伐隊は突入の準備を進め、その頭上には正体不明の黒い翼の少女が浮かんでいる。

「なんだよこれ……おかしいよ……おかしいじゃないか！　なんで今更っ……！」

　こんなに簡単に魔物の軍勢を蹴散らせるのなら、何故初めからそうしなかったのか。どうしてドラグーンは、あの日あんなにもあっさり自分の手で陥落出来たのか。

　胸の奥から這い上がって来る恐怖と混乱に、魔王は癇癪を起こして怨嗟の言葉を喚き散らす。

「いやだ……」

凶星の影響がそこまで大きかったという事を今更ながら実感するも、既にあの星は空のどこにも無く、世界の姿は元に戻った。支配の呪根が見せる現実は、『魔王討伐』を叫んで自分を殺しに来る数十人の刺客。ソレに対抗しうる配下の魔物や部下はもう居ない。

世界の支配者気分から一転、追い詰められた罪人として目前に迫る破滅に恐怖したトゥラサリーニは、唯一の逃げ場所となった〝支配の呪根〟の作り出す思念帯への精神接続深度を深めていく。

「嫌だ嫌だ！　束縛されるのは嫌だ！　死罪になるのも嫌だ！」

現実逃避からただひたすら、接続深度を深めていったトゥラサリーニの精神境界線が、遂に限界を超える。精神と肉体を結び付けていた魂が精神に引き摺られるように、深く繋がった思念帯へと流れ出てしまった。まるで古の〝ダンジョンコーディネーター〟と同じように。

だが、魂の収拾が目的だった〝生命の門〟の暴走によって魂の取り込み口である思念帯に己が魂を逆流させてしまった前例と違い、〝支配の呪根〟は元から思念帯に接続者の精神を乗せる装置であった事が、結果を変えた。

突入を目前にして士気を高める討伐隊だったが、突然、宮殿周辺に奇妙な気配が溢れた。まるで街中の集合意識が寄り集まるかのように凝縮していく魔力の流れが風を発生させる。宮殿を包み込む渦巻く黒い霧となった魔力が、突如人の形の影を象《かたど》った。

「なんだありゃあ？」

「気を付けろ、また魔王が何か仕掛けてくるのかもしれん」

揺らめく人影の頭部に、顔のような模様が浮かび上がる。宮殿を越える高さの巨大なそれは、子供向けの本で魔王を表す抽象的な挿絵にも似た姿を浮かび上がらせた。

――辺り一帯にトゥラサリーニの声が響く。

『ア……アハハハハ……ヤッタ、ヤッタゾ……ジユウダ！　ジユウヲテニイレタゾ！』

〝生命の門〟の失敗を考慮して作られた〝支配の呪根〟は、暴走による逆流ではなく、思念帯との接続深度が極まった事による魂の移動――〝スピリット・マイグレーション〟を起こした。肉体を棄てたトゥラサリーニは、自身の存在を思念体に昇華させたのだった。

言わばコウと同じような精神体の状態になったのだが、その状態を維持しているのは〝支配の呪根〟なので、装置に縛られている状態。装置からは離れられないし、装置が止まれば思念体としての存在を維持出来なくなる。

ならば装置に何人たりとも近付けさせないようにすれば、装置が稼動している限り自分は永遠に生きられる――トゥラサリーニがそう考えた瞬間、魔王の影を中心に魔力が爆《は》ぜた。暴風の如く吹き荒れる衝撃波が宮殿周辺の建物を薙ぎ倒し、宮殿前広場に陣取っていた討伐隊も吹き飛ばす。

咄嗟に魔法障壁の範囲を広げた朔耶が、皆を護ろうと急降下して前に出る。朔耶の近くにいた者は無事だったが、魔法障壁の範囲外にいた者は衝撃波の直撃を受けて広場の外まで吹き飛ばされた。

最前列にいながら自力で踏ん張っているコウも、衝撃波に押されて石畳の上を滑るようにジリジリと後退する。

上空でも衝撃波に煽られた魔導船が姿勢を保とうと魔導機関を唸らせ、ふらふらと揺れながらもどうにか墜落は免れていた。

後方にいた避難用の魔導船は衝撃波の範囲外で巻き込まれずに済んだが、安全を期して高度を落としながら更に後方へと下がって行く。

「くあっ、みんな無事か！」

「メンバーが何人か飛ばされたっ」

「ちぃっ……ガウィーク隊！　そっちは無事か!?」

「各自状況を報告しろ！」

「レフちゃんがとばされた～～！」

「ディス！　カレンと一緒に探しに行ってやれ！　ダイドも行け！」

既に走り出しているカレンの後を追って行くダイドとディス。ヴァロウ隊の方も飛ばされたメンバーの救出にストゥア達が動いている。他の傭兵団や冒険者グループも軒並み混乱状態にあった。

「重傷者はサクヤ殿の下へ運べ！」

「対魔術装備の無い者は後方へ！」

比較的被害の少なかった宮殿前広場の外周の一角では、朔耶が精霊の癒しによる治癒を始めた。

自主的に怪我人の運搬を引き受けた帝国側の討伐隊員達によって、傷の深い者が続々と運び込まれていく。

「一旦下がって態勢を立て直す、全隊広場外周まで下がれ！　後退だ！」

「おい見ろよ、影が安定してきたぞ」

宮殿を包み込むように揺らめきながら浮かび上がっていた抽象的な魔王の影は、徐々にはっきりと人の姿を象っていく。ボンヤリとした光が寄り集まって出来た、巨大な亡霊のようにも見える人影。〝凶星の魔王〟、呪術士トゥラサリーニの新たな姿であった。

「幻影にしちゃあ大層な気配だな」

「さっきのありゃ魔術か？」

「だとしたら、魔術士何人分の大魔法だったのやら……或いは、どんな高価な魔導具を使ったのか」

「魔王は余程俺達を宮殿に入れたくないらしい。まあ、最後の足掻《あが》きってとこだろ」

あれ程の大魔術などそう連発出来るものでは無い筈と見たガウィーク達は、態勢が整い次第一気に突入し、トゥラサリーニの身柄を抑えるなり仕留めるなりして終わらせようと覚悟を決める。

「目指すは〝支配の呪根〟が置いてある大会議場、寄り道は無しだ。コウ！　先陣を頼むぞ」

「ヴァウヴァウ〝はーい〟」

「魔導船が突入の援護に回ってくれるみたいだな」

既に姿勢を安定させた魔導船が、突入部隊の突撃に合わせて上空からの援護態勢に入っている。先程の衝撃波で負傷して何人か外れてしまった突入部隊員も速やかに補充されて再編制。全ての準備が整い、今度こそ本部宮殿への突入が開始された。

「全隊突撃！」

「いくぜぇーー！」

『うおおおっ』と雄叫びを上げながら突撃を始める突入部隊。その先陣を、魔導槌を構えたコウが駆けて行く――が、突然コウの意識に朔耶の警告が飛びこんでくる。

――駄目！　それ以上進んだら危険よっ、コウ君、みんなを止めて！――

同時に、辺り一帯から不穏な魔力を感じ取る。これは朔耶の〝意識の糸〟による対話によって、情報が感覚を伴いながら直接流れ込んできた状態だった。咄嗟に急停止したコウは振り返って両腕を広げると、突入部隊の皆に通せん坊をする。

「どうしたコウ！」

「まさか、乗っ取られたかっ？」

「ヴァヴァアウヴァヴォヴァアヴァアヴァアヴァ――〝みんな危ないから戻れって朔耶が――〟」

その時、空間一帯に先程も聞こえたトゥラサリーニの声が響き渡った。宮殿から生えるような姿で浮かぶトゥラサリーニの影の胸元に、仄暗い光を携えた柱のようなモノが灰色の膜に包まれながら昇って行く。

『ハハハハ……！　ワタシハジユウダ！　ワタシハシハイシャダ！　ワタシハマオウダ！』

魔術に詳しい者はそれが強力な結界である事を感じ取る。後方の避難船からトゥラサリーニの影を観察していたリンドーラは、灰色の膜の中で光を放っている柱の正体に気付いた。

「あれは……〝生命の門〟？　――まさか、〝支配の呪根〟！」

次の瞬間、魔王の影を中心に魔力の波動が広がって行き、宮殿の周囲が隆起し始めたかと思うと、地面から無数の棘《とげ》のような鋭い石柱が飛び出した。

「どわーーーっ」

「なんだこりゃ！」

「下がれっ、下がれーー！」

石の棘柱《とげばしら》は魔力の波動に乗って範囲を広げており、コウに足止めされていた突入部隊は全力で後退したお陰で何とか、足元からの串刺し攻撃を躱す事が出来た。

呪術系の攻撃魔術には対象の足元の土を魔力で隆起させて攻撃する術がある。しかしおよそ二ルウカ近い棘柱が宮殿の周囲一帯を埋め尽くすような規模のモノは、エイオア魔術図書館の大規模魔術録にも記録されていない。

「……っ、コウ！　無事か!?」

「ヴァイヴァヴァウ〝なんとかー〟」

全力後退の殿《しんがり》を務めて棘柱の範囲内に呑み込まれたコウだったが、複合体の装甲皮膚は棘柱を通さず、多少のダメージは受けたものの特に問題ないレベルに抑えられた。棘柱を叩き砕きながら、コウも広場の外周まで帰還する。

軽く自分達の背丈を越える棘柱で埋め尽くされた広場を前に立ち尽くす討伐隊。コウが叩き砕いた場所からは、また新たな棘柱が生えている。そこへ、リンドーラからの緊急情報が伝えられた。

「あの灰色に光ってる部分が〝支配の呪根〟だっていうのか？」

「つまり、アレを壊せば魔王は力を失うって事か。しかし、なんだってあんな場所に……」

魔王の影の中で、灰色に光る膜に包まれた呪術装置。魔王の力の源、〝支配の呪根〟。地上からは棘柱に阻まれて近付けないが、討伐隊側には魔導船がある。リンドーラの情報を受けた魔導船が、宮殿の上空に浮かぶ〝支配の呪根〟の破壊に乗り出した。

「ヴァヴァウヴァウヴァウ〝なんかねー、あの大きいのが魔王の本体だって朔耶は言ってるよ〟」

「そういや嬢ちゃんが危険を報せてくれたんだったな。あの幻影が本体ってどういう事だ？」

「……限りなく幻影に近い実体」

ヴァロウの問いに答えたのは、復帰して戦列に戻ったレフだった。

「レフ、もう大丈夫なのか？」

気遣うガウィークに、レフはこくりと頷く。衝撃波に飛ばされて瓦礫に突っ込み、負傷した彼女だったが、精霊の癒しを受けてすぐに回復。魔王の影が現れる際に起きた魔力の流れが気になったので解析していたらしい。

今ははっきりとトゥラサリーニの姿を象っている魔王の影は、ドラグーンを覆っていた集合意識が集束して形を持ったモノだと彼女は言う。

「……まるで精神体」

「ヴァヴァウヴォウ？　〝ボクみたいな状態ってこと？〟」

その時、辺りに大砲の轟音が響き渡った。魔導船による攻撃が始まったのだ。攻城戦に使う事も想定された魔導船には、大型魔導砲を改良小型化したものが搭載されている。

普段の戦闘の役割は対地上攻撃が殆どなのであまり出番の無い兵器だが、ここぞとばかりに魔王の影に向けて撃ち込まれた。

「うおっ、こりゃすげえ！」

魔王の影の胸元に浮かぶ灰色の結界に火炎系魔術弾が直撃。次々に着弾しては爆発を起こすも、支配の呪根を包む結界の膜はびくともしない。

もっと寄せて狙い撃ちにしようと、三隻の魔導船は魔王の影との距離を詰めていく。その時、上空にある魔導船の甲板からでも見上げる程に巨大な魔王の影が、両手を広げるような動きを見せた。

『──チヨリハイデルハイカヅチノヘビ・ソコニアルモノヲカラメトラン──』

魔王による呪術の詠唱が紡がれると、広場を埋め尽くす棘柱が帯電をはじめ、なんと空に向かって赤黒い稲妻が伸びた。まるで鞭で薙ぎ払うかの如く、稲妻でできた無数の大蛇がうねり暴れる。

これも攻撃系呪術にあるモノの一種だが、やはり規模が違った。

この世のものとは思えない凄まじい光景に呆然とする討伐隊の面々。思わず後退りしながら見上げる彼等の視線の先では、稲妻の大蛇に襲われた魔導船が魔導機関をやられたらしく、浮力の放射口がある船体脇から炎を噴き出しながら墜落していく。

「姿勢制御！」

「駄目だ！　魔導機関が完全に焼きついてる！」

「緊急回避装置を使え！」

魔導船の乗組員は最悪でも棘柱の上に落ちるのだけは避けようと、緊急回避用の内燃魔導器を使って棘柱の範囲外まで軌道をずらし、広場の外周まで逃れて瓦礫の山に突っ込んだ。

すぐに討伐隊から救出部隊が駆けつける。

『アハハハハハハ――アーー・タノシイ！』

限りなく幻影に近い実体とレフが解析し、朔耶は魔王の本体であると指摘した巨大な影――魔導船の砲撃を受けても全く怯まず、明確に意思を持って桁違いの呪術攻撃を放って来る〝凶星の魔王〟トゥラサリーニ。

「魔導船が……墜とされちまった」

「あんなもんと、どうやって戦えばいいいんだ……」

〝支配の呪根〟を破壊すれば、この魔王討伐は終わる筈だった。しかし今は強力な結界障壁に阻まれて攻撃は届かず、フラキウル大陸の中でも最強の戦力ともいえる魔導船が、為す術も無く三隻とも墜とされた。

冒険者協会が認定した〝本物の魔王〟。そのあまりに強大な力と存在を実感し、討伐隊は戦意喪失寸前に陥る。その時、討伐隊の後方に天を衝くような稲妻柱が生えた。

魔王の攻撃かと身構える討伐隊の面々が見たものは、青白く発光する翼の下に黒い翼を生やした朔耶の姿。振り上げた腕の先には大人の身の丈の三倍はありそうな巨大な雷球を作り出し、そこから伸びる稲妻柱を振り被っている。

「どりゃーーっ」

朔耶がその稲妻柱で魔王の影に斬りかかる姿に、『味方《こっち》にもとんでもないのがいた』と皆が表情を引き攣らせる。稲妻柱が魔王の影を薙ぎながら灰色の膜に叩き付けられると、凄まじい轟音と共に発生した衝撃波が広場を埋め尽くす棘柱を薙ぎ払っていく。そうして綺麗に刈り取られた広場の棘柱は、また新たにザクザクと生えてきた。

「こりゃダメだわ」

稲妻柱の一撃は魔王が放った強力な衝撃波で散らされたらしく、灰色に光る膜にも然《さ》したる効果は無かったと、朔耶はお手上げを示す。あれで駄目なのかと愕然たる思いも露に、もはや現状で打つ手が無くなった討伐隊は、撤退も止む無しかという声が囁かれ始めた。

これほどの怪物であった事が明らかになった以上、魔王討伐は国家規模で総力を挙げて行われるべきだろう、と。しかし――

「ん〜、でもあれ二、三日もあれば動き出しそう、ってあたしの精霊が言ってるのよねー」

「動き出す？」

今はこの場で影を形成するに留まっているが、魔王が今の身体に慣れれば、自由に移動出来るようになるだろうとの事。こんな怪物が、フラキウルの大地を徘徊するようになるのだ。

「そいつは……ヤバイな」

「今の内に倒しておかなきゃイカンって事か」

これはもう武勲や名声が云々と言っていられないと判断したガウィーク達は、朔耶に魔王討伐の協力を要請した。討伐隊の手柄の為にと抑えていた力を、存分に振るって貰いたいと頭を下げる。

「手前勝手ですまないが、頼めるか？」

「うん。あたしとしても、こんな危ないの放置して帰る訳にもいかないし」

放っておけばいずれオルドリア大陸にも被害が及ぶであろう事は予想出来る。朔耶は、魔王の討伐に対して本格的に参戦する意向を示した。さしあたり、問題はいかにして強力な結界に護られている〝支配の呪根〟を破壊するかであった。

朔耶の話では、魔法障壁をぶつけて力ずくで破るという手が使えなくはないが、それをやると恐らく本部宮殿も倒壊するという。傍で話を聞いていたエイオア評議会の監査員が『それは困る』と別の方法を希望した。

「あんな化け物を相手にするんだぜ？　この際宮殿の一つや二つくれちまえよ」

「そんな訳にいくものかっ、本部宮殿には貴重な鉱石資材やあらゆる魔術式が組み込まれているんだぞ！」

ヴァロウの言葉に、監査員はとんでもないと反論する。通路の壁や床一つとっても、魔力が通り易い鉱石と術を安定させる配列、劣化を抑える呪文の組み込みなど、色々な細かい工夫が凝らされている。ただ建てて強化しただけの建物ではないのだ。

だからこそ、魔王の影である集合意識の集束が容易に行われたのかもしれない。

「宮殿への被害をなるべく抑えながら、〝支配の呪根〟を破壊して貰いたい」

エイオア評議会の監査員はそこだけは譲れないと念を押す。

「全く、無茶を言ってくれる……」

「あの結界さえ何とか出来りゃあ、魔導船の砲撃でも砕けてたろうにな」

ぼやくガウィークをフォローするように、ヴァロウが魔王の影を見上げながら言うと、彼等と向かい合う朔耶が訊ねる。

「なにか良い方法は？」

「コウの結界破りはどうだ？」

ガウィークは、とりあえず現状でもっとも無難な案を出す。だが、結界破りを使うにしても、今現在〝支配の呪根〟は本部宮殿よりも高い空中に浮かんでいるので、まずそこに到達しなければ話にならない。コウをあそこまで運ぶ事が出来ればと輸送手段を考える。

「少年型でなら、嬢ちゃんが運んで行けねぇかな？」

「……それは危険」

ヴァロウの案には、レフが反対した。魔力の塊である少年型召喚獣の身体で、集合意識の塊でもある魔王の影に触れるのは危険だという。レフの意見には朔耶も同意らしい。朔耶の使役している精霊がその危険性を示唆しているのだとか。

更に〝支配の呪根〟を包んでいる結界は通常の設置型の結界と違って、魔法障壁のように常に張り続けられている為、結界破りで穴を開けてもすぐまた塞がってしまう。結界を破りながら同時に〝支配の呪根〟も攻撃出来なくては、破壊は難しい。

「ヴァ、ヴァウヴァヴォヴァヴァヴ〝あ、それならボク、結界は素通り出来るよ？〟」

丈夫さに定評のある『結界金庫』の結界をも素通り出来るコウなら、精神体を潜り込ませて直接〝支配の呪根〟を操作する事で破壊するという手がある。それにもやはり、どうやってコウをあの場所まで運ぶのかが問題であった。

魔王の影の近く、宮殿前広場の上空は魔導船も撃墜される危険地帯。朔耶の加護を受けた複合体でなら魔王の攻撃にも耐えられそうではあるが、流石に複合体は朔耶にも重くて持ち上げられない。

「虫や小動物じゃあ無理か」

「ヴァウヴァウオヴ〝たぶん、結界に触った瞬間死んじゃう〟」

魔王もそう易々と結界に触れさせてくれるとは思えない。朔耶の魔法障壁に護られている間は良いとして、結界の中に精神体を潜り込ませるにはどうしても直接触れなければならず、結界表面に害のある波動でも流されれば、小さな生き物はひと溜まりも無い。

朔耶に護られながら少年型で近づき、そこで複合体に乗り換えるのはどうかという案が上がる。しかし複合体を異次元倉庫から出した瞬間に落下し始めるので、動き出す頃にはもう手が届かないところまで落ちてしまう。

「足場が無きゃ、どうにもならんか……」

ガウィークのその呟きに、『閃いた！』と手を打つ朔耶。

「ちょっと待ってて、すぐ戻るから」

そう言って朔耶は唐突に姿を消した。

実質的に護りの要となっていた戦女神が席を外してしまった為、討伐隊はとりあえず魔王の影の攻撃が届かないであろう安全な場所、広場の隅辺りまで撤退して様子を見る事にした。

魔王の影はまだこれといって大きな変化は見せていないが、あと数日であの巨大な影が自由に動き回るようになるという。魔物を従えながら街を襲う巨大な魔王の影――そんな光景を想像した誰かが『この世の終わりか』と呻く。

監査員はアルメッセの評議会本部と連絡を取り合い、どの程度までなら宮殿に被害が出る事を容認出来るかのお伺いを立てている。先程は宮殿の建物に被害を出さないよう強く求めていた彼だったが、現在の戦力ではどうしようもないとなれば、後方で待機している避難用魔導船にて全員撤退という事態もあり得る状況だと理解していた。

ヴァロウの言葉ではないが、この際、魔王を倒す為なら宮殿の一つや二つ犠牲にする事も厭わない考えは持っているようだ。

冒険者協会からも頻繁に問い合わせが来ているらしく、避難船周辺では戦闘面以外での討伐隊のサポートに来た支援要員達が、先に保護した避難民を脱出させるべきか話し合っている。

もうすぐ赤み掛かった西日が射し込む時刻。付近の森から新たに魔物部隊を呼び寄せられる危険も考えると、このまま何も手を打たず夜を迎えるのは避けたい。しかし、迂闊に近付けず手をこまねいているのが現状だった。

宮殿前広場の端まで下がった討伐隊の最前列から、更に前へ出たところで複合体コウは魔導槌片手に一人佇み、魔王を見上げている。

それはまるで、絵本に出てくる『魔王に立ち向かう勇者』を描いた一枚の絵のような光景だった。

『結局マズローさんは殴っちゃったねー』

――もっと思い切り狙って殴っても良かったけどな――

『それだと頭がなくなっちゃうよ？』

――あーそれは困るな――

当の本人《コウ》は、もう一人の自分《キョウヤ》と雑談していた。ちなみにマズロッドは帝国が身柄を引き取る事になっている。

バッフェムト独立解放軍の首謀者として、マーハティーニの前国王レイバドリエードと内通していた容疑も絡めて、旧国王派残党の処理や現国王ディードルバードの地盤固めに使うのだ。

　また、バッフェムト自由漁業組合となったフロウ達の安全を確定する目的でも、スケープゴートにする。これらの政策にはやはりルッカブルク卿が噛んでいる。


　それから暫くして、討伐隊が陣取る広場の端に、突如濃厚で強大な魔力の気配が溢れた。視覚的に魔力の集まる場所を見分ける事が出来るコウは、すぐに来訪者《サクヤ》の帰還だと気付く。

「ヴォヴァウヴァウ〝朔耶おかえりー〟」

「ただいまコウ君、みんなお待たせーっ」

　今この場所がフラキウル大陸の中でも相当な危険地帯である事を忘れさせるような元気な声と共に、朔耶が戻って来た。何やら全身黒尽《くろず》くめで黒いマントを羽織った、黒髪の若い男を連れて。

「おお、戻ったか」

「何かいい方法は見つかったかい、嬢ちゃん」

「うん！　〝魔王〟に対抗する為に〝邪神〟を呼んで来ましたっ」

「あ、ども、田神悠介《たがみゆうすけ》です。カルツィオで邪神やらせて貰ってます」

　朔耶に『この人ですっ』と紹介された腰の低そうな黒尽くめの若者が、どうもどうもと頭を掻きながら挨拶する。コウの視点からだと、朔耶の姿は魔力の光を纏っているように見えるのだが、この黒い若者は身体の内側から魔力が光っているように見えた。

「じゃ、邪神……？」

ガウィークやヴァロウをはじめ、普通の人間からはごく普通の若者にしか見えない邪神と呼ばれた『タガミユースケ』を名乗る存在に、討伐隊の面々は揃って小首を傾げるのだった。

21

冒険者ゴーレムとして知られる『複合体コウ』。オルドリア大陸から来た精霊術士にして異世界からの来訪者『戦女神サクヤ』。そして、その戦女神が更なる異世界から連れて来たという黒尽くめの青年『邪神ユースケ』。

棘柱に埋め尽くされた宮殿前広場で魔王の影を見上げながら何やら相談している三人。その姿を、外周付近で待機する討伐隊は静かに見守る。これからどんな事が起きるのか、期待と不安で冒険者魂を擽《くすぐ》られている者もいた。

「足場作れない？　もしくは丈夫な飛行機械」

悠介に状況を掻い摘んで説明した朔耶は、複合体コウをあの光っている装置の場所まで届くようにして欲しいと要請する。ふむ、と頷いた悠介はスッと指を翳して光の枠を出現させると、『街の状態を調べてみる』と言って枠の中に浮かぶ図形を弄り始めた。

何だろう？　と覗き込むコウ。意識の奥から京矢のずっこけるような気配が伝わって来た。

『どうしたの？』

――ちょっと待て！　それって〝創造世界《クリエイティブワールド》〟のメニュー画面じゃないか!?――

京矢の突っ込みから、コウは該当する記憶情報を読み取る。どうやら元いた世界に存在するテレビゲームの事らしい。

京矢もプレイした事があると言うそのゲームは、オーソドックスな冒険活劇的な内容のＲＰＧ《ロールプレイングゲーム》。キャラクターを成長させて楽しむ他に、アイテムを自由にカスタマイズ出来る一風変わったシステムが売りだが、折角のシステムを活かせないバランス調整の失敗で、多くのユーザーから『クソゲー』の認定を受けているという。

『これゲームの画面なのかー』

コウは光の枠を覗き込みながら、その中に映し出されている文字や数字、映像を読み取ってみる。枠内にはこの宮殿前広場一帯が映し出されているようだ。悠介は指でそれらの映像を動かしたり画面内に浮かぶ文字ボタンを操作したりしている。

コウは京矢の記憶知識を参考にその内容を把握した。悠介は今、この広場一帯を『マップアイテム』として自身の能力の干渉範囲に取り込んでいるようだ。

「解析終了～」

「どんな感じ？」

「この辺は全部基礎に石が敷かれてるみたいだから、これなら足場は何とかなるよ」

悠介は、周囲の瓦礫も利用すれば、宮殿の屋根から空中に浮かぶ灰色の結界まで届く足場を作れるという。しかし、材料の面からみてそれ程大きな足場は無理なので、目標の真下辺りからピンポイントで伸ばす必要があるらしい。

宮殿の近くまで行けば微調整もスムーズに行えるが、なにせ危険過ぎる魔王の影直下地帯。それならばと、朔耶も一緒について行ってコウと悠介を魔王の攻撃から護るという戦略が練られる。

朔耶が二人を護り、悠介が装置に届く足場を作り、コウが装置をぶっ壊す。

「それで行こう」

「オッケー」

「ヴァウヴォウ〝わかったー〟」

その時、遠巻きに三人の様子を窺っていた討伐隊からざわめきがあがる。強い視線を感じたコウ達が振り返ると、魔王の影の顔がじぃっとこちらを見下ろしていた。

徐々に定まり始める自身の新たな身体と、循環する膨大な魔力を実感しながら恍惚に浸っていたトゥラサリーニは、ふと、近くに別の大きな魔力の流れを感じてそちらに意識を向けた。

棘柱で埋め尽くした広場の端に立つ三つの人影。トゥラサリーニの視点から見えるこの三人は、

いずれも普通の存在とは違っていた。拡散するように光り輝く黒い翼の少女。光の塊に見える黒尽くめの男。そして、明確に認識しているにもかかわらず、どこか存在が曖昧なゴーレム。特にそのゴーレムは、今の自分と同類で、人にあって人にあらずの存在だと直感で理解した。

この三人は、永遠の命を手に入れた今の自分にさえ脅威となり得る存在だとも分かる。ここで潰しておかなくてはならない――出現させた棘柱を変形させて攻撃する呪術で以て三人を狙う。

詠唱、発現――消滅。

『?』

もう一度、詠唱を行う。呪文によって導かれた魔力が一帯の棘柱に浸透していき、複数束ねた土蛇となって対象に襲い掛かる呪術だが、途中で効果が掻き消えてしまう。

棘柱が大き過ぎて術の規格が合わないのかと、単体で飛び出して突き刺さる土矢や更に簡単な土槍、もっと簡単な土槌も試したが、何故か悉く発現しない。

さっきまでは普通に発現していたのだから、形態変化の攻撃呪術全般がこの規模では発現不能、という訳ではない筈だ。

肉体を棄てた己という存在の変化が、術の発現にも何か影響しているのかもしれない。そう当たりをつけたトゥラサリーニは幾つか術を試し、魔力の流れを把握する。その結果、自分の呪術は問題なく発現している事が分かった。

発現した直後、別の力に干渉されて掻き消されていたのだ。そうしてよくよく観察してみれば、こちらの詠唱に合わせて黒尽くめの男から広がった光が、変化させようとした棘柱を覆い、浸透した呪術の魔力を打ち消していた。詠唱妨害ならぬ発現妨害だ。

既に効果を発揮し始めた術に干渉してその術の効果を打ち消したり変異させたりする術は、古い形式の魔術に存在する。魔力の流れを詳細に把握しなければならない為、通常そういった術の行使は精霊に頼るものが多い。

稀《まれ》な術だが、相手の術の系統が分かって安心した。それならば干渉不可能な編み方をした呪術を行使すれば良いと、トゥラサリーニは普通の人間には到底込める事の出来ない程の魔力に加え、独自の工程を踏んで発現させる攻撃呪術を詠唱する。

この広場一帯を棘柱で埋め尽くした時と同様に、現在生えている棘柱全体に魔力を行き届かせながら行使される攻撃呪術。

『――――ツチヘビハケンノゴトク・カノモノヲナギハラワン――――……ッ！　ナゼダッ！』

呪術で隆起させようとした一帯が、相手の力の干渉で抑えられた。あの黒尽くめの男の力がこちらを上回っている訳ではない。形態変化の呪術に、同じく形態変化系の術を被せられていたのだ。

対象に浸透させた魔力を変質させての発現妨害ではなく、言うなれば上書きである。更に黒尽くめの男が行使した何らかの術により、広場から棘柱が一掃された。形態変化系の術の兆候すら見せず一瞬で。整然と並ぶ石畳には戦いの痕跡さえ見当たらない。

（なんだ……なんだコイツは……っ、なんなんだコイツ等は……っ！）

動揺するトゥラサリーニの視線の先から、黒い翼の少女と黒尽くめの男を両肩に乗せたゴーレムが、綺麗に整えられた広場を魔導輪で滑走しながら迫って来る。

接近を阻もうと広場に形態変化を起こす呪術を行使するも、悉く上書きされてしまう。

（くるな……！　こっちにくるなぁーーっ！）

最も得意とする地形を使った呪術攻撃を封じられたトゥラサリーニは、慣れない攻撃魔術や、魔力で構成された自身の影《からだ》を起点にして発現させる変則的な攻撃呪術を駆使して迎撃を試みる。

火炎球や赤黒い稲妻が降り注ぐ中を、『戦女神サクヤ』と『邪神ユースケ』を乗せて滑走する複合体『冒険者コウ』。魔王トゥラサリーニからの凄まじい攻撃は朔耶の魔法障壁が全て弾き返しているので、宮殿まで一直線に最短距離を行く。

魔法障壁に弾かれた火炎球は、周囲に落ちたモノも含めて着弾と同時に派手な爆炎を上げており、赤黒い稲妻も一点集中型ではなく投げ網の如く広範囲に広がって降り注ぐ。広場の外周付近も安全では無くなってきていた。

ただでさえ迂闊に近づけないでいた討伐隊は更なる後退を余儀なくされ、後方へ退避しつつ魔王に挑む三人を見守る。

「なんかこういう感じのゲームがあったような」

「ヴォヴァァヴァァヴォ〝そのゲームであってるよー〟」

悠介の呟きから思考を読み取ったコウは、その呟きに含まれていたゲームのイメージで『正解』だと告げた。この魔導輪が作られる切っ掛けにもなり、京矢と共にこちらの世界に持ち込まれた攻略本は、ナッハトーム帝国に機械化兵器の着想をもたらす等の影響を与えている。

「二人とも、余裕あるわね？」

割と派手に噴き上がる爆炎の中を進んでいるにもかかわらず、雑談を交わしている二人に、不死の存在であるコウはともかく悠介の余裕はどこから来ているのかと朔耶は問う。

すると悠介は、狭間世界で朔耶の強大な力を目の当たりにしているので、巨大な魔王の影や凄まじい魔法攻撃に驚きこそすれ、戦女神《さくや》の加護の中に居る限り何も恐れるモノは無いと答えた。中々ストレートな信頼を向けられた朔耶は若干照れた様子が見て取れる。

『朔耶の方がきっと何倍も怖いよねー』

――言うなよ？　絶対言うなよ？――

コウからツッコミ待ちの気配を感じとった京矢が、しっかりそれに応えておいた。

やがて二人を乗せたコウは、宮殿の門を抜けて正面入り口前に到着。突入の為に壊して壁に立て掛けておいた大きな扉はどこかに飛ばされ、魔王の影に覆われた入り口は開きっ放しになっていた。

見上げると、魔王の影が狼狽するように手を伸ばして足元にまで来たコウ達を払い除けようとしているが、魔法障壁に阻まれて手の形が崩れている。

宮殿を見上げて〝支配の呪根〟の位置を確かめた悠介が光の枠、〝カスタマイズメニュー〟を開いて操作を始めた。

「あそこか。屋根に上ってからだと危ないんで、ここから一気に足場を伸ばすけど、準備はいいかな、コウ君？」

「ヴァオヴァオウ〝まかせて〟」

魔導輪を片付けたコウは、朔耶と悠介の間に立った。移動後、直ちに灰色の結界に触れて精神体を伸ばし、〝支配の呪根〟への直接干渉を行えるよう備える。

これから使うという、悠介の〝カスタマイズ・クリエート〟を使った地形操作による移動手段『シフトムーブ』がどのようなモノなのかは、悠介や朔耶の言葉に乗った思考情報から既に把握している。

『わくわく』

――ゲームの能力使う邪神って、どういうんだ……――

何がどうなってそんな存在が生まれたのか意味が分からん、と言う京矢の呟きを意識の奥に聞きながら、コウは不思議な力を体験出来る事にワクワクしつつ、構えを取ってその時を待つ。

「それじゃあ――実行」

悠介の掛け声と共に足元から光の粒が舞い上がり、目の前の景色が宮殿の入り口前から塔の連なる宮殿の屋根へと切り替わる。魔王の影の中に出たコウ達は、宮殿の屋根よりも少し高い位置まで伸ばされた足場の上に立っていた。灰色の結界はもう少し上に浮いているようだ。

それを確認した悠介が、素早く足場の位置に微調整を行い、再び景色が切り替わる。今度は灰色の結界の真正面に出た。

「よし、この位置でバッチリだっ」

「コウ君！」

「ヴァウウ！〝うん！〟」

コウは灰色の結界を殴りつけるように伸ばした腕の先から精神体で抜け出し、結界をすり抜けて中で不気味に光る〝支配の呪根〟に触れる。途端、魔王トゥラサリーニの憤怒とも恐怖ともつかない叫び声が響き渡った。

『ワアアアアアソオオオレエエエニィィィィサアアアアワアアアアアルウウウナアアア』

トゥラサリーニはコウ達から〝支配の呪根〟を護るべく、なんと自身の影の中に手を突っ込んで来た。直接結界を掴んで移動させようとしているらしい。朔耶が魔法障壁の出力を上げてそれを阻む。

「コウ君っ、急いで！」

「ヴァッヴァアヴァヴ〝もうちょっと〟」

〝支配の呪根〟の中に入り込んだコウは、魔力の流れを掴んで装置の制圧を試みる。が、魔王の意識による抵抗にあった。よく覚えのある感覚。それは動物などに憑依した時に感じる宿主からの抵抗だった。

『なんだお前はっ、ここは私の場所だぞ！』

『あれ？』

コウを追い出そうとするトゥラサリーニの声を、直接精神体に感じる。〝支配の呪根〟はトゥラサリーニと一体化しており、もはや『そういう存在の生き物』となっていた。装置の中で魔力の流れを弄って乱そうとしても、その部分だけ迂回されて正常な流れに戻される。

攻撃魔術を使ってみようともしたが、魔力を編み込んだ時点で装置の中では発現せず、装置の外へ発現するよう誘導されてしまう。

――装置そのものをお前の異次元倉庫に取り込むって訳にはいかんのか？――

『うーん、なんか邪魔されてるみたいで無理っぽい』

京矢からもアドバイスを受けながら色々と試してはみるものの、装置は完全に魔王トゥラサリーニが支配管理しているようで、どうやっても暴走させられなかった。その事を朔耶達に伝えるべく、複合体の背中に文字を浮かべる。

「え？　ダメなの？」

〝右にまわしても左にまわしても、ちゃんと動くし、中で攻撃魔術つかおうとしても、外に出るし〟

強固な灰色の結界も健在なので、外からでは装置に直接触れる事さえ出来ない。

「あらら、どうしましょ」

「……この複合体って、カスタマイズ出来るんだよなぁ」

悠介が複合体に触れながら呟く。カスタマイズ可能なアイテムを並べ合わせれば、カスタマイズ・クリエート能力の効果を実際に触れているアイテムとその先にあるアイテムにまで及ぼす事が出来ると悠介は言う。

結界内の装置に複合体が一瞬でも触れる事が出来れば、そこからカスタマイズ画面に取り込んで直接弄れるかもしれない。一時的に結界に穴を開ける事くらいならば、コウの結界破りでも可能だ。

「じゃあその方法で。コウ君、いい？」

「ヴァヴァウ〝わかったー〟」

複合体の中に戻り、結界破りの魔力を腕に纏わせる。悠介はカスタマイズ画面に複合体を映し出しながら、コウに複合体のカスタマイズについて許可と同意を求めた。

「何か性能面は殆ど弄れるところが残ってないけど、結界破る力の足しに」

「ヴァヴァウー〝いいよー〟」

あっさりしたコウの快諾により、複合体に邪神のカスタマイズによる『対魔術効果』が付与された。『効果』と言うよりも『機能』に近く、対魔術効果を発現する為に必要な魔力はコウ側から供給されて、その機能は起動する。

この対魔術効果は魔術に対する『耐性の向上』ではなく、魔術を発現させる為に構成された魔力を『分解』してしまうという珍しいタイプ。この効果により、複合体にはあらゆる魔術が効き難くなるのだ。

これを起動させた状態で結界に触れると、結界の維持に必要な魔力を分解するので、結界に負荷を掛け続ける事が出来る。複合体自身が纏う結界破りなどの術は、コウ自身が管理維持しているので、即座に分解されるという事はない。

結界破りを纏った複合体の腕が、じりじりと灰色の結界の中に押し込まれて行く。

『ハアアアナアアアレエエエロオオオオ』

突然、すぐ近くから響いた声に振り返ると、魔王トゥラサリーニの巨大な顔があった。身体を折り曲げるようにして自身の胸部を覗き込んでいる為、頭が逆さまで実に不気味だ。

その口元から蛇の舌のような赤黒い稲妻が迸《ほとばし》るも、朔耶の魔法障壁は魔王の攻撃を悉く弾き返した。朔耶の加護があるので背後の事は気にせず、コウは結界破りに集中する。

そして遂に複合体の手が〝支配の呪根〟の表面に触れた。

「ヴォヴァヴァヴォ〝どいたよっ〟」

「よし来た！」

すかさずカスタマイズ画面を開いた悠介が装置の取り込みに動く。しかし――

「おわぁっ、なんじゃこりゃー！」

「どうしたのっ？」

「なんか表示がバグッてる」

装置の取り込みに何か問題が起きたらしい。コウは複合体の背中から精神体の顔を出して、悠介のカスタマイズ画面を覗き込んでみた。メニュー画面のレイアウトが崩れて意味不明な文字が並び、パラメーターのスライダーなどは枠を越えて画面の外まではみ出している。

『7777れれれれれ8678667四角まるさんかく……』

――読むな読むな――

カスタマイズ・クリエート能力は、ゲームのシステムを使っているというよりも、元となった『ゲームのシステム』という形をとった任意の物体を解析、改変する精霊の力である。

世界を余す事なく満たす精霊は、あらゆるモノに宿っている、故に精霊の力はあらゆるモノに浸透し、干渉が可能となる。しかし、そんな精霊の力でも生命が持つ固有の魂にまでは干渉出来ない。

魂の在り方もまた、精霊と同じく世界に満ちる個々として、ほぼ同格の存在だからだ。

簡単に言えば、木や石といった精神と肉体と魂という成り立ち方をしていない物体は弄れても、精神と肉体と魂で成り立つ人や動物を相手の同意を得ずに弄る事は出来ない、という事だ。

トゥラサリーニの精神と深く繋がり、殆ど融合した状態にある〝支配の呪根〟は、トゥラサリーニが持つ固有の魂とも半分繋がっていた。

カスタマイズ画面がバグってしまったのは、精霊の力で解析仕切れなかった状態がそのまま〝カスタマイズ・クリエート〟という力の表現方法で表示されているからだ。人の魂とは斯《か》くも複雑なモノなのである。

「どこを弄ったら何がどうなるのかサッパリ分からん……」

下手に弄ると何が起きるか分からないという事で、悠介は手を出しあぐねている。

「えー……じゃあどうやって壊す？」

「うーーむ」

カスタマイズ画面に捉えている以上、手を加える事は可能なのだ。〝支配の呪根〟のバグったステータスウィンドウを睨みながら唸っていた悠介は、装置本体を直接弄らずとも何かを継ぎ足す事くらいは出来そうだと言う。

「……爆弾でもあれば」

「爆弾って……」

「ヴァヴァウヴォヴァウ？　〝火炎砲の弾ならあるよ？〟」

携帯火炎砲の弾丸は、火炎砲の筒内で魔術の触媒を爆発させて先端を飛ばす仕組みになっている。複数集めて同時に爆発させれば結構な威力を望める筈だ。

問題点は、弾丸触媒の起爆には簡単な魔術が使われている為、魔王の領域である装置の中に送り込むと爆発させられるか分からない事。

装置の中の魔力の流れは魔王が完全に支配しているので、起爆しようとしても妨害される可能性が高い。送り込んだ弾丸触媒自体が取り込まれてしまう事も考えられる。

「あ、それなら取り込まれる前に〝意識の糸〟で頼めばいけるかも」

朔耶が、精霊術で弾丸に頼んで爆発して貰うという手段を挙げた。〝意識の糸〟を通すだけならば、結界も物体も素通りで対象に届かせる事が出来る。その方法で装置に壊れて貰うという手は、装置を支配している魔王の意識が優先されるので無理だが。

『じゃあそれで行こうか』と話が纏まり掛けたその時、三人が立っている足場が大きく揺れた。どうやっても朔耶の魔法障壁を破れないと悟った魔王トゥラサリーニが、とにかく〝支配の呪根〟からコウ達を引き剥がすべく、攻撃目標を足場に変えたようだ。

魔法障壁も、足場全体を護れるほどには広げられない。悠介がカスタマイズで修復しながら足場を維持しているが、一瞬でも崩されて灰色の結界から引き離されると、もう一度取り付くのは難しくなる。今度こそ足場も届かないような位置へと移されるだろう。

「迷ってる暇は無いな」

「コウ君、その弾丸触媒出して？」

「ヴァイヴォウ〝はいこれ〟」

複合体の背中から束で現れた円筒形の物体をカスタマイズでひと塊に纏めた悠介は、〝支配の呪根〟の内部へと送り込むべくカスタマイズ画面の操作を始めた。

装置の真ん中辺りに送り込むという悠介に、朔耶は無数の〝意識の糸〟を〝支配の呪根〟に伸ばして通すと、その状態で待機。コウは不測の事態に備えて複合体の中に戻る。

「オッケー、いつでもいいよ」

「よし、じゃあ――実行！」

悠介の宣言の後、複合体の中に何かが通り抜けていくような感覚が残る。そして、朔耶から伸びた〝意識の糸〟の先、魔力の光に包まれる装置の中に別の魔力の光が発生したかと思うと、それが爆ぜて装置の光と溶け合う。コウはそこに〝穴〟が開くのを見た。

普段コウが動物に憑依する時などに見る入り口にも似たその〝穴〟は、装置が存在している空間ごと魔力の光を吸い込み始める。

『アレに近づいてはいけない』コウは本能的にそう感じた。危険なモノではないのだが、決して安全なモノとも言えないその穴は、〝魔王の影〟として構成された魔力の身体と共に、トゥラサリーニの魂と精神も呑み込んでいく。

『アアアァアアアアウウゥアアアアア』

魔王の叫び声が辺り一帯に響き渡り、コウはそれとは別に装置の中で感じたトゥラサリーニの『声』を感じ取る。

『自由だ！　ああっ、解放だぁ！』

紐状に伸びて渦を巻きながら吸い込まれていく、トゥラサリーニという存在だったモノを見送るコウは、穴の向こう側に広がる静かな空間を見詰めた。覚えのあるその空間は、静寂に満たされた悠久なる場所。死者の魂が集まる所。

「っ！　コウ君、あんまり見ちゃダメよ！」

「ヴァウヴァウ。ヴォヴ、ヴァヴァヴォヴァウ〝だいじょうぶ。ボク、あそこから落ちてきたんだ〟」

黄泉へと通じる穴を見詰めていたコウに、『魅入られたか』と心配した朔耶が声を掛けるも、コウは光の文字でそう答えたのだった。

上空で渦を巻いていた魔王の影と共に黄泉へと繋がる穴が消え、ドラグーンの街に静寂が訪れた。殆ど被害の無かった宮殿を除いて周囲は軒並み瓦礫と化しているが、集合意識の乗っていた魔力の霧が消えた事で、魔王の支配下にあった頃のような不気味な雰囲気は消えている。

足場を片付けて広場に下りて来た三人は、討伐隊や避難民の皆からの歓声に迎えられた。

「ふう、終わったね。コウ君も悠介君もお疲れ様」

「おつかれー」

「おつかれー」

少年型になったコウは、朔耶の労いに悠介と似た口調で応える。朔耶はこれからすぐ悠介を元の世界に送り届けなければならないので、これで帰ると言う。

ふと、コウは見上げた朔耶の姿に僅かな違和感を覚えた。

「朔耶、だいじょうぶ？　なんだか具合がわるそうだけど」

「あら、分かっちゃった？」

「え？　都築さんどっか調子悪いの？」

朔耶の話によれば、一日に何度も世界移動を行うと、身体と精神にズレが生じるらしい。今日は特に移動が多かったので、悠介をここへ連れてきた時点で身体に負担が掛かっていたそうだ。

「大分慣れてきて、一日に移動出来る回数も増えてるんだけどね」

「ふーむ、結構危ないリスクだなぁ」

「そんな訳であたしはこのまま帰っちゃうけど、コウ君、後は宜しくね？」

「うん、わかったー」

今回、朔耶はフレグンスの高官として魔王討伐に公式参加しているので、今回の事件の事後処理はエイオア評議会とも色々と話し合いを行う必要がある。だが、とりあえず今は体調不良につき、それらを後回しにして帰還する。

諸事情の説明をコウに任せた朔耶は、コウの髪をひと撫ですると、邪神悠介を連れて還って行った。

『しっかりふぉろーしてあげよう』

――だいぶ助けて貰ったもんな――

エイオア評議会代表の監査員やリンドーラをはじめ、グランダールには王族関係者に、ナッハトームでは京矢を通じてスィルアッカ皇女殿下に、魔王討伐での朔耶の活躍について詳しく報告する必要がある。朔耶の尽力を安く見積もられる事の無いよう、根回しをしておくのだ。

『キョウヤと沙耶華のこともあるしね』

――ああ、そうだな――

少々特殊な存在であったとはいえ、朔耶が『悠介』という自分以外の人間を連れて世界を渡った事で、京矢や沙耶華が元の世界に帰還出来る可能性にも期待が膨らむ。

――博士が何か良い方法でも思いついてくれるといいな――

『そうだねー』

こちらに駆け寄って来る討伐隊メンバーの皆に手を振りながら、コウは閑散とした宮殿前広場を歩き出したのだった。

著者累計
40万部
突破!
ネットが生んだ
大人気チート作家!
「ヘロー天気」シリーズ
Hero Tennki
大好評発売中!
最新刊は3シリーズ
夢のコラボレーション!
World Customize Creator
ワールド・カスタマイズ・クリエーター 1~5 EX《エクストラ》
コラボ最新刊!
◎四六判 ◎各定価:本体1200円+税 ◎イラスト:匈歌ハトリ
◎文庫判 ◎各定価:本体610円+税 ◎イラスト:匈歌ハトリ
3作同時刊行記念サイト開設!
ヘロー天気×小説家になろう

大人気ファンタジー
待望のコミカライズ!!

謎の声に導かれ、異世界に召喚されてしまった田神悠介。
単なるゲーム好きの青年だった彼に与えられた運命は、
この世界の「災厄の邪神」になること!?
武器強化・地形変動・味覚操作などなど、
「カスタマイズ・クリエート」能力を得た悠介が、
仲間たちと共に、混沌とした異世界に変革を起こす!!

B6判　定価：本体680円+税　ISBN978-4-434-19856-4

大人気小説続々コミカライズ!!

アルファポリスCOMICS 大好評連載中!!

ゲート

漫画：竿尾悟　原作：柳内たくみ

20××年、夏—白昼の東京・銀座に突如、「異世界への門」が現れた。中から出てきたのは軍勢と怪異達。陸上自衛隊はこれを撃退し、門の向こう側である「特地」へと踏み込んだ——。超スケールの異世界エンタメファンタジー!!

スピリット・マイグレーション

漫画：茜虎徹
原作：ヘロー天気

◉憑依系主人公による異世界大冒険！

THE NEW GATE

漫画：三輪ヨシユキ
原作：風波しのぎ

◉最強プレイヤーの無双バトル伝説！

とあるおっさんのVRMMO活動記

漫画：六堂秀哉
原作：椎名ほわほわ

◉ほのぼの生産系VRMMOファンタジー！

物語の中の人

漫画：黒百合姫
原作：田中二十三

◉"伝説の魔法使い"による魔法学園ファンタジー！

Re:Monster

漫画：小早川ハルヨシ
原作：金斬児狐

◉大人気下剋上サバイバルファンタジー！

EDEN エデン

漫画：鶴岡伸寿
原作：川津流一

◉痛快剣術バトルファンタジー！

勇者互助組合 交流型掲示板

漫画：あきやまねねひさ
原作：おけむら

◉新感覚の掲示板ファンタジー！

強くてニューサーガ

漫画：三浦純
原作：阿部正行

◉"強くてニューゲーム"ファンタジー！

ワールド・カスタマイズ・クリエーター

漫画：土方悠
原作：ヘロー天気

◉大人気超チート系ファンタジー！

白の皇国物語

漫画：不二まーゆ
原作：白沢戌亥

◉大人気異世界英雄ファンタジー！

アルファポリスで読める選りすぐりのWebコミック！

他にも面白いコミック、小説など
Webコンテンツが盛り沢山!

無料で読み放題！

今すぐアクセス！▶ アルファポリス 漫画 検索

異色のサムライ
転生ファンタジー開幕!

ある日、平凡な高校生・稜威《いづ》高志《たかし》が目を覚ますと、VRMMO『アルゲートオンライン』の世界に、「侍」として転生していた。現代日本での退屈な生活に未練がない彼は、ゲームの知識を活かして異世界を遊び尽くそうと心に誓う。名刀で無双し、未知の魔法も開発!　果ては特許ビジネスで億万長者に——!?　チート侍、今日も異世界ライフを満喫中!

定価：本体 1200 円+税　ISBN：978-4-434-20346-6

illustration : Genyaky

ヘロー天気（へろーてんき）
天秤座O型。悲劇の物語ばかり好んで観る子供だったが、大人になるとハッピーエンドしか受け付けなくなり、安心を軸にした物語に拘ってWebで小説を公開していた。2012年「ワールド・カスタマイズ・クリエーター」で出版デビュー。他の著書に「異界の魔術士」（小社レジーナブックス）がある。

イラスト：イシバシヨウスケ
http://www.geocities.jp/kikira23rt/index.html

本書は、「小説家になろう」（http://syosetu.com/）に掲載されていたものを、改稿のうえ書籍化したものです。

スピリット・マイグレーション 4

ヘロー天気

2015年 3月 7日初版発行

編集－宮坂剛・太田鉄平
編集長－塙綾子
発行者－梶本雄介
発行所－株式会社アルファポリス
〒150-6005 東京都渋谷区恵比寿4-20-3 恵比寿ｶﾞｰﾃﾞﾝﾌﾟﾚｲｽﾀﾜｰ5F
TEL 03-6277-1601（営業）03-6277-1602（編集）
URL http://www.alphapolis.co.jp/
発売元－株式会社星雲社
〒112-0012東京都文京区大塚3-21-10
TEL 03-3947-1021
装丁・本文イラスト－イシバシヨウスケ
装丁デザイン－ansyyqdesign
印刷－株式会社廣済堂

価格はカバーに表示されてあります。
落丁乱丁の場合はアルファポリスまでご連絡ください。
送料は小社負担でお取り替えします。

ISBN978-4-434-20316-9 C0093